HEYNE <

Das Buch

Der vorbestrafte Knecht Per Ersson bringt bei einem nächtlichen Stelldichein seine Verlobte, die Magd Lisa vom Hof des beliebten Großbauern Anselm Mårtensson, um, weil er im Eifersuchtswahn glaubt, sie sei ihm untreu gewesen. Er kann fliehen.

Amtmann Morell macht sich auf die Suche nach dem Mörder. Bevor Ersson allerdings die Gegend verlässt, versucht er noch, die Verlobungsringe wieder zu Geld zu machen und erwürgt dabei in seiner Panik um ein Haar den Goldschmied, der ihn auf Grund eines Fahndungsbildes erkannt hat. Mårtenssons Sohn Odd hält Brandwache in der nahe gelegenen Handwerkersiedlung. Er kann einen Brand beim Goldschmied rechtzeitig entdecken und löschen. Kurz darauf brennt die Scheune seines Vaters – und wenig später der gesamte Bauernhof bis auf die Grundmauern ab, wobei die Eltern ums Leben kommen. Morell vermutet einen Zusammenhang zwischen den Brandstiftungen. Er findet heraus, dass sowohl Mårtenssons Frau als auch die des Goldschmieds als Mägde bei Daniel Larsson tätig waren.

Der Autor

Bo R. Holmberg wurde 1945 in Ådalen geboren. Er ist heute als Lehrer in Bredbyn im Ångermanland tätig, dort lebt er auch mit seiner Frau Dorotea und seinen drei Kindern. Bo R. Holmberg ist mit seinen Kinderbüchern auch in Deutschland sehr erfolgreich.

Sein erster Krimi *Rabenseelen* wurde von der Presse mit Begeisterung aufgenommen. Zuletzt erschien die Fortsetzung *Schneegrab* und als letzter Band der Trilogie folgt nun *Brandwache*.

Bo R. Holmberg

Brandwache

Roman

Aus dem Schwedischen
von Sigrid Engeler

WILHELM HEYNE VERLAG
MÜNCHEN

Die Originalausgabe erschien unter dem Titel BRANDVAKT bei Alfabeta, Stockholm

FSC
Mix
Produktgruppe aus vorbildlich bewirtschafteten Wäldern und anderen kontrollierten Herkünften
Zert.-Nr. SGS-COC-1940
www.fsc.org
© 1996 Forest Stewardship Council

Verlagsgruppe Random House
FSC-DEU-0100
Das für dieses Buch verwendete FSC-zertifizierte Papier *München Super* liefert Mochenwangen.

Vollständige deutsche Erstausgabe 06/2006

Printed in Germany 2006
Umschlagillustration: © Antony Edwards/The Image Bank/getty images
Umschlaggestaltung: Nele Schütz Design, München
Satz: hanseatenSatz-bremen, Bremen
Druck und Bindung: GGP Media GmbH, Pößneck
ISBN-10: 3-453-43166-9
ISBN-13: 978-3-453-43166-9

http://www.heyne.de

Zur Erinnerung an meine Eltern

Aus der *Brandschutzverordnung für die Gemeinde Örnsköldsvik. Erlassen am 17. August 1847 im Schloss zu Stockholm.*

§ 15

Auf Veranlassung des Schultheiß' werden Brandwächter in erforderlicher Anzahl eingestellt, die auf Kosten der Gemeinde entlohnt werden. Jeweils einer dieser Wächter soll des Nachts von zehn Uhr abends bis fünf Uhr morgens Dienst tun. In diesem Zeitraum soll der Wächter jede halbe Stunde die Straßen der Gemeinde abgehen. Nebst Ausrufen der Uhrzeit an den Straßenecken und den gemeiniglichen Nachtwächterrufen, obliegt es dem Brandwächter, mit gebotener Aufmerksamkeit und unter Wahrung eines ruhigen und gesitteten Benehmens, mit Eifer und Sorgfalt Ausschau zu halten, ob irgendwo vom Gewohnten abweichend Rauch oder Funken aufsteigen oder am Geruch oder anderen Anzeichen eine Brandgefahr bemerkt werden kann. So er eine solche Beobachtung macht, soll er sofort an Tür, Tor oder Fenster klopfen, wo diese Gefahr droht, und derart die Bewohner wecken, sollten sie noch schlafen. Sowie er dies getan, soll er unter Ausrufen der Örtlichkeit, wo das Feuer ausgebrochen ist, zum Schultheiß eilen, um ihn von der Gefahr zu unterrichten, woraufhin mittels Glockenläuten und Trommeln schnellstens die nötigen Löschmannschaften zusammengerufen werden.

ERSTER TEIL

Am anderen Seeufer, auf halber Höhe des Steilhangs, hatte er auf seinem Pferd gesessen und die Flammen gen Himmel lodern sehen, wobei ihn eine seltsame Erregung ergriffen hatte. Als ob das Feuer auch in ihm brenne, in seiner Brust und in seinem Bauch. In seinem Hals.

Die Getreidescheune brannte wie Zunder. Schnell ging das. Ein jäh aufloderndes Flammenmeer, das sich jedoch nicht weiter ausbreitete. Nur die Scheune wurde zerstört, weil der Wind nicht heftig genug wehte. Doch für den Anfang befriedigte ihn sein Werk.

Mit dem Erlöschen des Feuers nahm auch seine Erregung ab. Trotzdem blieb er noch, denn er konnte sehen, dass sich auf dem Hof etwas rührte. Menschen liefen dort drüben aufgeregt hin und her. Klein und unbedeutend wirkten sie von hier oben. Sein Pferd blieb reglos stehen, als würde es ebenfalls das Schauspiel verfolgen.

Er lächelte, straffte die Zügel und ritt den Hügel zum Gemeindeweg hinab. Der Tag war angebrochen. Er trieb sein Pferd an und trabte auf das Dorf zu.

1

Per Ersson summte ganz leise vor sich hin, froh und hoffnungsvoll klang es.

Eine bekannte Melodie, ein paar Töne, die ihm vielleicht von einem Tanzabend in Erinnerung geblieben waren.

Doch nicht von jenem Tanzabend, dachte er. Nicht von jenem Abend, als ich ihr Kleid im Rucksack gefunden habe. Rot war es, und prächtig hatte es ausgesehen, doch für wessen Augen war es bestimmt gewesen …

Doch jetzt summte er vor sich hin.

Samstagabend. Es dämmerte, und der alte ausgetretene Pfad brachte ihn Schritt für Schritt näher zu ihr. Zu Lisa. Lange sind wir schon zusammen, dachte er. Mittlerweile ist es höchste Zeit. Er tastete nach den Verlobungsringen durch den Stoff seiner Hose. Nimmst du, Lisa Magnusdotter … Ja, ihn, Per Ersson.

Die Ringe sollten eine Überraschung für sie sein.

Sie trafen sich immer in der Sonntagsstube, bei Anselm Mårtensson. Dort stand sie in Dienst, seine Lisa. Dort konnte er auf sie warten, bis die anderen im Haus schliefen, jeden Mittwoch- und Samstagabend. Dann schlich sie sich aus der Kammer, das sie mit der anderen Magd teilte. Die hieß Sigrid und reizte ihn nicht im Geringsten. Nein, Lisa war die Richtige. Obwohl sie älter war. Mehr als acht Jahre. In der Gegend hieß es, sie sei hochnäsig und wählerisch. Sie hatte lang gebraucht, bis sie sich entschieden hatte. Aber jetzt hatte sie endlich ihre Wahl getroffen.

Und diese Wahl war auf ihn gefallen, auf Per Ersson.

Er blieb stehen und zog die Ringe wieder aus der Tasche. Sie glänzen, dachte er. Ja, nun werden wir uns erst verloben, und dann kaufe ich ein Kätnerhäuschen und verdinge mich nicht länger als Knecht. Und sie muss nicht mehr als Magd dienen.

Sigrid, die andere Magd – ob sie es wohl gewesen war?, überlegte Per. War sie diejenige gewesen, die Lisa erzählt hatte, dass er wegen Diebstahls im Hause seiner Dienstherren achtundzwanzig Tage bei Wasser und Brot gesessen hatte? War sie es gewesen? Lisa hatte sich verändert, seit sie davon erfahren hatte. Es war ihm zwar gelungen, Lisa wieder zu beruhigen. So etwas werde er nie wieder tun, hatte er beteuert. Außerdem sei das doch schon so lange her. Aber war es Sigrid gewesen? Diese verdammte Schlampe. Fett wie eine trächtige Kuh war die, und im Gesicht hatte sie lauter Pickel. Nicht wie Lisa.

Und er würde nie wieder so einen Eifersuchtsanfall bekommen. Davon war er geheilt. Krankheiten werden schließlich geheilt. Nässender Bläschenausschlag und Koliken und Lungenentzündung manchmal. Sie hatte behauptet, er sei krankhaft eifersüchtig. Jawohl, das sei er. Krankhaft eifersüchtig. Dann war das wohl eine Krankheit, und eine Krankheit konnte geheilt werden. Deswegen die Ringe.

Der Tanzabend fiel ihm wieder ein, zu dem sie vor ein paar Wochen hatten gehen wollen. Das Kleid, das rote, das sie in ihrem Rucksack gehabt hatte, und wie er es in Stücke geschnitten hatte, rasend vor Wut, weil sie sich für andere Männer hatte schön machen wollen.

Auch da hatte er sie beschwichtigen können.

Aus dem Tanz war nichts geworden. Aber jetzt würden sie bald verlobt sein. Ein hübsches Sümmchen hatten sie gekostet, diese Ringe, aber das waren sie auch wert. Und wenn sie erst einmal verlobt waren, dann waren alle Sorgen vergessen. Dann würde sie ihm für immer gehören.

Er betastete die Ringe durch den Stoff.

Die Sonntagsstube war tatsächlich eine Stube, die unter der Woche leer stand, und dort trafen sie sich immer. Nicht in ihrer Kammer, denn dort schlief ja auch Sigrid. Sigrid. Abermals kochte die Wut in ihm hoch, weil er daran dachte, dass sie Lisa wahrscheinlich verraten hatte, dass er bei Wasser und Brot in Härnösand gesessen hatte.

Doch nun wurde sie die Seine. Die Verlobung war der Anfang, und danach würde sie nur noch ihm gehören.

Die Tür zur Stube stand offen. Er schlüpfte schnell hinein. Ein großer, offener Ofen, ein langer Tisch mit sechs Stühlen in der Mitte des Raums und zwei Betten in der Ecke. Er knüpfte seine Schnürsenkel auf und legte sich rücklings auf das Bett, das sie immer benutzten. Er zog das Kissen unter dem Leinenüberwurf hervor und stopfte es sich bequem unter den Kopf. Bald würde sie kommen, wie ausgemacht.

Sie sei älter als er, ein paar Jahre älter sogar, aber sie habe bis jetzt noch keinem die Ehe versprochen, hatte sie gesagt. Nur ihm. Und bald würde es so weit sein. Er würde seine Stelle als Knecht bei Johannes Ejvindsson aufgeben, sie musste auch nicht länger als Magd bei Anselm Mårtensson dienen, und er würde ein Kätnerhäuschen kaufen. Er hatte sich eins in Näs ausgeguckt, und Geld hatte er auch schon beiseite gelegt.

Erst die Verlobung und dann die Hochzeit und dann der Hauskauf. Er schob eine Hand in die Hose und hielt eine Weile sein Glied umschlossen. Er war bereit. Gleich würde sie kommen. Er lächelte und schloss die Augen.

Mitten in der Nacht wachte er auf. Er war verwirrt, aber schließlich gelang es ihm, eine der Kerzen in dem Halter auf dem Tisch anzuzünden.

Es war mitten in der Nacht, und sie war nicht gekommen! Die Verwirrung machte kaltem Zorn Platz. Warum war sie nicht gekommen … war sie bei einem anderen? Da kam er nun hierher, um auf sie zu warten, mit den Verlobungsringen in der Tasche, und sie tauchte einfach nicht auf.

Er lief mit offenen Schuhen auf den Hof und sah das Haus ganz dunkel da liegen. Ohne viel Federlesens rannte er zur Schmalseite und hämmerte wild an die Tür.

»Lisa!«, schrie er. »Bist du da?«

Er rüttelte an der Tür, und nach einem Weilchen wurde sie geöffnet. Es war die dicke Sigrid, im Nachthemd und mit käsig bleichem Gesicht. Ob sie es Lisa damals verraten hat?, fuhr es ihm wieder durch den Kopf.

»Wo is Lisa?«, schrie er und schob die kräftige Magd beiseite.

Lisa saß völlig verschlafen auf der Kante ihres Betts und kratzte sich am Kopf. Per stürzte auf sie zu und riss sie vom Bett hoch.

»Warum biste nicht gekommen, hä? Wo wir doch verabredet waren heute Nacht!«, schrie er. »Warum? Haste 'n andern?«

»Lieber Per«, flüsterte sie. »Ich bin einfach eingeschlafen. Ich habe ja auf dich gewartet, aber dann bin ich einfach eingeschlafen.«

»Du wolltest nicht kommen!«, tobte er. »Mit Absicht weggeblieben biste!«

»Sie ist einfach eingeschlafen«, sagte Sigrid. »Wir waren so müde, da sind wir einfach eingeschlafen.«

»Du halt dich da raus, ja?«, schrie Per und schlug nach ihr.

»Lieber Per«, flüsterte Lisa. »Ich bin einfach eingeschlafen. Aber jetzt bin ich wach.«

Per packte ihr Nachthemd mit eisernem Griff und zerrte sie aus der Kammer.

»Hier können wir nicht bleiben«, verkündete er.

Die kleine Magd stolperte hinter ihm her.

»Wir zwei geh'n jetzt in die Scheune!«, schrie er.

Der Morgen dämmerte bereits, und erste Sonnenstrahlen fielen auf das Dach. Er riss die Tür auf und schleuderte Lisa so heftig auf den Boden, dass Staubwolken aufwirbelten. Sie hatte die Arme schützend erhoben, aber er zerrte sie wieder hoch und drückte sie gegen den Dreschwagen. Drohend beugte er sich über sie.

»Du liebst mich wohl nicht mehr, was?«, schrie er.

Lisa ließ ihre Arme sinken.

»Doch, ich liebe dich«, flüsterte sie, »aber ich bin eingeschlafen.«

Er nahm die Verlobungsringe aus der Hosentasche und hielt sie ihr hin.

»Die Ehe hast du mir versprochen«, sagte er. »Siehst du, was ich dir gekauft habe? Jetzt verloben wir uns.«

»Hier?«, fragte sie. »So ...«

»Hier!«, schrie er. »Jetzt!«

»Ich habe dich gern«, flüsterte sie, »das habe ich ja schon gesagt, aber ich will mich nicht jetzt verloben. Ich will noch warten.«

Per packte Lisa am Ausschnitt ihres Nachthemds und zog sie zu der großen Luke, durch die es auf die Tenne hinunterging.

»Wir wollten heiraten!«, rief er.

Er schleuderte sie gegen die Wand. Sie stöhnte.

»Bitte, Per«, flüsterte sie.

»Betrügen willst du mich!«, schrie er. »Beschissen hast du mich!«

»Bitte, Per«, flüsterte sie.

Sein Blick irrte umher, als würde er etwas suchen. Eine Kiste mit Werkzeug, Nägeln und ... Er wühlte darin herum und bekam einen der Haken zu fassen, mit der bei der Ernte Korngarben hochgehoben werden, um sie auf die Trockengestelle zu hängen. Er packte den Haken und stieß ihn mit aller Kraft auf ihre Brust. Sie sank zu Boden.

»Mein Gott, was tust du denn?«, stöhnte Lisa. »Bitte, lieber Per ...«

»Du Aas, du Schlampe, du ... Hure!«, brüllte er, beugte sich zu ihr hinunter und schlug wieder zu, diesmal auf ihre Schläfe.

Der Haken blieb stecken. Er riss daran, bis er sich löste. Blut schoss aus der Wunde, und Lisa verstummte.

Noch zweimal schlug er auf sie ein, auf ihre Brust, so als ob er ihr die Brüste vom Leib reißen wollte.

Blind vor Raserei stand er über ihr, den Haken in der Hand. In seinem Schädel pochte es. Dann schüttelte er sich verwirrt und starrte auf sie hinunter.

Er beugte sich über sie.

»So geht's, wenn du nicht ... du gehörst nämlich mir.«

Sie antwortete nicht, sondern stöhnte nur schwach.

In diesem Moment kam Anselm Mårtensson in die Scheune gerannt.

»Was hast du getan, Mensch!«, schrie er und versuchte, Per den Haken zu entreißen.

Per ging auf den Bauern los, schlug aber nur in die

Luft. Dann ließ er den Haken fallen und lief aus der Scheune. Beinahe hätte er dabei den dicken Knecht umgerannt, der gerade nach oben kam.

Per Ersson lief schräg über die abfallende Wiese, hinunter in Richtung See. Der dicke Knecht stand auf dem Dreschboden und starrte ihm hinterher.

Auf dem Boden lag Lisa Magnusdotter. Aus ihrer Brust und aus dem rot verfärbten Nachthemd sickerte Blut.

Anselm Mårtensson beugte sich über seine Magd.

»Sie atmet noch«, sagte er.

Er richtete sich auf.

»Hol den Länsman«, befahl er seinem Knecht.

2

»Sie hat den Geist aufgegeben«, sagte Anselm Mårtensson. »Eine Weile hat sie noch gelebt, aber dann wurde sie ganz still. Ich habe am Hals bei ihr nachgefühlt und gemerkt, dass sie tot ist.«

Länsman Harald Morell hielt den Haken in der Hand. Den Haken, der eigentlich dazu da war, die Getreidegarben auf die Trockengestelle zu ziehen. Zwei scharfe Spitzen hatte er, beide rot vom Blut, ja, das ganze Werkzeug war voller Blut. Und das Nachthemd der Magd war auch damit durchtränkt. Sie lag auf dem Rücken in einer großen Blutlache. Ihre Beine waren leicht angewinkelt, sodass das eine fast das andere bedeckte.

Zwei Hiebe in die Brust, einer auf die Schläfe. Die genaue Todesursache konnte er nicht bestimmen, das musste der Provinzarzt klären. Doch höchstwahrscheinlich war sie verblutet. Er konnte nur bestätigen, dass Anselm Recht hatte: Lisa Magnusdotter war tot.

Ungefähr dreißig muss sie sein, dachte Morell. Er war ihr öfter begegnet, wenn er Anselm besucht hatte. Die beiden Männer, der Polizeiamtmann Morell und der Bauer Anselm Mårtensson hatten eine Menge, worüber sie miteinander reden konnten, von alten Zeiten in Anundsjö.

Er seufzte schwer, ging zu der Arbeitsbank und

nahm von dort einen Sack, den er der Frau behutsam übers Gesicht legte. Dann zupfte er ihr Nachthemd zurecht und zog es über ihre Knie.

»Und der Mann heißt Per Ersson?«, fragte Morell.

»Ja. Und Knecht bei Johannes Ejvindsson ist er«, erklärte Anselm.

Er trug ein frisch gebügeltes Hemd und eine helle Hose. Seine Stiefel waren frisch poliert. Typisch Anselm, schweifte Morell in Gedanken ab. Der sieht immer so sauber wie ein frisch gebadeter Säugling aus.

Er lächelte kurz, denn er musste an seinen Sohn denken. An Gustav.

»Diesmal gibt es keinen Zweifel, wer es getan hat«, sagte Morell und wandte sich an seinen Gehilfen Johan Anundsson. Der nickte und rieb sich die Augen, als wäre ihm Wasser hineingekommen, oder vielleicht Tränen.

»Kanntest du sie?«, wollte er wissen. »Die Magd.«

»Ich wusste, wer sie war«, antwortete Johan.

»Und den Knecht, der ihr das angetan hat?«

»Er war jünger«, sagte Johan. »Er war jünger als ich. Und er war auch einmal dabei, als ich bei einem nächtlichen Stelldichein meine Frau kennen lernte. Aber wirklich gekannt habe ich ihn nicht. Sie haben Per Ersson doch auch schon gesehen. Vor Gericht.«

Morell nickte.

»Das ist schon eine Weile her«, meinte er.

Die Tür zur Scheune ging auf, und ein dicker Knecht kam auf die Tenne. Morell erinnerte sich an ihn. Vor ein paar Jahren, als sie den Rächer jagten, der seine

Zeichen in einen Sensenschaft und eine Waldhütte geritzt hatte, hatte er eine Weile vermutet, dass Mårtenssons dicker Knecht unter dem Namen Isterbock sein Unwesen getrieben habe.

Der Dicke blieb stehen, zog ein Taschentuch hervor und wischte sich übers Gesicht.

»Hast du dem Länsman etwas zu sagen?«, fragte Anselm.

»Sie waren in der Sonntagsstube«, erklärte der. »Da waren sie und haben … miteinander geschlafen.«

»Sie waren also verlobt?«, erkundigte sich Morell.

»Sie haben auf jeden Fall miteinander geschlafen«, sagte der Knecht und blickte auf seinen Hosenschlitz hinunter, als überlegte er, ob er das auch könnte.

»Weißt du noch etwas mehr über ihn? Er hat doch sicher noch was anderes gemacht.«

»Beim Ejvindsson isser. Besser gesagt, da war er. Jetzt isser sicher auf und davon, denke ich. Ich habe ihn rennen seh'n, Richtung Fanby.«

»Wo kann er hingelaufen sein?«

Der Knecht fuhr sich abermals gründlich mit seinem Taschentuch über Wangen und Hals.

»Keine Ahnung.«

»Ihr könnt jetzt gehen.« Morell nickte dem Knecht und Anselm zu.

Der Knecht wischte sich noch einmal über die Stirn, ehe er ging. Morell sah ihm nach, wie er sich mit wiegendem Gang entfernte.

»Besuch mich mal abends auf dem Amtmannshof«, sagte er zu Anselm.

Anselm Mårtensson ging schweigend zur Tür, eine große, von der Sonne beschienene Gestalt.

»Dieses Mal wird es leichter«, meinte Morell, als die beiden fort waren. »Dieses Mal wissen wir, wer es getan hat.«

»Aber wir müssen den Kerl erst mal haben«, sagte Johan Anundsson.

»Sie hat auf jeden Fall zum letzten Mal mit ihm geschlafen«, stellte Morell fest, zog den Sack von Lisas Gesicht und musterte sie noch einmal.

Ihr Mund stand halb offen, die Augen ganz. Mit den Fingern strich er behutsam über ihre Lider und schloss sie.

So sinnlos, dieser Tod, dachte er. So verdammt sinnlos.

Die Magd hieß Sigrid. Sie war kräftig und hatte dicke Unterarme. Und auf der Stirn viele Pickel. Einen davon quetschte sie gerade zwischen Daumen und Zeigefinger aus.

Das einzig Schöne an ihr ist ihr Haar, dachte Morell. Hellrot, zu zwei dicken Zöpfen geflochten, die neben ihrem breiten Gesicht trotzdem dünn wirkten. Nun hatte sie genug an ihrem Pickel herumgedrückt und setzte sich auf ihr Bett. In dieser Kammer hatten Lisa und sie geschlafen.

»In der Sonntagsstube haben sie sich immer getroffen«, sagte Sigrid, bevor Morell auch nur eine Frage gestellt hatte. »Lisa und Per. Aber sie ist einfach eingeschlafen. Und dann kam er bei uns reingerumpelt und hat geschrien und geschimpft, dass sie ihn wohl nicht mehr haben will. Und dann hat er sie gepackt und rausgezogen. Ich dachte, jetzt gehen sie in die Sonntagsstube, aber dann hat er sie ja in die Scheune geschleift. Und hat sich an ihr versündigt.«

»Aber sie waren verlobt?«, wollte Morell wissen.

»Ja, das waren sie wohl, obwohl …«

Sie verstummte.

»Na«, ermunterte sie Morell. »Erzähl weiter.«

»Er hat ja bei Wasser und Brot einsitzen müssen«, sagte Sigrid.

Polizeiamtmann Morell nickte.

»Ich weiß«, sagte er. »Ich habe damals die Anklage erhoben.«

Er erinnerte sich vage an den Fall. Das war ein Jahr, nachdem Sven Svensson hingerichtet worden war. Dieses Ereignis war für Morell eine Art Zeitmesser. Damals, als sein drittes Kind zu früh zur Welt gekommen war. Viel zu früh. Tot. An jenem regnerischen Oktobertag …

Das mit Ersson war ein Jahr später gewesen. Diebstahl. Kleider und etwas Hausrat von einem Dachboden, wenn er sich recht erinnerte. Doch soweit Morell wusste, hatte Per Ersson seit damals nicht mehr gegen das Gesetz verstoßen. Bis heute. Und diesmal hatte er nicht das siebte Gebot gebrochen, sondern das fünfte. Totschlag.

»Und er war wahnsinnig eifersüchtig«, fuhr Sigrid fort. »Einmal, da hat er ihr ein Kleid zerrissen. Ein rotes Kleid.«

»Aus Eifersucht?«, fragte Morell.

»Der war wie toll«, sagte sie, »aber ich habe doch nicht ahnen können, dass der sie totschlagen könnte.«

»Wo ist er jetzt?«

»Keine Ahnung«, sagte die Magd.

Sie schaute zum Bett, als würde Lisa dort liegen.

»Wie toll ist der gewesen, aber ich habe doch nicht ahnen können ...«

Plötzlich brach Sigrid in Tränen aus, sie schluchzte laut und heftig.

Morell stand auf, er wusste aber nicht recht, was er tun sollte.

»Na, na«, sagte er. »Schon gut.«

Die Magd hörte auf zu weinen und trocknete sich mit der Schürze die Augen.

»Wir werden ihn fassen«, versprach Morell. »Und dann wird er seine Strafe bekommen.«

Er seufzte, verabschiedete sich von dem dicken Mädchen ein wenig ratlos und trat auf den Hof hinaus.

Morell blickte noch einmal zur Scheune hinüber. Dort würde sie nun bis zum Eintreffen des Provinzarztes liegen.

Konnte er sonst noch irgendetwas tun?

Nach Spuren brauchte er nicht zu suchen.

Eine Tote, ein Täter. Dessen Namen sie kannten. Er seufzte wieder und machte sich auf den Weg zum Amtmannshof.

3

Der Amtmannshof lag nur einen Steinwurf von der Kirche entfernt. Ganz in der Nähe der Landstraße, die den Hügel hinaufführte.

Im Erdgeschoss lagen die Arrestzelle und Länsman Morells Arbeitszimmer. Sein Gehilfe Johan Anundsson saß ihm am Schreibtisch gegenüber.

»Per Ersson wollte sich gerade verloben«, sagte Johan. »Er hat den anderen Knechten bei Ejvindsson die Verlobungsringe gezeigt, die er in Örnsköldsvik gekauft hat.«

»Mit ihr? Mit Lisa?«

»Ja. Die beiden waren schon eine Weile zusammen.«

»Aber niemand weiß, wo er jetzt ist, oder?«

»Vier Knechte hat Ejvindsson auf seinem Hof, oder, na ja, jetzt eben noch drei. Keiner dort wusste was. Wenn er nicht auf dem Hof war, sei er immer bei Lisa gewesen, haben sie gesagt.«

»Und Ejvindsson?«

»Der war nicht da.«

»Und seine Frau?«

Johan hob den Blick und sah den Kommissar mit seinen wässrigen Augen an.

»Ich habe sie nicht gefragt. Ich meine, ich dachte nicht, dass …«

Er blinzelte verwirrt.

Harald Morell winkte mit einer müden Handbewegung ab, als würde er eine lästige Fliege verscheuchen.

»Verwandte?«, fragte er.

»Per Ersson stammt aus Mellansel. Dort wohnen seine Eltern.«

»Wir müssen da hinfahren«, beschloss Morell. »Und wir müssen in Örnsköldsvik nach ihm fahnden lassen, zumindest den umliegenden Amtmannshöfen müssen wir Bescheid geben. Wollen wir versuchen, eine Beschreibung von ihm zusammenzustellen?«

»Er war groß, breit und kräftig«, beschrieb Johan. »Dunkle Augen und schwarzes Haar. Ziemlich dichtes Haar. Er hat zwar keine Hasenscharte, aber irgendwas ist mit seinem Mund, sagen sie alle. Und mir ist das auch aufgefallen. Als hätte er mal einen Messerstich in die Oberlippe abgekriegt. So was wie eine Narbe.«

Morell erinnerte sich daran, wie sie den Täter gejagt hatten, der einen Mann ermordet und im Schnee begraben hatte. Irgendjemand hatte ausgesagt, der Mörder hätte »feine Zähne« gehabt. Jetzt saß er in Härnösand und wartete auf das Beil des Henkers.

»Ein Bild wäre nicht schlecht. Könntest du nicht ein Bild von ihm zeichnen? Irgendwie glaube ich, dass du das ganz gut kannst …«

»Ein Bild von Per Ersson?«

»Ja, nicht nur eins, sondern mehrere. Könntest du das machen?«

»Ich kann es ja mal versuchen«, sagte Johan.

»Das ist ein einfacher Fall«, meinte Morell. »Nicht

wie im Frühjahr … Totschlag im Affekt, aus Eifersucht. Kein Mörder, der rätselhafte Zeichen in Gegenstände ritzt, keine im Schnee verscharrten Opfer. Nein, diesen Fall werden wir ganz schnell lösen. Es wird ja wohl möglich sein, diesen Mann zu fassen …«

Er stand auf. »Ich geh eine Weile hoch«, verkündete er dann.

Polizeiamtmann Harald Morell hatte mittlerweile zwei Dienstmädchen, eines seit Mai. Die junge Frau hieß Lisbet, und sie stammte aus Skalmsjö. Sie hatte zuvor im Armenhaus als Pflegerin gearbeitet. Während Lisbet den Haushalt besorgte, kümmerte sich Anna um seinen Sohn Gustav und seine Frau …

Helena, dachte er, noch ist sie nicht wieder ganz gesund.

Anderthalb Jahre nach Gustavs Geburt war seine Frau noch immer nicht in der Lage, sich ihrem Sohn liebevoll zuzuwenden. Und ihrem Mann übrigens auch nicht.

Ihr Verhalten war nicht mehr so schlimm wie im ersten Jahr, als sie bettlägerig gewesen war und manchmal wie eine Wahnsinnige getobt hatte, mit Schaum vor dem Mund. Nein, diese Anfälle bekam sie nicht mehr, aber sie war noch sehr schwach.

Als wäre sie siech, dachte er. Siechtum. Mit solchen Menschen geht es schnell dahin, das wusste er. Aber das hatte ja auch mit der Gesundheit zu tun. Wer siech war, der war so schwach, dass er rasch dahinwelkte und nicht mehr lange lebte.

Aber er würde sich um sie kümmern, er würde dafür sorgen, dass ihre Schwäche verschwand. Nein, es war nicht mehr wie im ersten Jahr. Ihre Niedergeschlagenheit war zumindest kein Dauerzustand mehr. Und immer häufiger suchte sie seine Gesellschaft, oder ließ sich ihren Sohn bringen. Seit Beginn des Sommers ging es ihr immer besser.

Sie hatte in einem weißen Kleid und einem großen weißen Sonnenhut auf der Veranda gesessen. Stundenlang konnte sie dort so sitzen. Das war schon ein Fortschritt nach ihrer Bettlägerigkeit. Und sie nahm fast jeden Tag ihren Sohn einmal in die Arme.

Der Kleine konnte mittlerweile schon gehen. Und ein bisschen sprechen, ein paar Worte zumindest.

Gustav, der heiß ersehnte Sohn. Jedenfalls habe ich einen Sohn, dachte Morell stolz.

Doch, es war schon besser geworden für den Polizeiamtmann. Zumindest ein bisschen besser.

Und jetzt mussten sie nur einen Mann dingfest machen und wussten bereits, wer der Täter war und kannten sein Motiv. Das Einzige, was noch fehlte, war Per Ersson selbst, aber dieser Herbst würde auf jeden Fall ruhig verlaufen. Und bis im Herbst das Gericht tagte, würde auch kein schlimmerer Fall mehr dazukommen.

Nicht wie im Frühjahr, als zwei Männer zum Tode verurteilt worden waren. Die saßen nun beide in Härnösand und warteten auf den Scharfrichter.

Helena war in der großen Stube. Sie saß in dem Lehnstuhl, wo er sich am Ende eines Tages immer ausruhte. Nicht weit weg vom Kachelofen.

Und sie hatte Gustav auf dem Schoß.

Morell ging zu den beiden.

Der Anblick war wie ein schönes Gemälde, ein Bild, das er sich so bewahren wollte. Genau so. Mutter und Sohn, in trauter Stille vereint.

Er legte die Hand an den Kachelofen und strich seiner Frau über die Stirn. Dann griff er seinem Sohn unter die Arme und hob ihn hoch.

»Gustav wird jeden Tag kräftiger«, stellte er zufrieden fest.

4

»Hört, ihr Herrn und lasst euch sagen, uns're Uhr hat vier geschlagen! Möge Gottes mächt'ge Hand uns bewahr'n vor Schad und Brand.«

Laut und deutlich verkündete er die Stunde, der Brandwächter Odd Anselmsson, und dann fügte er noch hinzu – das machte er manchmal –, dass er es sei, der Brandwächter, der hier durch die Straßen laufe und in Örnsköldsvik aufpasse, dass nirgendwo Feuer ausbreche.

Er ging die Storgata entlang in Richtung Küstenstraße, und an jeder Gasse, die quer davon abzweigte, blieb er stehen. Neun waren es insgesamt. Das war der ganze Marktflecken Örnsköldsvik. Eine Straße, die Storgata, mit neun Vierteln, deren jedes ungefähr zehn Grundstücke umfasste. Viele standen noch leer, andere waren aufgegeben worden, als die Kaufleute nach nur wenigen Jahren in dem Ort Bankrott gemacht hatten.

Alle Wohngebäude gingen auf die Storgata hinaus. In den Innenhöfen hingegen lagen die Viehställe und alle möglichen Nebengebäude sowie die Schuppen. Er blieb an der Kreuzung stehen, blickte erst nach rechts, dann nach links, rief dann die Uhrzeit aus und ließ seinen Wächterruf erschallen. Die Storgata hinauf, dann zurück Richtung Marktplatz und Meeresbucht. Seit zehn Uhr abends war er hier auf und ab gegangen. Und in einer Stunde war seine Nachtwache vorbei.

Er war der Brandwächter. Kein Spritzenmeister, kein Spritzenhausvorsteher, kein Spritzenführer, sondern der Brandwächter.

Obwohl das vielleicht die wichtigste Aufgabe von allen ist, dachte er. Wenn ich meine Arbeit gut mache, werden die anderen gar nicht gebraucht. Wenn ich ein Feuer rechtzeitig entdecke, muss ich den Schultheiß nicht wecken und muss die Feuerwehr nicht zusammenläuten.

Die Feuerwehr, dachte er, und drehte und wendete das Wort in Gedanken eine Weile hin und her. Die besteht aus allen möglichen Leuten in Örnsköldsvik – einige haben die Aufgabe, die Möbel in Sicherheit zu bringen, andere wiederum müssen das Wasser holen. Und wieder andere haben noch ganz andere Aufgaben. Vielleicht kann ich ja eines Tages doch noch Spritzenmeister werden.

Seit einem Jahr hatte Odd fast jede Nacht seine Runden gedreht, und bis jetzt war noch nie ein Feuer ausgebrochen. Das war eine ganz erträgliche Arbeit; besser als im Wald oder auf dem Feld in Anundsjö zu arbeiten, war sie auf jeden Fall. Als Lohn bekam er siebzig Reichstaler im Jahr. Er war zweiundzwanzig Jahre alt und hatte einen Schnurrbart, der für sein schmales Gesicht viel zu groß war. Die leichte Behinderung seines einen Beines, die noch aus seiner Kindheit stammte, machte ihn für die Verrichtung anderer Arbeiten nur eingeschränkt tauglich, aber sie hinderte ihn nicht daran, flink die Storgata auf und ab und in die abzweigenden Gässchen zu laufen und laut zu verkünden, dass der Brandwächter seinen Dienst versehe.

Gerade hatte er am Ende der Storgata verkündet, dass es vier Uhr geschlagen habe. Den Marktplatz und den Anfang der Straße, unten an der Meeresbucht, konnte er von da aus nicht sehen, weil die Straße nicht schnurgerade verlief, sondern nach Osten einen Bogen machte.

Er konnte überhaupt nicht viel sehen, denn es war noch stockfinster, jetzt, Ende August. Nun würde er Richtung Marktplatz und Bucht zurückgehen und sich eine Weile hinsetzen und ausruhen, vor dem letzten Rundgang heute Nacht.

Am Spritzenhaus blieb Odd stehen, schloss die Tür auf und tastete im Dunkeln nach den Spritzen, der großen und den zwei kleineren. Er wünschte, er hätte ein Licht, um besser sehen zu können, aber er kannte die Vorschrift, dass auf der Straße, in Speichern oder Ställen niemand ein offenes Licht mit sich führen dürfe. Doch ab September durfte er eine Laterne auf seinen Rundgängen mitnehmen. So hatte es geheißen. Er freute sich jetzt schon auf den nächsten Monat. Warum er nicht heute eine Laterne benutzen durfte, verstand er nicht, schließlich war es im August oft schon sehr dunkel. Aber er wusste ohnedies, was im Spritzenhaus außer Spritzen noch lagerte: Äxte, Brechstangen, Seile, Leitern und ein Sprungtuch. Er schloss die Tür wieder ab und setzte seinen Weg zum Marktplatz fort. Geradeaus vor ihm stand das große weiße Haus

– in dem er auch wohnte –, ein Schatten in der Dunkelheit. Danach bog er links ab und ging das letzte Stückchen die Storgata hinunter bis zur Meeresbucht, die um diese Jahreszeit noch nicht zugefroren war.

Im Winter half er dem Schultheiß, ein Eisloch offen zu halten, aus dem im Notfall Löschwasser geholt werden musste.

Ob ich das diesen Winter auch wieder tun muss?, fragte sich Odd. Ob ich weiterhin Nacht für Nacht hier entlanggehen und an den Straßenecken meinen Ruf erschallen lassen werde?

Jetzt ruhe ich mich gleich etwas aus. Es ist jede Nacht dasselbe, dachte er, meine Arbeit wird immer besser, je näher die Dämmerung kommt. Denn um fünf Uhr ist mein Dienst zu Ende. Danach, so hatte die Obrigkeit befunden, mussten die Hausbesitzer selbst über ihr Eigentum wachen.

Doch bis dahin bin ich dafür verantwortlich …

Das Gute an Odds Arbeit war, dass er im Besitz einer Uhr war. Er zog sie aus seiner Hosentasche und kniff die Augen zusammen, bis er zu dem Schluss kam, dass er sich noch etwas ausruhen könne, ehe er die Storgata ein letztes Mal abschritt.

Odd Anselmsson stammte aus Anundsjö. Er war der Sohn des Bauern Anselm Mårtensson. Wahrscheinlich war er als Brandwächter angestellt worden, weil sein Vater einen guten Ruf hatte. Odd wollte unbedingt vom Dorf wegkommen, vom Hof, von den Äckern, den Kühen und Misthaufen. Er wollte nach Örnsköldsvik.

Sein Vater war dem Wunsch seines Sohns nachgekommen, und Odd war eingestellt worden. Nicht als Spritzenmeister oder noch etwas Wichtigeres, sondern als Brandwächter, aber das war doch immer noch besser als die schwere Arbeit auf dem Feld.

Odd hatte die Stelle bekommen, und er wusste, dass er seine Anstellung nicht seinen Fähigkeiten verdankte, sondern vielmehr dem Einfluss seines Vaters. Und vielleicht auch dem Einfluss Polizeiamtmann Morells.

Auch wenn in Örnsköldsvik nicht der Polizeiamtmann von Anundsjö zu bestimmen hatte, sondern der Polizeiamtmann von Själevad. Und der Schultheiß. Und eben diesen musste Odd benachrichtigen, nachdem er im Falle eines Brandes alle anderen Einwohner geweckt hatte.

Doch bis heute war nie ein Feuer ausgebrochen, und bald würde auch diese Nacht vorüber sein.

Noch war es nicht kalt, vielmehr schien der Sommer in dieser letzten Augustwoche zurückgekehrt zu sein. Vor dem Winter graute Odd bereits etwas, aber dann hätte er immerhin einen geheizten Raum, in dem er sich nach jeder Runde über die Storgata wieder aufwärmen konnte. Ein Raum in dem großen weißen Haus, der vom Eigentümer zu diesem Zweck zur Verfügung gestellt worden war. Der Mann war seit Neujahr gleichzeitig ebenfalls Schultheiß des Marktfleckens. Lans hieß er. Der erste Schultheiß hatte nach weniger als einem Jahr gehen müssen. Er hatte sich irgendetwas zu Schulden kommen lassen, aber was, wusste Odd nicht.

Der Aufenthaltsraum für den Winter war noch verschlossen, jetzt im August, und trotz des frühen Morgens konnte er schon spüren, dass auch dieser Tag wieder sommerlich warm werden würde.

Odd war gerade zu seiner letzten Runde aufgebrochen, als er das Feuer sah.

Er war am Marktplatz angekommen, beim weißen Haus, in dem der Schultheiß wohnte, aber erst musste er die anderen wecken. Sein Herz pochte ihm bis zum Hals.

Jetzt ist es also so weit. Jetzt muss ich beweisen, dass ich etwas tauge.

Er löste den Klöppel der Glocke und begann sie kräftig hin und her zu schwingen.

»Brand!«, schrie er. »Ein Feuer ist ausgebrochen!«

Er rannte die Straße entlang. Wie er sehen konnte, brannte es nicht in einem der Wohngebäude, sondern in einem der Innenhöfe. In der dritten Nebenstraße. Während er lief, läutete er weiter seine Glocke und schrie.

Schon konnte er in der Ferne die unruhig gewordenen Pferde hören. Er hastete weiter und kam zum Wohngebäude. Aber nicht dort brannte es, sondern in einem der dazugehörigen Nebengebäude. Der Stall stand in Flammen. Er läutete seine Glocke, so laut er konnte, und lief auf den Stall zu. Erst musste er alle Leute wecken, aber er konnte die Pferde hören – oder kamen die Geräusche nur von einem …

Die hintere Stallwand stand in Flammen, aber die Tür war noch intakt, also riss Odd sie auf. Er sah die großen, schreckgeweiteten Augen des Pferdes, die geblähten Nüstern und die Zähne in dem aufgerissenen Maul. Er rannte in den Stall, machte das Halfter los und wollte das Tier hinausziehen. Es wich zurück, als hätte es Angst vor dem Ausgang, aber schließlich folgte es ihm. In diesem Stall stand nur ein Pferd … Nur eins, oder? Er zog das Pferd hinter sich her, in den Hof. Dort riss es sich los und galoppierte in Panik die Straße hinunter. Odd ließ es laufen und rannte in den Stall zurück. Bis jetzt hatte sich das Feuer nur über eine Wand ausgebreitet. Sollte er selbst …? Aber wie? Erst alle Hausbewohner wecken, danach den Schultheiß.

Er lief wieder auf den Hof und schlug mit der Hand an die Wände. Er läutete und schrie, und als er hörte, dass die Bewohner des Hauses in Bewegung kamen, rannte er zum Brunnen und begann, einen Eimer Wasser hochzuziehen.

Wenn wir erst zu mehreren sind, wird alles gut, dachte er. Eine Kette mit Wassereimern. Keine Spritze. Er hievte den ersten Eimer hoch, rannte in den Stall und schleuderte das Wasser gegen die brennende Wand.

Sobald sie erst zu mehreren wären, würde alles gut werden … Der Schultheiß musste eben noch etwas warten.

Als er mit seinem leeren Eimer wieder herausgelaufen kam, waren bereits die ersten Männer mit Wassereimern auf dem Hof angekommen.

»Bildet eine Kette!«, schrie Odd, und sofort ließen die Helfer ihre Eimer von Hand zu Hand gehen.

Immer mehr Leute kamen zum Löschen. Aber die Flammen leckten bereits am Dach.

»Passt auf, es könnten Trümmer herabstürzen!«, rief Odd, und eine zweite Kette begann, sich um das Dach und die Außenwand zu kümmern.

Wir schaffen es, dachte Odd. Ich schaffe es. Ich bin meinen Aufgaben als Brandwächter vollauf gewachsen.

Als er wieder in den Stall trat, sah er, dass das Feuer so gut wie gelöscht war. Das Getöse hatte nachgelassen, die Bretter schwelten nur noch. Mittlerweile war der ganze Hof voller Menschen. Odd setzte sich neben den Brunnen. Erst jetzt merkte er, wie erschöpft er war.

Aber dann stand er schnell wieder auf.

Vor ihm stand Schultheiß Lans.

Er hatte sich angezogen, trug einen schwarzen Anzug und ein Rüschenhemd dazu. In der Hand seinen Spazierstock. Mit dem zeigte er zuerst auf den Stall und dann auf Odd Anselmsson.

»Das hast du gut gemacht«, sagte er. »Richtig gut.«

Odd blickte erst auf den gelöschten Stall und dann hinaus auf die Gasse.

»Das Pferd«, sagte er. »Es ist mir durchgegangen.«

»Das wird sich schon finden«, sagte Lans. »Auch wenn der Stall abgebrannt ist. Aber du hast einen möglichen Großbrand verhindert.«

Die Luft war voller Feuer und Rauch, und Odd musste husten. Trotzdem war er sehr stolz auf sich.

5

Das Kind war in Annikas Körper gewachsen, bis Ende Mai. Bereits dreimal war das Aufgebot in der Kirche von Anundsjö verlesen worden, für sie und Johan Anundsson. Aber geheiratet hatten sie noch nicht. Und da war es eben passiert.

Sie saß in aller Herrgottsfrühe auf dem Abort, als sie plötzlich heftige Schmerzen überfielen. Sie wusste sofort, was das zu bedeuten hatte. Auf dem Abort des Bauernhofs, auf dem sie noch immer arbeitete. Obwohl der Schmerz so bohrend war, dass sie fast ohnmächtig geworden wäre, legte sie den Kopf auf die Knie und dachte, dass sie nun nicht heiraten müsse. Denn nur deswegen hatte sie sich mit Johan verlobt.

Aber sie durfte nicht direkt in den Abort gebären, also rutschte sie vom Sitzbrett auf den Boden, während rasende Schmerzen durch ihren Unterleib tobten. So fühlten sich Wehen an, das wusste sie. Sie stöhnte auf. Sie kauerte sich zusammen, wie die Leibesfrucht, die nun viel zu früh aus ihr herausdrängte. Die Frucht, die noch nicht voll entwickelt sein konnte.

Sie hatte die Tage, Wochen und Monate ausgerechnet, und glaubte zu wissen, wann ihre Stunde kommen werde. Aber jetzt wollte das Kind hinaus.

Als ob ich mir den Magen verdorben hätte, dachte

sie noch, legte sich auf den Rücken, spreizte die Beine und spürte es kommen. Als ob ich mir den Magen verdorben hätte. Der Bauch bläht sich auf, weil das Essen verdorben war, und alles will auf einmal in einem gewaltigen Schwall hinaus. Erst der Schmerz und anschließend fast schon ein Glücksgefühl.

So hatte Annika diesen Zustand in Erinnerung.

Sie setzte sich auf, starrte auf den roten Klumpen, ihr totgeborenes Kind, und verspürte eine große Freude. Ihr erster Gedanke war, dass sie den Fetus einfach in den Abort werfen und mit der Mistgabel unter all den anderen Dreck drücken sollte, der dort drin lag. Aber dieses Mal hatte sie ihre Schwangerschaft nicht verheimlicht. Nein, alle wussten, dass sie in anderen Umständen war. Dieses Mal war sie verlobt. Also musste sie die Bäuerin oder den Bauern rufen. Sie musste ihnen den toten Fetus zeigen, der hier auf dem Boden des Aborts lag.

Und das hatte sie dann auch getan. Die Bäuerin hatte mit der Hebamme und dem Pfarrer und dem Polizeiamtmann Morell gesprochen. Und sie selbst war auch befragt worden, und es war klar, dass hier nichts Ungesetzliches geschehen war. Es handelte sich um eine Fehlgeburt, und mittlerweile war das Kind begraben worden, nicht in einem ordentlichen Grab, aber auch nicht im Abort. Sie wusste nicht, wo. Die Bäuerin hatte das erledigt.

Sie hatte ihre Schwangerschaft nicht verheimlicht und ihr Kind nicht heimlich zur Welt gebracht. Alles war mit rechten Dingen zugegangen. Aber die Freude, die sie empfand ... Das waren keine mütterlichen Gefühle. Sie wusste das. Aber wenn es nun einmal so war, wie es war ...

Und sie konnte ja noch immer Kinder bekommen, kräftige, gesunde Kinder.

Dann wäre alles ganz anders.

Und dann sollte Johan Anundsson der Vater sein. Sollte sie ihn heiraten. Der eigentliche Grund ihres Eheversprechens existierte ja nun nicht mehr.

Aber sie heiratete ihn trotzdem. Annika Carlsdotter nahm am Mittsommerabend des Jahres 1849 in der Kirche von Anundsjö Johan Anund Anundsson zum Mann. Und Ende Juli waren sie schon in das Haus gezogen, das Johan zum Großteil bereits fertig gebaut hatte, auf dem Grundstück seiner Eltern, des Landgendarms Anund Persson und seine Frau Brita.

Noch immer verrichtete sie die Arbeit einer Magd. Auch jetzt musste sie die Kühe melken. In aller Frühe schon. Natürlich nicht jeden Tag, denn es gab noch eine andere Magd auf dem Hof. Und Brita war auch noch da.

Viel hatte sich allerdings nicht verändert.

Aber sie war verheiratet, sie hatte ihn zum Mann genommen, ihn, der nicht der Vater ihres totgeborenen Kindes gewesen war.

6

Es war Nacht, und Lisa kam zu Per Ersson.

In dem roten Kleid, und sie waren ganz allein, nur sie und er. Sie nahm den Saum ihres Kleides und ließ den Rock graziös schwingen, so heftig, dass Per dabei ihre Beine sehen konnte. Und dann hob sie den Rock bis über den Kopf. Nur für ihn, denn sie waren allein, er und sie, dort am See. Am Ufer unterhalb des kleinen Hains mit den Birken. Und Stille lag über dem See. Nur er und sie. Dann zog sie ihr Kleid aus und warf es ihm zu.

Einen Moment schwebte es in der Luft, so als ob es seine Schwingen zum Flug ausbreiten wollte, aber er bekam es gleich zu fassen. Er riss es nicht in Stücke, sondern hielt es sich vors Gesicht und atmete gierig den Duft ein.

Und so stand sie vor ihm – ganz nackt. Klein und hübsch war sie, nur ihre Brüste hingen schon etwas, als hätte sie bereits geboren. Aber nur etwas hingen sie, ganz wenig. Mit einer Hand bedeckte sie ihre Scham, versteckte sie vor ihm, trotzdem ging sie weiter auf ihn zu, lächelte und flüsterte seinen Namen.

In diesem Augenblick wachte Per jedes Mal auf.

Er lag im Wald, wie meistens unter einer Tanne mit

langen, herabhängenden Zweigen. Dort verbrachte er seine Nächte. Der Wald war seine Heimat geworden. Er war auf seiner Flucht Richtung Örnsköldsvik gelaufen, nicht hinauf in das von den Lappen bewohnte Land, obwohl es dort für ihn sicher leichter gewesen wäre, sich zu verstecken. Und er war auch nicht nach Hause, nach Mellansel gelaufen. Das würde er gewiss nicht tun, denn dort würden sie ihn bestimmt als Erstes suchen, oder nicht?

Per wusste, dass Lisa tot war, dass er sie getötet hatte.

Erst hatte er gedacht, dass er sie nur verletzt habe, dass er sie an der Brust oder an der Schläfe irgendwie schwer verletzt habe … aber nun wusste er Bescheid. Er war eine Nacht in Bredbyn untergekommen, und hatte erwogen, sich dem Polizeiamtmann zu stellen, und rein zufällig hatte er dort aufgeschnappt, dass er sie tatsächlich totgeschlagen hatte.

Als er auf dem Weg ein Geräusch gehört hatte, hatte er sich schnell ins Unterholz geschlagen. Zwei Frauen mit Rucksäcken, die zum Beerensammeln in den Wald gegangen waren. Er war ihnen gefolgt, und während er ihnen hinterherschlich, hatte er ihr Gespräch belauscht. Über die Ernte, über die Nachbarn. Und über sie. Über Lisa, die nun tot war …

Als er es hörte, wäre er am liebsten hervorgesprungen, um die Frauen zu fragen, ob das auch wirklich wahr sei. Hatte er denn wirklich …

In meinem wahnwitzigen Zorn, dachte er, habe ich sie totgeschlagen, habe ihr den Haken in die Brust und in die Schläfe geschlagen, habe sie nicht nur schwer verletzt, sondern totgeschlagen.

Nur in Pers Träumen lebte sie noch, und wenn er aufwachte, steckte ihm ein Schluchzen tief in der Brust.

Ja, wein du nur, schrie er in den Wald, wein du nur, jetzt, wo alles zu spät ist, wo du in deiner Raserei zugeschlagen und den einzigen Menschen getötet hast, der dir etwas bedeutet hat. Aber hatte sie etwa mit ihm Schluss machen wollen? War sie deswegen nicht gekommen? Oder war es doch so, wie sie gesagt hatte ...

Er wusste es nicht. Er wusste nur, dass es zu spät war. Dass er unglücklich war. Und dass er sich verstecken musste.

Er sehnte sich beim Einschlafen immer nach jenem Traum, in dem sie ihm erscheinen würde, unversehrt und schön, und zart und feingliedrig, mit ihren kleinen Brüsten und dem roten Kleid, das sie vor ihm schwenkte. Und auszog. Für ihn.

Aber dann wachte er auf, und Schmerz und Reue quälten ihn aufs Neue. Er musste sich verstecken, wenn er seinen Kopf nicht auf den Richtblock legen und den Henker Jacob Gyll seine Arbeit tun lassen wollte.

Unsägliches Grauen schüttelte ihn, wenn er sich die Hinrichtung vorstellte. Würde er das ertragen? Würde er in der Lage sein, furchtlos zum Richtblock zu gehen, um die gerechte Strafe für das zu erleiden, was er in seiner wilden Raserei getan hatte?

Nein, er musste sich länger verstecken. Vielleicht gab es einen Ausweg.

Aber wovon sollte er leben? Beeren, Pilze und Wurzeln waren eine reichlich schmale Kost. Das einzig Wertvolle in seinem Besitz waren die Verlobungsringe. Doch anstatt sich mit Lisa zu verloben, hatte er sie niedergemetzelt.

Der Verkauf der Ringe konnte ihm etwas Geld zum Überleben einbringen, bis er entschieden hatte, ob er aufgeben sollte, ob er zum Länsman gehen und alles gestehen und auf den Tod, auf das Richtbeil warten sollte. Oder ob er seinem Leben ein Ende setzte.

Im Traum war sie bei ihm, und seine Eifersucht existierte nicht mehr, weil sie allein für ihn da war.

Mittlerweile war der Tag angebrochen, und Per kroch unter der Tanne hervor. Er war schon halbwegs in Örnsköldsvik, spät in der Nacht hatte er die Brücke bei Yttersel überquert. Er fror zitternd in der Morgenkühle, und wie immer war er den Tränen nahe. Soll ich umkehren, nach Bredbyn gehen und mich dem Polizeiamtmann stellen?, überlegte er.

Er stand im dichten Wald, aber direkt unterhalb des Waldes verlief die Straße zwischen Anundsjö und Själevad. Die konnte er schlecht benutzen, er musste eine andere nehmen. Die am Waldrand. Und er konnte auch nicht die Küstenstraße nehmen, sobald er sich dem Ort näherte. Er musste sich weiter verstecken. Im Verborgenen halten.

Vielleicht wussten schon alle Leute in der Umgebung, was er getan hatte. Deshalb war die Chance, unentdeckt zu bleiben, in Örnsköldsvik größer als in Anundsjö. Und nach Mellansel würde er sowieso auf keinen Fall gehen.

Vielleicht hatte der Länsman bereits in seinem Elternhaus nach ihm gesucht?

Tränen stiegen ihm in die Augen, als er an seine Eltern dachte, weil sie vielleicht schon erfahren hatten, dass ihr Sohn ein Mörder war.

Per sah den Weg hinunter, der leer bis auf einen gemütlich dahinzuckelnden, mit Stroh beladenen Pferdewagen war. Das Pferd ging im Schritt, und er hörte jemanden singen. Da merkte er sofort, dass diese Fuhre nicht von einem Erwachsenen gelenkt wurde.

Also wartete er nicht lange, sondern lief zum Weg hinunter und winkte dem Jungen zu.

Der Junge trug eine Strickmütze, die er sich bis über beide Ohren gezogen hatte. Unter seinem grauen Hemd zeichneten sich krumme Schultern ab. Er hörte auf zu singen.

Per Ersson ging neben dem Wagen her. »Kann ich ein Stückchen mitfahren?«, erkundigte er sich. »Wohin fährst du denn?«

Der Junge straffte die Zügel, und das Pferd blieb sofort stehen, machte ein paar Schritte zum Straßengraben und begann zu grasen. Seinem Kutscher kam es gar nicht in den Sinn, das Tier davon abzuhalten.

»Nach Själevad«, antwortete er. »Da muss ich das Stroh hinbringen.«

»Kann ich mitfahren?«, wiederholte Per Ersson seine Frage. Als der Junge nickte, stützte sich Per an der Seitenwand ab, zog sich auf die Ladefläche hoch und kroch neben ihn.

»Ja, jetzt ist Erntezeit«, sagte er, als Per neben ihm Platz genommen hatte.

Der kleine Kutscher war noch jünger, als Per angenommen hatte. Höchstens zwölf oder dreizehn.

»Ich fahre nicht nur Stroh aus«, gab der Junge zur Antwort.

Er zog eine Börse unter seinem Hemd hervor, schwenkte sie hin und her und prahlte: »Ich habe auch Geld dabei, jawohl, das habe ich.«

Er lächelte und schob die Börse wieder unter sein Hemd.

»Zum Schöffen Sehlberg muss ich mit dem Stroh und mit dem Geld«, erklärte er. »So wurde es mir aufgetragen.«

Er schnalzte mit der Zunge, ruckte einmal kräftig an den Zügeln, und das Pferd setzte sich zögernd in Bewegung. Der Junge lehnte sich ins Stroh und ließ das Pferd einfach dahintrotten. Per legte sich bequem hin und dachte an die prall gefüllte Geldbörse.

»Sag mal«, begann er. »in Själevad, kann man da irgendwo wohnen?«

»Ja doch, die haben da ein Wirtshaus«, antwortete der Junge.

»Sonst gibt's nichts?«

»Doch, schon«, sagte der Junge. »Da gibt's noch eine Spelunke.«

»Eine Spelunke?«

»Die Wirtin heißt Anna Stacke«, erklärte der Junge.

Sie standen vor Morell, der Bauer aus Mellansel und seine Frau. Beide waren groß und mager. Er hatte ein längliches Gesicht, graues, in der Mitte der Stirn gescheiteltes Haar und schwermütige Augen. Sein Hemd war bis oben zugeknöpft.

Zugeknöpft, so wirkte auch die Bäuerin. Wie ihr Mann hatte sie einen Mittelscheitel und sich das Haar wie eine Kette um den Kopf geschlungen und zu einem steifen Knoten im Nacken festgesteckt.

Sie waren die Eltern des Flüchtigen namens Per Ersson.

Der Länsman Harald Morell hatte ihnen erzählt, was passiert war, dass ihr Sohn eine Frau getötet hatte.

Die beiden sagten nicht viel, sie wurden noch zurückhaltender, als sie es hörten.

Ob sie ihren Sohn gesehen hätten?, fragte Morell.

Da trat die Frau einen Schritt vor, und ihr Mann tat es ihr nach, als wollte er nicht allein in der Küche stehen.

Nein, hierher sei er nicht gekommen, flüsterte die Bäuerin.

Aber wenn er denn käme ... dann sollten sie bitte den Polizeiamtmann benachrichtigen, also ihn.

Der Mann wirkte ruhiger, als er wieder neben seiner Frau stand.

»Ich kann einfach nicht glauben ...«, begann er.

»Es ist aber so«, sagte Morell.

Als der Länsman den Raum betreten hatte, waren beide so grau im Gesicht geworden wie ihre Haare.

»Ihr wisst nicht, wohin Per gegangen sein könnte?«, hakte Morell nach.

Die beiden sahen sich kurz an, schüttelten dann aber die Köpfe.

Morell bedankte sich, ging aus dem Haus und zu seinem Wagen. Der Kutscher saß bereit, die Peitsche in der Hand.

Zu seiner Verwunderung sah Morell, dass die Eheleute mit ihm hinausgegangen waren. Vor der Haustür blieben sie stehen. Morell sah, dass der Mann eine Heugabel gegriffen hatte, die er nun vor sich aufpflanzte.

So standen sie dort nebeneinander, Erssons Eltern, er mit einer Heugabel in der Hand als Waffe zum Schutz oder als Stütze, das konnte der Länsman nicht sagen.

Also stieg er in seinen Wagen, und der Kutscher knallte mit der Peitsche. Die beiden aber standen vor ihrer Haustür, stocksteif und gerade, bewegungslos und grau wie Steine.

7

Anund Persson zupfte an einer Gerstenähre und rollte die Körner in seiner Hand hin und her. Dann warf er einen Blick auf die Trockengestelle.

Jetzt ist es bald so weit, dachte er.

Er blickte zum Himmel. Gutes trockenes Erntewetter, dachte er. Eigentlich muss ich mir über das Geschehene weiter keine Gedanken machen. Johan und Morell kümmern sich darum. Ich bin nur der Landgendarm, und meine Dienste werden seltener gebraucht. Ach, ich wünschte, ich könnte mich einfach nur um die Ernte kümmern, ohne mir um andere Dinge Sorgen machen zu müssen, ohne dass Morell kommt und verkündet, dass der Landgendarm im Amtmannshof gebraucht wird.

Bald ist es so weit, dachte er wieder.

Brita und ich, die Magd und Annika dreschen. Johan wird nicht gebraucht, der kann gern Morell helfen.

Er warf einen Blick auf das neue Haus.

Jetzt ist er also verheiratet, mein Sohn, nur das mit dem ersten Kind, das ist schade. Das hat sie ja verloren. Vielleicht wäre es ein Sohn geworden … Hoffentlich wird es mit Annika nicht so wie mit Morells Frau, Helena …

Sie ist eine gute Arbeiterin, die Annika, daran besteht kein Zweifel. Da hat mein Junge schon eine prächtige Frau geheiratet. Sie hält alles blitzsauber, und wenn sie melken muss, dann ist sie flink wie keine andere, dachte Anund.

Auch seiner Frau Brita gegenüber hatte er schon die Bemerkung gemacht, dass ihre Schwiegertochter beim Melken schneller als sie oder die andere Magd sei. Das war nicht unbedingt freundlich aufgenommen worden. Brita hatte gemurmelt, dass es beim Melken auf mehr ankomme, als nur auf die Geschwindigkeit. Da dürfe man nicht schludrig sein, sondern müsse behutsam und sorgfältig arbeiten. So hatte sie sich ausgedrückt, und Anund überlegte, ob seine Frau damit hatte sagen wollen, dass Annika nicht so behutsam und sorgfältig sei. Aber dazu hatte er geschwiegen.

Jetzt war Abend, und weil er seinen Sohn nach Hause kommen gesehen hatte, beschloss er, ihm einen kurzen Besuch abzustatten.

Er ging die Vortreppe hoch, stieß einen Ruf zur Begrüßung aus und öffnete die Küchentür. Die beiden saßen gerade beim Abendbrot. Er nickte ihnen zu, und es kam ihm in den Sinn, wie schön es erst werden würde, wenn er hierher käme und es wären Kinder da.

Johan stand auf und ging seinem Vater entgegen.

»Ich habe gleich gemerkt, dass du das bist. Sollen wir kurz hinausgehen?«

Anund nickte seiner Schwiegertochter zu und folgte seinem Sohn hinaus auf die Vortreppe. Sie setzten sich auf eine Stufe.

»Seid ihr vorangekommen?«, fragte Anund.

»Ich habe ein Bild gezeichnet«, antwortete Johan, stand auf, ging ins Haus und holte ein Blatt Papier, das er Anund zeigte. Der betrachtete es und nickte dann.

»Doch, doch«, meinte er. »So sieht er aus. Dass du solche Fertigkeiten hast …«

Er hielt sich das Bild noch einmal näher an die Augen.

»Diese Narbe. Wo hat er die eigentlich her?«

Johan zuckte mit den Achseln.

»Aber wo er ist, wisst ihr nicht, oder?«

»Nein«, sagte Johan. »Aber er kann sich ja nicht ewig versteckt halten.«

»Du glaubst also nicht, dass der Länsman mich braucht?«, erkundigte sich Anund besorgt.

Er hatte eine so kräftige und sonore Stimme, dass alles immer sehr wichtig klang, aber daran war Johan gewöhnt.

»Das glaube ich nicht.«

»Und deine Ehe?«, erkundigte sich Anund. »Geht da alles seinen gewohnten Gang?«

Johan lächelte breit statt einer Antwort, und sein Vater richtete sich auf und ging langsam zu seinem Haus zurück.

»Ich freue mich schon auf Enkelkinder«, sagte er.

Johan blieb noch auf der Vortreppe sitzen und lächelte vor sich hin. Vieles war genau so geworden, wie er es sich vorgestellt hatte. Das Haus war fertig – nun ja, zumindest die Küche und die Schlafkammer. Aber der Dachboden war noch nicht ausgebaut, ebenso wenig die Wohnstube.

Aber er war mit Annika Carlsdotter verheiratet. Er hatte früher einen Rivalen gehabt, der ihn einmal bedroht hatte, einen Knecht aus Kubbe namens Daniel Persson – doch der war mittlerweile an einem Magenleiden gestorben. Jetzt war er tot und begraben. Und er selbst war verheiratet. Alles war so geworden, wie er es sich erhofft hatte. Er hatte ein Haus und eine Frau. Aber kein Kind. Es war zu früh zur Welt gekommen, totgeboren.

»Wir können doch noch viele Kinder haben«, hatte Annika ihn schließlich beruhigt.

Ihm schien, als trauere sie nicht richtig um das tote Kind, als würde ihr dieser Verlust nichts ausmachen.

»Wir werden wieder Kinder haben«, hatte sie gesagt. »Lebendige und gesunde Kinder.«

Aber er hatte gedacht, dass es ihnen am Ende so gehen könnte wie Morell und seiner Helena, dass es Jahre dauern könne, ehe Annika ein gesundes Kind gebären werde. Drei Totgeburten hatte sie gehabt, bevor sie mit ihrem Sohn Gustav gesegnet wurde.

Segen, dachte er. Helena war nach der Entbindung immer noch nicht wieder von ihrer Schwermut genesen, obwohl mittlerweile anderthalb Jahre ins Land gegangen waren.

Aber nicht lange nach ihrer Fehlgeburt hatte Annika auf dem Bett in der Schlafkammer gelegen, ihr Nachthemd hochgehoben und ihn aufgefordert, mit ihr zu schlafen.

»Jetzt sind wir verheiratet«, hatte sie erklärt. »Vielleicht ist das nur so gekommen, weil wir es vor der Ehe getan haben.«

Er hatte bekommen, was er sich gewünscht hatte. Er hatte eine Frau, er hatte ein Haus, und jeden Morgen ging er durch Bredbyn zu seiner Arbeit im Amtmannshof. Es passierte nicht viel. Nur einen Verbrecher mussten sie jagen. Per Ersson, der seine Verlobte aus Eifersucht erschlagen hatte und dann geflohen war. Wo der Mann sich aufhielt, wussten weder Johan Anundsson noch Harald Morell.

Johan betrachtete noch einmal die Zeichnung. Vielleicht muss ich noch ein paar zeichnen, denn hier oben, im Norden von Ångermanland, gibt es keine Zeitung, die das Bild des Täters abdrucken kann. Also brauchen wir Zeichnungen, die wir dann an die verschiedenen Sprengel verschicken können.

Doch Morell hatte eine Druckerei in Örnsköldsvik vorgeschlagen, die das Bild von Per Ersson vielleicht vervielfältigen könnte.

Jedenfalls war eine Zeichnung jetzt fertig.

Johan Anundsson war ziemlich zufrieden mit sich.

8

Polizeiamtmann Harald Morell hatte von Lisbet einen Tragesack aus Lederflecken nähen lassen, den er sich wie einen Rucksack auf den Rücken schnallte.

Dieser Sack enthielt jedoch nicht seine Waffe oder seinen Schlagstock. Auch nicht Hand- und Fußfesseln. Nein, seinen Sohn Gustav trug er darin herum, denn er nahm ihn manchmal auf seine Spaziergänge mit, oder wenn er Anselm Mårtensson einen freundschaftlichen Besuch abstattete. Er hatte dazu jetzt genügend Zeit. Zwar gab es noch eine Menge zu tun, aber keine komplizierten Morde, die seine Gedanken beschäftigten. Nur der Fall Per Ersson. Die Fahndung nach ihm hatte bereits begonnen. Das von Johan gezeichnete Bild war gedruckt und verteilt worden. Viel mehr konnte er vorläufig nicht unternehmen. Die Situation war eine andere als im letzten Winter, als er im Zorn die Landstraße Richtung Örnsköldsvik im Schlitten abgefahren war, um einen Verdächtigen aufzuspüren – obwohl diese Fahrt zum Erfolg geführt hatte.

Die Dorfbewohner wunderten sich beim Anblick des großen Länsmans, wenn er mit seinem Sohn auf dem Rücken durchs Dorf ging, wie eine Frau des Volks der Lappen im Norden des Landes. Auch wenn die Leute wussten, dass sich seine Frau nicht um das

Kind kümmerte, wohl weil sie im Kopf krank sei, wie sie glaubten.

Morell liebte es, das Gewicht seines Sohnes auf dem Rücken zu spüren und zu hören, wie der Kleine vor sich hin brabbelte oder manchmal sogar etwas Verständliches murmelte. Und er konnte lange so gehen, über die Brücke und bis Fanby und ein Stück die Küstenstraße entlang. Oder er ging bis Näs und auf dem schmalen Weg – kaum breiter als ein Pfad –, der an Kubbe vorbei ins Land der Lappen führte.

Und danach hatte er jemanden, der ihm ein warmes Essen hinstellte. Jetzt arbeitete Lisbet Zackrisdotter aus Skalmsjö als Dienstmädchen bei ihm. Sie besorgte den Haushalt, kochte das Essen, buk das Brot und putzte das Haus.

Natürlich saß sie nicht mit am Tisch, denn sie war nur das Dienstmädchen. Trotzdem betrachtete Morell sie fast als zur Familie gehörend, weil er sie im vergangenen Frühjahr während seiner Ermittlungen im Armenhaus, wo sie als Altenpflegerin arbeitete, kennen gelernt hatte. Da er fand, dass sie gut als Dienstmädchen in den Amtmannshof passe, hatte er ihr die Stelle angeboten, die sie zum ersten Mai angetreten hatte.

Weil sie nicht mit am Tisch aß, musste er die Mahlzeiten allein einnehmen, denn seine Frau Helena litt noch immer unter Depressionen, obwohl Morell an guten Tagen glaubte, sie sei auf dem Weg der Besserung.

Aber er tröstete sich mit seinem Sohn. Den steckte er in den Ledersack, hievte ihn auf seine Schultern und freute sich, wenn der Kleine ihm die kleinen Ärmchen um den Hals legte.

Und dann ging er los, doch nicht immer zum Vergnügen.

An diesem Morgen wollte er zu Johannes Ejvindsson. Sein Gehilfe Johan Anundsson hatte dort zwar schon mit den Knechten gesprochen und nicht allzu viel herausgefunden, aber es schadete sicher nicht, noch einmal vorbeizuschauen und vor allem mit dem Großbauern zu reden, der an dem Tag, als Johan auf dem Hof gewesen war, Getreide in die Mühle gefahren hatte. Mit Johannes Ejvindsson, dem größten Bauern im Dorf, dem Herrn über viele Knechte.

Die Ernte wurde eingefahren. Viele Trockengestelle rings um die Höfe waren mit Garben bestückt. Bald würden sich die Bauern ans Dreschen machen. Morell ging an der Kirche vorbei und näherte sich Ejvindssons Hof. Die Rückseite des Hauses war dem See zugewandt, und an dem Gestell zum Trocknen stand einer der Knechte des Großbauern: Pål Tomasson, der sich im Frühjahr als unzuverlässiger Zeuge herausgestellt hatte, und reichte die Garben mit dem Haken nach oben, während zwei andere Knechte sie befestigten.

Für diesen Zweck ist der Haken gedacht, nicht, um jemanden damit umzubringen, dachte Morell. Gustav schien in seinem Tragesack eingeschlafen zu sein, als der Polizeiamtmann die Vortreppe hinaufging. Er löste die Trageriemen und hielt das Bündel im Arm, als er an die Tür klopfte.

Ejvindsson saß am Kopfende des Küchentischs,

während seine Frau und eine Magd am Herd standen und Milch durchseihten.

Auf dem Boden saß ein Junge, etwas älter als Gustav. Morell erinnerte sich, dass die Bäuerin schwanger gewesen war, als er das letzte Mal hier gewesen war. Morell erkannte sofort, dass mit dem Kind irgendetwas nicht stimmte. Es sah mit stumpfem Blick zu Morell hoch, während ihm Speichel übers Kinn lief. Der Kopf war zu groß und passte nicht zum restlichen Körper, die Stirn war niedrig und der Hinterkopf mächtig gewölbt. Mithilfe einer Hand und eines Fußes krabbelte das Kind mühsam vorwärts. Die andere Hand hing nutzlos seitlich herab. Dann öffnete der Junge den Mund und stieß einen Laut aus, wie das Grunzen eines Tieres.

»Bring ihn hier weg!«, befahl Ejvindsson, und seine Frau schrak zusammen und gehorchte sofort. Sie hob das Kind hoch, trug es in die Kammer und schloss die Tür. Morell hielt sein Bündel im Arm.

»Ich habe wirklich Pech mit meinen Knechten«, eröffnete Ejvindsson das Gespräch. »Und damit nicht genug. Ich selbst habe auch noch was abgekriegt. Meine anderen Kinder sind zwar alle gesund, aber dieses ist nicht ganz richtig im Kopf. Zurückgeblieben. Jawohl, zurückgeblieben. Manchmal geht alles nach Wunsch, aber manchmal nicht.«

Er stand auf und bedeutete Morell, ihm ins Nebenzimmer, sein Büro, zu folgen.

Morell wusste, was der Großbauer meinte, wenn er vom Pech mit seinen Knechten sprach. Vor ein paar

Jahren waren zwei von ihnen ermordet worden, vielleicht sogar aus nachvollziehbaren Gründen. Und jetzt die Geschichte mit Per Ersson.

Ein großer Schreibtisch nahm den größten Teil des Raums ein. Ein Lehnstuhl stand auch darin, mit dem Rücken zum See. Morell erinnerte sich an seinen letzten Besuch hier, als er erkannt hatte, dass die beiden Ermordeten Brüder waren, die früher als Knechte bei Ejvindsson gearbeitet hatten. Damals hatte er geglaubt, wieder krank zu werden. Es war eine schwere Zeit gewesen, und er erinnerte sich, wie klein und kraftlos er sich in diesem Zimmer gefühlt hatte.

Jetzt sah es aus, als hätten den Großbauern ebenfalls Schicksalsschläge getroffen. Denn sein jüngster Sohn war geistig behindert, also würde die Familie ihn für den Rest seines Lebens im Haus verstecken.

»Tja, es geht wohl um Per Ersson«, sagte Ejvindsson. »Ich weiß, dass du seinetwegen gekommen bist. Was willst du wissen?«

Morell nahm den schlafenden Gustav aus dem Tragesack und legte ihn in einen Lehnsessel, der vor dem anderen Fenster stand. Ejvindsson sah den Polizeiamtmann verwundert an.

»Der geht und spricht und wächst, was? Dein Sohn. Nicht wie unserer, der nicht mehr Verstand als ein Kalb hat. Besser, er wäre bei der Geburt gestorben«, sagte Ejvindsson.

»Du hast also keine Ahnung, wo sich dein Knecht aufhalten könnte?«, wechselte Morell das Thema.

»Per Ersson, meinst du. Er stammt aus Mellansel.

Hier bei uns ist er ein paar Jahre gewesen, glaube ich. Und er ging mit einer Magd von Anselm Mårtensson. Ja, mit dem Mädchen, das er getötet hat.«

»Das wissen wir alles schon«, unterbrach Morell ihn. »Sonst noch was?«

Hinter Ejvindsson, der mit seinem Lehnstuhl vorm Fenster saß, erstreckten sich üppige Wiesen und frisch abgeerntete Äcker.

Ejvindsson hat sich verändert, dachte Morell. Er wirkt nicht mehr so selbstsicher und überlegen.

Er sah seinen friedlich in dem Lehnsessel schlafenden Sohn an und dachte an Ejvindssons Kind: den großen Kopf, die Speichelfäden, die Rutschbewegungen auf dem Boden und seine tierartigen Laute. Wenn ich nun so ein Kind bekommen hätte ... Dann hätte ich die Krankheit meiner Frau eher begreifen können ...

»Örnsköldsvik«, fuhr Ejvindsson fort. »Einer nach dem anderen macht dort Bankrott, während wir hier blühen und gedeihen. Ich kaufe und verkaufe am meisten. Und keiner kann mich aufhalten.«

»Ja, ja«, unterbrach Morell den Großbauern ungeduldig. »Aber Per Ersson ...«

»Ich weiß, deswegen ist mir Örnsköldsvik eingefallen«, sagte Ejvindsson. »Er hat dort einen Bruder.«

»Einen Bruder?«, staunte Morell.

»Oder Halbbruder. Älter als er. Sein Vater war vorher schon mal verheiratet, aber die erste Frau ist gestorben.«

»Und der Bruder wohnt in Örnsköldsvik?«

»Soviel ich weiß, arbeitet er dort im Wirtshaus.«

Das haben Per Erssons Eltern in Mellansel nicht erwähnt, dachte Morell.

»Alarik heißt er«, ergänzte Ejvindsson, als hätte er geahnt, was Morell als Nächstes fragen wollte.

»Wie lange ist er bei dir gewesen? Per Ersson meine ich.«

»Im Oktober werden es wohl drei Jahre«, sagte Ejvindsson.

»Wo war er davor?«

»Bei Olof Olsson in Ödsby.«

Gustav begann sich zu bewegen, setzte sich im Lehnsessel auf und sagte etwas, was Morell als »Hause gehen« interpretierte. Er hob ihn hoch, schaukelte ihn ein bisschen und setzte ihn dann in seinen Tragesack.

Ejvindsson blieb hinter seinem Schreibtisch sitzen.

»Mit dem scheint ja alles in Ordnung zu sein, mit deinem Jungen. Meiner hätte einfach gleich sterben sollen«, war seine letzte Bemerkung.

Da war Morell schon zur Tür hinaus.

9

Viele Einwohner Örnsköldsviks waren schon in Konkurs gegangen. Die Dinge waren nicht so gelaufen, wie sie sich das bei der Gründung des Orts vorgestellt hatten. Der Handel hatte nämlich nicht im Geringsten nachgelassen. Doch die Leute strömten nicht nach Örnsköldsvik, um dort ihre Geschäfte zu tätigen, einzukaufen oder den Handwerkern Aufträge zu erteilen.

Nein, die Bauern in den Gemeinden rundherum waren es von jeher gewohnt, auf ihre Art Handel zu treiben, und dabei blieben sie. Daran änderte auch die Tatsache nichts, dass man einen Ort gegründet hatte, der den Namen eines verstorbenen Landeshauptmanns trug. Trotz harter Arbeit waren viele Händler und Handwerker in große Schwierigkeiten geraten. Und deshalb standen inzwischen bereits mehrere Häuser an der Storgata leer.

Den Kaufleuten, die sich Grundstücke in der Nähe des Marktplatzes gesichert hatten, ging es noch am besten.

In einem dieser Häuser hatte Odd Anselmsson ein Zimmer gemietet, auch wenn er den Markt von seinem Fenster aus nicht sehen konnte. Nein, und die Storgata auch nicht. Denn sein Fenster ging auf eine Seitengasse hinaus.

Nun stand er nach seinem Dienst als Brandwächter immer früh auf und spazierte über die Storgata, um sich in seinem Ruhm zu sonnen. Durch seine Wachsamkeit war ein Großbrand verhindert worden. Und in den ersten Tagen nach diesem gefährlichen Vorfall hatten sich die Menschen auf der Straße auch dafür bedankt. Doch nach einer Weile geriet seine Großtat wieder in Vergessenheit.

Immerhin hatte er seinem Vater davon erzählen können. Der war eines Nachmittags mit Pferd und Wagen vorbeigekommen, und da hatte Odd ihm stolz von seiner Heldentat berichtet. Und Neues aus Anundsjö erfahren. Unter anderem, dass die Magd Lisa Magnusdotter von ihrem Verlobten getötet worden war.

Da erinnerte sich Odd an ein Ereignis in seiner Kindheit. Er war damals zehn Jahre alt gewesen, Sven, sein Bruder, dreizehn, und Lisa vielleicht achtzehn oder neunzehn.

Es ist die Zeit der Heuernte. Obwohl er noch so klein ist, hilft er mit und hat sogar einen eigenen Rechen. Mit der Sense darf er noch nicht mähen, aber sein Bruder, der darf das, weil er schon das richtige Alter dafür hat. Er hat seine Sense mit weit ausholenden Bewegungen geschliffen und Odd dabei verächtlich angeschaut, weil der so klein ist und mit den Frauen zusammenrechen muss.

Doch das ist nicht das Wesentliche an seiner Erinnerung.

Es war heiß an jenem Tag, Ende Juli. Nur Sven, er

und Lisa sind übrig geblieben. Sie ist die einzige Erwachsene. Und sie wollen baden gehen.

Er hat eine knielange Hose an und ein Hemd, und er schwitzt. Das Hemd zieht er aus, um ins Wasser zu gehen und ein bisschen darin herumzuplantschen. Aber Lisa. Das ist die eigentliche Erinnerung. Sie zieht ihr Kleid über den Kopf und wirft es ans Ufer. Sie hat kein Unterhemd an, nur eine Unterhose. Und die zieht sie auch aus, sie zieht sie von ihrem Po, hebt den einen Fuß und steigt heraus. Dann dasselbe mit dem anderen. Und dann ist sie nackt. Er ist ins Wasser hinausgewatet und sieht sie nun. Zum ersten Mal sieht er eine nackte Frau. Sie breitet die Arme aus und läuft auf ihn zu, ins Wasser. Er steht mit offenem Mund da, sieht ihre Brüste, die kleine Wölbung ihres Bauches und das schwarze Dreieck zwischen ihren Beinen. Sie läuft auf ihn zu und an ihm vorbei, bis das Wasser sie ganz bedeckt.

Dabei schwimmt sie nicht, sie steht nur im Wasser, die Arme immer noch ausgestreckt. Er hat sich umgedreht, um ihr mit Blicken folgen zu können, doch dann dreht er sich noch etwas weiter um und sieht seinen Bruder. Sven ist noch immer angezogen und steht reglos da. Er starrt aufs Wasser und auf das Mädchen. Plötzlich holt er sein Glied aus der Hose und hält es in der Hand. Und sein Glied ist gewachsen, es ist richtig groß, und Odd mit seinen halblangen Hosen steht im Wasser und sieht seinen Bruder, wundert sich und fragt sich, ob sein eigenes wohl eines Tages genauso groß sein wird.

So sieht das Bild in seiner Erinnerung aus. Aber wie ist Lisa eigentlich wieder aus dem Wasser gegangen? Genauso nackt, wie sie hineingegangen ist? Doch daran kann er sich nicht erinnern. Nur, wie sie ins Wasser gelaufen ist. Und an ihre Nacktheit. Und dass sein älterer Bruder in vieler Hinsicht gewachsen war. Und dass er selbst nicht dazugehörte, so als ob Lisa und Sven einen Schritt in eine Welt getan hätten, die ihm verborgen war.

»Mit einem Haken für die Getreidegarben«, sagte Anselm gerade. »Aus Eifersucht. Jetzt haben wir nur noch eine Magd.«

»Und er war ihr Verlobter?«, fragte Odd.

»Ja, obwohl der Per eigentlich nicht viel taugte. Und das hat er ja nun auch bewiesen.«

Anselm erhob sich von der Bettkante, auf der er gesessen hatte. Ein Bett, ein Tisch, ein Stuhl und ein Ofen. Das war die ganze Zimmereinrichtung.

Und Odd wunderte sich wieder einmal über die Ruhe und Langsamkeit seines Vaters.

»Sieht so aus, als würde es für dich ganz gut laufen. Als Brandwächter.«

»Ja, ja«, antwortete Odd, während er immer noch seiner Erinnerung nachhing, damals, am Strand, mit Lisa. Jetzt lag sie auf dem Friedhof von Anundsjö begraben, mit erst dreißig Jahren.

»Wirklich gut, dass du diesen Brand da in den Griff gekriegt hast«, sagte Anselm, ehe er aus dem Zimmer ging.

Odd war Per Ersson ein paar Mal begegnet, wenn er zu Hause war, und auf seinem Spaziergang durch den Ort sah er ihn an diesem Tag wieder. Auf einer Zeichnung.

Jemand hatte ein Porträt von ihm gezeichnet, und diese Zeichnung war nun unten am Marktplatz, an einen Pfosten geheftet zu sehen, nicht weit von dem weißen Haus entfernt, in dem Odd wohnte.

Zusätzlich war sie mit einer Personenbeschreibung versehen. Dort stand, dass Per Ersson wegen Totschlags in Anundsjö gesucht wurde. Und dass man einem der Polizeiamtmänner der Gemeinden oder dem Schultheiß in Örnsköldsvik Hinweise geben könne.

Wer auch immer ihn gezeichnet hatte, er hatte seine Sache sehr gut gemacht.

Die Narbe auf seiner Oberlippe war deutlich zu sehen.

10

Am Freitag, den 24. August 1849, brannte Anselm Mårtenssons Getreidescheune bis auf die Grundmauern nieder. Das Vitter-Kreuz am Giebel – eine kreuzförmige Aussparung –, die vor dem Fluch der kleinen, unterirdisch lebenden Trolle schützen sollte, hatte nicht geholfen.

Aber es hätte schlimmer kommen können. Die Scheune hätte voller Getreide sein können, das hier immer zum Trocknen ausgebreitet wurde, doch glücklicherweise hatte Anselm noch nicht mit dem Dreschen begonnen.

Anselm entdeckte den Brand am frühen Morgen. Da war nichts mehr zu machen, von der Scheune war nur eine schwelende Ruine übrig geblieben. Glücklicherweise hatte das Feuer nicht die anderen Gebäude erfasst. Dafür war der Bauer dankbar. Weil Windstille herrschte, waren die anderen Gebäude verschont geblieben: das Wohnhaus, der Pferde- und der Viehstall.

Nur die Getreidescheune war niedergebrannt.

Und die war noch leer. Die Darre war noch nicht beheizt worden. Anselm hatte noch kein Getreide zum Trocknen darin ausgebreitet. Wäre der Brand später ausgebrochen, hätte Anselm es verstehen können.

Doch seit letztem Herbst hatte niemand mehr den Ofen in seiner Getreidescheune eingeschürt.

Hätte die Schmiede gebrannt, dachte er sich, hätte ich das verstehen können, denn dort wurde immer über offenem Feuer gearbeitet, aber die Kornscheune? Wie um alles in der Welt hatte die nur Feuer fangen können?

Ein Unglück kommt selten allein, dachte er weiter. Wenn nicht Totschlag, dann ein durch Fahrlässigkeit entstandenes Feuer.

Er weckte die anderen, seinen Knecht, seine Frau und wer sonst noch auf dem Hof war. Und Sigrid, die einzige Magd, die sie seit Lisas Tod noch hatten.

Sie schütteten gemeinsam Eimer voller Wasser über die schwelenden Trümmer, sowie den Boden ringsum, um zu verhindern, dass Glut auf die anderen Gebäude überspringen konnte.

Glück im Unglück, dachte er, dass es die Getreidescheune war, denn die liegt ja ein Stück von den anderen Gebäuden weg.

Wie war das nur passiert? Wenn es denn die Schmiede gewesen wäre, dachte er wieder. Dann könnte ich es ja noch verstehen. Aber die Scheune?

»Das sind die Vittra«, verkündete seine Frau. Sie hatten sich auf die Treppe gesetzt, der dicke Knecht Haldo, sein ältester Sohn Sven, der den Hof erben sollte, die Magd Sigrid und seine Frau Helga.

»Das sind die Vittra«, wiederholte Helga und zupfte ihr Kopftuch um das runde, gutmütige Gesicht zurecht.

Anselm sah sie finster an. »Du mit deinen Vittra«, sagte er.

»Hast du etwa eine bessere Erklärung?«, fragte sie. »Der Ofen war nicht mal an. Ein Blitz kann's auch nicht gewesen sein. Und zum Trocknen hatten wir nichts drin. Wenn es die Schmiede gewesen wäre … Nein, da hatten irgendwelche Trolle ihre Hand im Spiel.«

Und dann wollte sie wissen, ob jemand die Vittra im Wald gesehen habe, ob sie unfreundlich gewesen seien, oder ob man ihnen Hilfe verweigert oder unerlaubterweise ihre Pfade benutzt habe, oder ob man die unheimlichen Berghunde spöttisch nachgeäfft habe, oder ob jemand etwas auf den Boden geschleudert habe, ohne vorher eine Warnung auszusprechen.

Anselm ließ seine Frau gewähren. Er glaubte nicht, dass die Vittra seine Scheune angezündet hatten, aber er gab Helga Recht: Es sei seltsam, dass ausgerechnet die Scheune niedergebrannt sei.

»Es ist schon eine gute Weile her, dass ich zum letzten Mal einen von den Vittra gesehen habe«, sagte Haldo und wischte sich übers Gesicht. »Aber gehört habe ich sie. Oder ihre Kuhglocken.«

»Und wenn sie Holz fahren«, sagte Sigrid. »Da habe ich sie auch gehört. Und einmal habe ich auch eine Vittrafrau gesehen, in einem roten Gewand, mit offenen Haaren.«

»Hört doch auf, solchen Unsinn zu reden«, sagte Anselm.

Die Sonne war mittlerweile aufgegangen, Zeit zum Melken und zum Füttern.

»Tja, dann gehe ich wohl erstmal in den Wald und nehme ein Stück Stoff mit, das ich ihnen schenke, damit sie anderen Leuten die Häuser anzünden«, sagte Helga und zog sich das Kopftuch noch weiter ins Gesicht.

Anselm stand auf und ging zu den Resten seiner Getreidescheune hinunter. Mit einem Stock stocherte er in den schwarzen Balken herum.

Es hätte noch viel schlimmer kommen können, dachte er.

11

Etwas abseits von Ödsby lagen zwei Höfe, der eine näher am See, der andere näher am Wald. Sie sahen fast gleich aus: ein verwittertes Grau mit verwitterten Rindendächern, nicht sonderlich groß, und jedes mit einem kleinen Streifen Ackerland daneben.

Johan Anundsson wunderte sich, dass zwei Wege zu den Höfen führten. Denn wer zu einem der beiden gehen wollte, hätte ein gutes Stück weit denselben Pfad benutzen können.

Doch stattdessen gab es zwei Wege, und einer von beiden endete beim ersten Haus. Dort wohnte Olof Olsson, bei dem Per Ersson Knecht gewesen war, bevor er sich bei Johannes Ejvindsson verdingte.

Olsson war ein hagerer alter Mann mit eingefallenen Wangen, und die Erklärung, warum es zwei Wege gab, bekam Anundsson umgehend zu hören. Er konnte nicht einmal sein Anliegen vorbringen, da fing Olof Olsson auch schon an zu reden, wobei er sichtlich aufzuleben schien.

»Das ist wegen meinem Nachbarn«, sagte er. »Der sagt, er hat Gewöhnungsrecht auf diesem Weg. Aber hier gibt's kein Gewöhnungsrecht, der musste sich mal schön seinen eigenen Weg anlegen.«

Er zog Johan Anundsson ins Haus und zeigte nach

oben auf ein großes Trockengestell. An dem hingen keine Garben, weil es nicht mehr als Trockengestell diente, denn die Querstreben waren vollständig mit Brettern zugedeckt. Das Gestell sah daher wie eine Bretterwand aus.

»Früher konnte ich auf den See schauen«, erzählte Olsson. »Jetzt natürlich nicht mehr. Aber das geschieht ihm ganz recht, wo er doch immer so untragbar ist.«

»Untragbar?«, hakte Johan Anundsson verwirrt nach.

»Ja, den kann man einfach nicht ertragen. So eigenlaunig wie der immer ist.«

Eigensinnig, dachte Johan Anundsson.

»Schier untragbar ist er«, sagte Olof Olsson. »Ich habe ausgemessen, wo die Grenze ist, aber der übertreibt sie ständig.«

»Seid ihr verfeindet?«, wollte Johan wissen.

»Ich nicht, aber der schon. Aber wenn er nicht kapiert, wo das Grenzlineal verläuft, dann muss man's ihm eben zeigen.«

»Die Grenzlinie?«, fragte Johan.

Olof Olsson warf Anundsson einen verstohlenen Blick zu und schlug sich dann mit der flachen Hand vor die Stirn, als wollte er eine Mücke totschlagen.

»Der hat eine Birke auf meiner Seite gefällt. Eine sehr junge Birke, aber trotzdem. Aber da konnte er sich dann mal schön seinen eigenen Weg anlegen, denn hier gibt's kein Gewöhnungsrecht.«

Er zog Johan am Ärmel in die Küche. »Siehst du da oben meinen Acker? Der geht bis fast an sein Haus.«

Olof Olsson hatte die Birken so wild wuchern lassen, dass die Aussicht vom Wohnhaus seines Nachbarn völlig zugewachsen war.

»Da habe ich auch noch 'ne Jauchegrube angelegt. Da möchte ich später Schafe halten.«

»Und außerdem hast du ihm die Aussicht verstellt«, sagte Johan.

Zum ersten Mal lachte Olof Olsson und zeigte ein paar gelbe, fleckige Zahnstummel.

»O ja, das habe ich«, grinste er.

»Du hattest mal einen Knecht«, wechselte Johan Anundsson das Thema, um endlich zum Grund seines Besuches zu kommen.

»Schon ewig her«, antwortete Olof Olsson. »Mit solchen Kerlen bin ich einfach nicht streng genug.«

»Per Ersson«, fuhr Johan fort.

»Ja, genau. Aber der ist nach Bredbyn.«

»Und seitdem hast du ihn nicht mehr gesehen.«

»Seitdem nicht mehr, nee.«

»Und du weißt auch nicht, wo er ist?«

»Ich habe nicht die leiseste Fahndung«, sagte Olof Olsson.

Nicht die leiseste Ahnung heißt das, du dämlicher Ochse, dachte Johan.

»Wie heißt denn dein Nachbar?«, erkundigte er sich.

Olof Olsson runzelte die Stirn und kniff den Mund zusammen, bis er nur noch ein schmaler Strich war.

Dann warf er einen finsteren Blick zum Nachbarhof und ließ sich auf einen Stuhl plumpsen. »Den willst du doch wohl nicht auch heimsuchen?«, flüsterte er.

Der Nachbar war genauso alt wie Olof Olsson, sah aber nicht so griesgrämig aus.

»Sven Eriksson«, stellte er sich vor, als Johan Anundsson ihm die Hand hingestreckt und seinen Namen genannt hatte. Sein Händedruck war kräftig, der ganze Mann wirkte bodenständig und unerschütterlich. Er stand gerade am Brunnen und hatte zwei Eimer mit Wasser gefüllt.

Johan erzählte von Per Ersson, der seine Verlobte erschlagen habe und seitdem verschwunden sei. Ob Sven Eriksson ihn vielleicht gesehen habe? Könne er vielleicht nach Ödsby zurückgekehrt sein?

Sven Eriksson schüttelte den Kopf.

»Ich habe ihn nicht mehr gesehen, seitdem er von da weggegangen ist«, sagte er und deutete auf Olof Olssons Hof. »Das ist schon drei Jahre her.«

»Warum ist er weggegangen?«

Sven Eriksson seufzte. »Hast du ihn kennen gelernt? Olof Olsson?«

Johan nickte.

»Dann müsstest du eigentlich verstehen, warum. Der lässt alles brachliegen und hat Tag und Nacht nur noch eines im Kopf – mir das Leben sauer zu machen. Alles andere ist weniger wichtig als das.«

»Deswegen ist der Knecht weggegangen?«

»Keine Ahnung«, meinte Sven Eriksson. »Aber in Olssons Kopf hat irgendwas ausgehakt.« Er nickte wieder in Richtung Nachbarhaus.

»Aber wenn du ihn doch noch sehen solltest«, sagte Johan Anundsson, »dann weißt du jetzt, dass er gesucht wird.«

Der Bauer hob das hölzerne Joch hoch und legte es sich auf die Schultern.

»Hast du denn nicht irgendeinen Baum auf seiner Seite geschlagen?«, fragte Johan.

Sven Eriksson verzog den Mund zu einer Art Lächeln. »Als ich am Grenzgraben das Unterholz etwas ausgelichtet habe, habe ich möglicherweise eine kleine Birke von seiner Seite mit erwischt, aber ein normaler Mensch …«

Er sprach den Satz nicht zu Ende.

»Ein gutes nachbarschaftliches Verhältnis …«, fing Johan an, konnte seinen Satz aber ebenfalls nicht beenden.

»Ein schlechtes nachbarschaftliches Verhältnis«, sagte Sven Eriksson. »Mir ist es gleich. Es geht einfach schon zu lange. Solange er meine Tiere nicht erschlägt oder meinen Brunnen vergiftet, muss ich wohl dankbar sein.«

»Hast du das Gewohnheitsrecht für die Benutzung dieses Weges?«

»Hundert Jahre lang hat man hier den gleichen Weg benutzt, aber ich musste mir einen neuen anlegen. Eigentlich sollte man meinen, dass alte Gewohnheiten …«

Johan streckte ihm die Hand hin, um noch einmal den festen Händedruck zu spüren.

»Er hat die ganze Zeit Gewöhnungsrecht gesagt«, verriet er.

»Tja, der sagt 'ne ganze Menge komische Sachen – und er tut sie auch«, sagte Sven Eriksson zum Abschied.

Während der Rückfahrt nach Hause dachte Johan über nachbarschaftliche Beziehungen nach, weil er auf demselben Hof wie seine Eltern in Bredbyn lebte.

Würde der Frieden zwischen ihnen halten? Und würde er eines Tages die Nachfolge seines Vaters antreten und Landgendarm werden?

Er klatschte dem Pferd die Zügel auf den Rücken. Er wollte schnell nach Hause, denn dort wartete Annika, die Frau, die sein Leben verändert hatte.

Doch bei den Ermittlungen war nichts Neues herausgekommen.

Wo hatte sich Per Ersson versteckt?

12

Alarik Ersson, Per Erssons älterer Bruder, war kein Gastwirt, sondern Besitzer einer kleinen Herberge oben an der Storgata. Er hatte rote Haare und war ein kräftig gebauter Mann in den Vierzigern. Morell erinnerte sich, dass er den Mann – der Rotfuchs genannt wurde – in diesem Jahr bereits kennen gelernt hatte, als er ebenfalls nach einem Verdächtigen gesucht hatte.

Obwohl es bei dieser Fahndung einfacher ist, dachte der Länsman. Denn dieses Mal wissen wir, wer der Täter ist.

»Sie haben ihn gefasst«, sagte Alarik Ersson anstelle einer Begrüßung zu Morell.

Er stand hinter einem hohen, schmalen Tisch und beaufsichtigte einen dunklen, leeren Raum.

Morell riss die Augen auf. »Wen?«, fragte er.

»Na, den Mörder, der hier wohnte und mich reingelegt hat. Im Frühjahr.«

»Ja«, sagte Morell. »Den haben wir gefasst. Der sitzt jetzt in Härnösand. Er wurde zum Tode verurteilt. Aber heute geht es um etwas anderes. Du hast einen Bruder?«

»Halbbruder«, korrigierte Alarik Ersson.

»Weißt du, wo ich ihn finden könnte?«

»Ich habe die Zeichnung von ihm gesehen«, sagte Alarik. »Hier in Örnsköldsvik.«

»Hier ist er nicht gewesen?«

»Warum sollte er hierher kommen?«

»Weil ihr miteinander verwandt seid«, sagte Morell.

»Es gibt solche Brüder und solche. Mein Vater hat wieder geheiratet, nachdem meine Mutter gestorben ist. Doch zu der Zeit wohnte ich schon nicht mehr zu Hause.«

Wahrscheinlich hatte er die roten Haare von seiner Mutter geerbt, denn alle anderen Familienmitglieder, Per, der Vater und Per Erssons Mutter, hatten keine roten Haare. Sie hatten Alarik Ersson nicht einmal erwähnt. Der Polizeiamtmann hatte das Bild noch vor sich, wie die beiden da kerzengerade auf ihrem Hof standen, der Mann mit der aufgepflanzten Heugabel vor sich.

»Weißt du, wo Per sich vielleicht aufhalten könnte?«, wollte er wissen.

»Ich habe ihn etwa seit sieben oder acht Jahren nicht mehr gesehen. Der würde auch nicht herkommen, wenn er in der Klemme steckte.«

»In der Klemme steckt er im Moment allerdings. Sogar mehr als das.«

»Hat er die Frau wirklich getötet?«

»Mit einem Haken«, bestätigte Morell.

Alarik kratzte sich am Kopf.

»Aber mit der Cholera ist hier nichts«, sagte er.

»Cholera?«, wunderte sich Morell.

»Ja, in Örnsköldsvik wurde sogar schon kontrolliert, ob die Aborte vorschriftsmäßig sind.«

»Das war sicher richtig«, sagte Morell.

»Eine Weile dachte ich schon, dass …«, begann Alarik. Er beugte sich zu Morell vor und flüsterte: »In einem meiner Zimmer ist ein Mann gestorben. Anfangs dachte ich schon, dass … doch dann war es nur so eine Magengeschichte.«

»Per Ersson«, sagte Morell, um auf den Grund seines Besuches zurückzukommen. »Du hast keine Ahnung, wo der hingegangen sein könnte?«

Alarik schien nachzudenken. Schließlich sagte er: »Entweder versteckt er sich im Wald, oder er hat sich davongemacht.«

Der Mann könnte Recht haben, dachte Morell.

Er ließ seinen Blick durch den leeren Raum wandern.

Alarik Ersson folgte seinem Blick.

»Jetzt gibt es hier ein Wirtshaus. Zu mir kommen nur noch Zigeuner und anderes Pack.«

»Heute wohl nicht«, sagte Morell.

»Es ist noch zu früh«, erklärte Alarik. »Was geschieht denn mit Per, wenn Sie ihn fassen? Tritt Scharfrichter Gyll dann in Aktion?«

Morell antwortete nicht. Er war lange genug hier gewesen. Es warteten noch andere Aufgaben auf ihn, die angenehmer waren als die Unterhaltung mit diesem Herbergswirt. Auch wenn der Rotfuchs dieses Mal gelassener gewesen war als bei seiner ersten Begegnung mit Morell.

Helena hatte ihn begleitet. Zum ersten Mal hatte sie ihn begleitet. Sie hatten den Gig genommen, und sie hatte die ganze Zeit neben ihm gesessen, erst mehrere Meilen lang auf der Landstraße und dann Richtung Küste, nach Örnsköldsvik.

Nun saß sie in dem zweirädrigen Wagen und wartete auf ihn. Und sie lächelte ihn an. Er machte das Pferd los, nahm die Zügel, stieg auf, setzte sich neben sie, wendete den Gig und fuhr die Storgata in Richtung Bucht hinunter.

Sie sah überhaupt nicht ängstlich oder niedergeschlagen aus. Es würde eine lange Rückfahrt werden, aber nun saß Helena neben ihm, und ihm war fast schwindlig vor Glück. Morell wusste, dass dieses Glück sich jeden Moment verflüchtigen konnte – das hatte er mittlerweile gelernt. Er kannte diese Rückfälle. Er war ihre Bettlägerigkeit gewöhnt, aber jetzt ... in diesem Moment ... da lag die Welt offen vor ihm, so offen wie die Lungångers-Bucht.

Am Marktplatz hielt er, stieg ab und übergab ihr die Zügel, während er die Zeichnung von Per Ersson betrachtete. Doch die Frage, wo sich der Flüchtige aufhalten könnte, interessierte ihn im Augenblick weniger.

Er setzte sich wieder hin und legte den Arm um seine Frau, bevor er seinem Pferd Abed-Nego zuschnalzte und weiterfuhr.

Im Wagen stand ein Korb mit Essen und Getränken, den Lisbet für die beiden gepackt hatte, und sobald Morell und seine Frau den Ort verlassen hatten, blieben sie stehen, um zu rasten.

Es war Spätsommer, die Luft war mild und warm. Morell breitete eine Decke auf dem Boden aus, holte Wein, Brot und Hühnchenschenkel heraus und lud seine Frau ein, sich neben ihn zu setzen.

Er war ganz behutsam, um sie nicht zu erschrecken. Er wollte diesen Augenblick genießen, diesen kostbaren Tag, an dem er mit Helena zum ersten Mal seit über anderthalb Jahren wieder zusammen unterwegs war.

Denn Morell wusste, dass sich alles wieder ändern konnte – innerhalb eines einzigen Augenblicks.

13

Der Junge besuchte den Länsman an einem Sonntag. Nach dem Gottesdienst kam er.

Helena hatte ihren Mann nicht in die Kirche begleitet. So weit war sie noch nicht. Und zurzeit war sie nicht die Einzige, die dem Gottesdienst fernblieb. Das Vertrauen der Menschen in die Kirche und deren Diener schien in letzter Zeit ziemlich gelitten zu haben. Morell wusste, warum das so war – es hatte mit dem abgesetzten Hilfspfarrer Erik Sondelius und dessen Verbrechen zu tun.

Morell saß in der Küche. Er hatte seine Stiefel ausgezogen, und schaute seinem Sohn bei dessen unbeholfenen Gehversuchen zu.

Es war so gar nichts Zerbrechliches an Gustav, auch wenn er Helenas feine Gesichtszüge geerbt hatte. Und ihr Haar, das ihm lockig über die Ohren fiel.

Später einmal wird er meinen Körperbau haben. Kräftig wird er werden. Trotzdem ist es gut, dass er nicht so aussieht wie ich, dachte Morell.

Er musste an die Zeit zurückdenken, als Gustav noch gestillt wurde. In den ersten sechs Monaten war Helena noch völlig geistesabwesend und niedergeschlagen. Sie weinte ständig. Damals war Antonetta Brolin seine Amme gewesen. Morell war zur

Frau Israel Brolins gegangen und hatte sie gebeten, Gustav zu stillen. Sie hatte ihren Neugeborenen, Lorens, mitgebracht, und dann hatten sie dagelegen, der eine dunkelhaarig, der andere blond, und von ihrer prallen Brust getrunken. Ihre Milch war nahrhaft gewesen, denn Gustav war kräftig gewachsen, und mittlerweile tapste er breitbeinig durch die Küche.

Morell stand auf, hob ihn hoch und hielt ihn vor sich hin. Der Junge wand sich aus seinem Griff und watschelte wieder davon.

»Nicht zum Herd«, warnte Morell ihn und setzte sich wieder.

Gustav drehte sich um und lachte seinen Vater an.

»Na, komm her zu mir«, sagte Morell, und Gustav lief auf unsicheren Beinen zu seinem Vater zurück.

Als Morell seinen Sohn hochhob und betrachtete, wurde ihm warm ums Herz. Er stellte den Jungen wieder auf den Boden und gab ihm einen zärtlichen Klaps auf den Hintern.

Lisbet stand am Herd. Sie hatte sich nicht umgedreht. Morell wandte seine Aufmerksamkeit nun ihr zu und folgte ihr mit dem Blick. Ihre Bewegungen hatten etwas Robustes und Bestimmtes an sich, wenn sie in einem Topf rührte, wenn sie Milch in ein Gefäß goss oder wenn sie ein Stück Brennholz in den Ofen schob. Sie war fast schon mager – sie hatte nicht zugenommen, obwohl es ihr jetzt besser ging als damals im Armenhaus.

Anna brachte den Jungen in die Küche. Er mochte so etwa dreizehn Jahre alt sein und stand leicht vorgeneigt in seinem riesigen grauen Strickpullover da, der reichte ihm fast bis an die Knie.

»Na«, sagte Morell. »Willst du etwas von mir?«

Er sah Anna an und deutete auf Gustav. »Kannst du dich um ihn kümmern?«, bat er sie.

Das Mädchen nahm Gustav bei der Hand und verließ die Küche. Morell sah seinem Sohn nach. Dreh dich um, dachte er, aber Gustav und Anna waren schon im großen Zimmer verschwunden.

»Na«, sagte er noch einmal zu dem Jungen. »Was willst du denn von mir?«

Er machte Anstalten, seine Stiefel anzuziehen, als wäre eine wichtigere Persönlichkeit zu Besuch gekommen, aber dann ließ er es sein.

»Ich habe den gesehen, den Sie suchen«, erklärte der Junge.

»Wo?«, fragte Morell.

»Ich glaube, der ist in Själevad, das glaube ich«, sagte der Junge.

Morell bat ihn, sich zu setzen und fand heraus, dass der Junge Lars hieß und aus Fanby stammte und dass er eine Fuhre Stroh nach Sehlberg in Själevad kutschiert hatte, und dass er bei dieser Gelegenheit den Gesuchten in Billsta auf seinen Wagen hatte aufsteigen lassen.

»Und ich hatte neun Taler in der Börse, und die wollte er haben, der, den Sie da suchen«, verkündete er.

»Weißt du, wie er heißt?«, wollte Morell wissen.

Der Junge schüttelte den Kopf.

»Aber sein Bild habe ich gesehen, in Örnsköldsvik, jawohl«, beteuerte Lars. »Und da hat mir einer gesagt, was der getan hat, dass der nämlich ein Mädchen erschlagen hat.«

»Er ist also ab Billsta bei dir auf deiner Strohfuhre mitgefahren, und du hast ihn in Själevad aussteigen lassen. Stimmt das so?«

»Also, das ist so gewesen«, sagte Lars. »Ich habe gemerkt, dass er es auf mein Geld abgesehen hatte. Das habe ich nämlich gleich an seinen Augen gesehen. Kurz vor Själevad bin ich dann stehen geblieben und habe ihn gebeten, dass er mal nachsieht, was mit der hinteren Klappe am Wagen los ist. Ich habe gesagt, die ist doch locker, und da ist er abgestiegen. Und ich bin schnell losgefahren. Ich habe mein Pferd angetrieben, und er stand auf der Straße und hat ein dummes Gesicht gemacht.«

»Wo war das?«

»In der Nähe von der Kirche in Själevad. Und dann habe ich das Bild gesehen, jawohl.«

»Warum glaubst du denn, dass er immer noch da ist?«

»Er hat eine Unterkunft gesucht. Da habe ich ihm gesagt, er kann zu Anna Stacke gehen.«

»Anna Stacke?«, wiederholte Morell.

»Die hat so eine Kneipe«, erklärte Lars und zupfte an seinem Pullover.

Anna Stackes Wirtshaus lag in der Nähe der Bucht, nicht weit von der Kirche entfernt.

Erst am Abend traf Polizeiamtmann Morell dort ein. Als er die verfallene Kate sah, die sich bedenklich dem Wasser zuneigte, dachte er, dass es sich wohl um eine nicht konzessionierte Kneipe handle und der Länsman von Själevad hier beide Augen zudrücke.

Ein nur halb bekleideter Mann taumelte aus der Bruchbude. Er stolperte über die Stufen und stürzte kopfüber zu Boden. Doch er rappelte sich wieder auf, starrte die Treppe verwundert an und ging dann schwankend weiter die Straße hoch.

Morell führte sein Pferd am Halfter zu der Kaschemme hinunter. Der Betrunkene schien ihn nicht einmal zu bemerken und taumelte weiter, von einem Wegesrand zum andern. Aus der Spelunke drang gedämpftes Gelächter.

Morell band sein Pferd an einem Pfosten vor dem Haus fest. Oben auf dem Hügel war der Zecher gerade wieder hingefallen und schien sich nun entschlossen zu haben, liegen zu bleiben.

Diesen Ort kann man sowohl zu Land als auch über Wasser erreichen, dachte Morell. Denn in der Nähe der Kneipe waren ein paar einfache Ruderboote festgemacht.

Morell nahm seinen Schlagstock aus der Satteltasche. Er schaute zum Hügel hoch, wo der Betrunkene noch immer auf der Straße lag. Dann versuchte er, einen Blick durch die verdreckten Fenster zu werfen, konnte aber nur eine Theke, ein paar Stühle und Tische und ein flackerndes Licht erahnen.

War es möglich, dass sich Per Ersson hier aufhielt? Der Bericht des Bauernjungen Lars war ein erster Hinweis gewesen. Der Gesuchte war groß und stark, und außerdem hatte er einen Menschen getötet.

Morell ging hinters Haus. Eine Hintertür konnte er nicht entdecken. Auf der anderen Schmalseite des Hauses gab es ein zweites Fenster, durch das er ebenso schlecht sehen konnte wie durchs vordere. War das nur eine Kneipe? Oder gab es unter diesem Dach auch Schlafplätze? Oder verkauften sich hier sogar Frauen?

Dieses Fenster gehörte zu einem anderen Raum, sah Morell. Es gab weder Tische noch Stühle, dafür aber ein paar Betten.

Morell wiegte den Schlagstock in der Hand. Oben auf dem Hügel schien der Betrunkene mittlerweile eingeschlafen zu sein.

Schließlich ging er mit entschlossenen Schritten die Vortreppe hoch und riss die Tür auf. Im Türrahmen blieb er stehen und versuchte, seine Augen an das Dunkel zu gewöhnen.

An dem Tisch, der am nächsten bei ihm stand, saßen ein paar Männer, die Krüge und eine halb volle Flasche vor sich stehen hatten. Auch der Tisch dahinter war besetzt. Mit ein paar schnellen Schritten war der Polizeiamtmann an der Theke, hinter der eine Frau mit fettigem blondem Haar stand.

Sie machte den Mund auf und wollte etwas sagen,

brachte aber kein Wort heraus. Morell nahm stumm das Talglicht. Er beleuchtete die Männer an den Tischen und stellte fest, dass keiner von ihnen Per Ersson war. Dann ging er ebenso schnell zu der anderen Tür und riss sie auf.

Das Gelächter ist verstummt, dachte er noch.

Zwei Betten standen in dem Zimmer. Das erste war leer, das zweite nicht. Morell riss die Decke weg, und die beiden, die darunter lagen – sie hatte die Beine gespreizt, er reckte sein Hinterteil in die Luft –, hielten in ihrer Beschäftigung inne. Der Mann kletterte aus dem Bett. Er war nackt, aber sein Geschlecht war erschlafft, wie Morell sah. Der Mann hatte eine Flasche in der Hand, zog sie übers Fußende, sodass sie bis zum Hals abbrach, und ging mit seiner scharfen Waffe auf Morell los.

»Was, zum Teufel, soll das denn hier werden?«, schrie er.

Das ist nicht Per Ersson, dachte Morell und schlug mit seinem Schlagstock auf die Hand des Angreifers. Die Flasche fiel zu Boden und zersplitterte vollends, der Mann jedoch hielt sich schreiend sein gebrochenes Handgelenk.

»Ich bin Morell«, sagte Morell, »der Länsman. Und das hier ist ein Vergehen gegen …«

Er sprach nicht weiter, sondern warf die Decke wieder über die nackte Frau, die mit aufgerissenem Mund im Bett saß. Morell ging in die Schänke zurück.

Wie er bemerkte, hatten einige Zecher die Gelegenheit ergriffen, sich aus dem Staub zu machen.

»Genug getrunken für heute!«, rief er. »Haut ab!«

Er wedelte mit dem Schlagstock, und die Männer rappelten sich hoch und verließen die Wirtsstube. Nur die Frau stand immer noch hinter der Theke.

»Anna Stacke, nehme ich an«, sagte Morell.

Sie saß auf der Vortreppe, Morell stand vor ihr.

Das fettige Haar klebte ihr wie schimmeliges Heu am Kopf. Ihre Gesichtsfarbe war fahlgrau, in ihren braunen Augen war kaum noch ein Funken Leben, aber sie zupfte sich ihr Kleid zurecht und straffte den Oberkörper, ein vergeblicher Versuch, sich einen Hauch von Würde zu verleihen.

»Verstoß gegen die Verordnungen zum Ausschank alkoholischer Getränke, Verstoß gegen … fast alles«, sagte Morell. »Aber ich will mich hier nicht einmischen. Das geht nur den Polizeiamtmann von Själevad an. Ich interessiere mich einzig und allein für diesen Mann.«

Er nahm Johan Anundssons Zeichnung von Per Ersson, beugte sich zu der sitzenden Anna Stacke hinunter und hielt sie ihr vors Gesicht.

»Hat der Mann hier gewohnt?«

»Wir verköstigen unsere Gäste nur«, sagte Anna Stacke, und ein Funken Leben zeigte sich in ihren Augen.

»Ja, ja«, meinte Morell. »So würde ich das allerdings nicht nennen.«

»Wir haben ein oder zwei Zimmer, in dem man wenn nötig übernachten kann …«

»Ist er hier gewesen?«, wiederholte Morell seine Frage.

»Ja, er hat eine Nacht hier geschlafen«, gab sie zu. »Wenn ich gewusst hätte, dass er gesucht wird, dann hätte ich ...«

»Schon gut«, unterbrach sie Morell. »Wann war er hier?«

Anna Stacke hob die rechte Hand, spreizte die Finger, bewegte sie hin und her und sagte: »Vor drei oder vier Tagen.«

»Und wo ist er jetzt?«, wollte Morell wissen.

Anna fuhr sich durch die Haare und zog eine der fettigen Kletten auseinander. »Er hat gesagt, er will nach Örnsköldsvik. Mehr weiß ich auch nicht.«

Morell ging die Vortreppe hoch und in die Wirtsstube, wo er die Tür zu dem anderen Raum aufmachte. Die Frau saß immer noch nackt im Bett; der Mann saß auf einem Stuhl neben dem Tisch, ebenfalls nackt. Er hielt sich das gebrochene Handgelenk und stöhnte vor Schmerzen.

»Sie sollten jetzt vielleicht nach Hause gehen«, sagte Harald Morell freundlich zu ihm.

Er trat einen Schritt auf das Bett zu. »Und Sie auch«, sagte er zu der Frau.

14

Das Bedürfnis, die Wahrheit zu sagen, wurde in Annika immer stärker, obwohl sie noch immer schwieg.

Was für ein Irrsinn, dachte sie. Warum sollte ich das tun? Ich hatte ihn betrügen wollen. Ich wusste, dass nicht er der Vater meines Kindes war, ihn aber in diesem Glauben gelassen. Jetzt kann ich schweigen, denn das Kind ist tot. Warum also? Es gibt keinen einzigen Grund. Trotzdem …

Johan ging früh an jedem Morgen zum Amtmannshof.

Und ehe er aus dem Haus ging, bestand sie darauf, dass er zu ihr kam.

Annika wollte wieder schwanger werden. Und dieses Mal würde es sein Kind sein, und dann könnte sie schweigen. Denn dieser blutige Klumpen auf dem Boden des Aborts hatte nie existiert. Und was nicht existierte, darüber brauchte man auch nicht zu sprechen.

Trotz alledem hatte sie ihre Wahl getroffen, sie hatte ihn gewählt. Doch jeden Tag quälte sie ihr Gewissen aufs Neue. Es drängte sie, die Worte auszusprechen: Es war nicht dein Kind. Verzeih mir. Verzeih mir was ich getan habe.

Sollte sie ihrem Mann dieses Geständnis machen, dann musste sie ihm noch andere Dinge gestehen.

Wer der Vater des Kindes gewesen war und was sie getan hatte. Dass sie den Männern aus Norrböle gesagt hatte, dem Daniel einen Denkzettel zu verpassen.

Aber hatten diese Kerle es gemacht?

Annika wusste nur, dass er tot war. Ja, Daniel Persson war tot und begraben. Und damit hatte sie nichts zu tun.

Jetzt will ich das alles vergessen, dachte sie. Warum nur kehren diese Gedanken immer wieder zurück? Warum liegt mir das Geständnis wie eine zusammengerollte Schlange auf der Zunge? Nein, ich werde schweigen.

Und wenn wir ein Kind bekommen, wird alles vergessen sein.

Deshalb schmiegte sich Annika jede Nacht, bevor sie einschliefen und jeden Morgen an ihren Mann, und sie spürte, wie glücklich Johan das machte.

Und dann ging er jedes Mal festen Schrittes zum Amtmannshof.

Trotzdem war sie noch immer nahe dran, ihm alles zu gestehen. Und ihr graute vor dem Tag, an dem sie die zusammengerollte Schlange nicht mehr in ihrem Mund behalten konnte und sich selbst und Johan – vielleicht für immer – unglücklich machen würde.

Doch sie schlief mit ihm, und in ihr begann ein neues Gefühl für ihn zu wachsen, vielleicht nicht Liebe, aber Zärtlichkeit. Und bald würde sie gebären. Und ihr dieses drängende Bedürfnis nehmen, alles sagen zu müssen, alles zu gestehen.

Doch dann kam der Brief und veränderte alles.

Zwar war er schlecht geschrieben, aber seine Botschaft war klar und deutlich.

Sollte ich etwa auf dem Wege der Besserung sein?, fragte sich Helena. Ist meine Niedergeschlagenheit jetzt wirklich weg? Soll ich einfach aufbleiben, mich mit den anderen zu Tisch setzen, meinen Beschäftigungen nachgehen und den Dienstboten Anweisungen geben?

Ihr kleiner Sohn, er konnte schon laufen und sprechen, und sie kümmerte sich um ihn. Sie hatte Zeit, es wieder gutzumachen. All diese langen Monate, in denen sie sich von ihrem Kind und von Harald fern gehalten hatte.

Bin ich nicht kräftiger geworden? Ich schlafe nachts, und dieser Schlaf scheint mir zu reichen. Es ist nicht wie früher, als ich mich vor dem Wachsein fürchtete, als ich morgens todmüde die Augen aufschlug und den ganzen Tag im Bett verbrachte.

Diese Erschöpfung schien vorbei zu sein und auch die Tatsache, dass sie den Anblick ihres Kindes nicht hatte ertragen können. War das nun ebenfalls vorbei? Wenn sie Gustav sah, ihn im Arm hielt, dann spürte sie, dass er ihr Kind war, ihr Sohn, den sie so lange vernachlässigt hatte.

Und während sie darüber nachdachte, wurde sie wieder von ihrer alten Depression ergriffen, weil sie sich die Schuld an ihrem Versagen gab.

Doch gerade das ist meine Krankheit, sagte sie sich,

das war meine Krankheit. Eine Krankheit, die keinen Namen hat, deretwegen ich aber zu viel geschlafen, geschrien, getobt und mich von der Umwelt abgekapselt habe.

Ist das nun vorbei? Bin ich auf dem Wege der Besserung?

Sie merkte, dass Harald auf Zehenspitzen ging, wenn er in ihrer Nähe war, aber sie nahm auch seine Freude wahr. Seine Hoffnung, dass sie ...

Wieder rief sie sich das Bild jenes Tages ins Gedächtnis, als sie im Einspänner den langen Weg nach Örnsköldsvik gefahren waren. Wie sie alleine im Wagen sitzen geblieben war und auf ihren Mann gewartet hatte, während er Nachforschungen anstellte. Völlig entspannt hatte sie dort gesessen. Und als der Tag verging, war sie immer noch aufnahmebereit und hatte sich nicht in sich selbst zurückgezogen. Die Decke auf dem Boden, der Wein. Sie hatte ein paar Schlucke getrunken und etwas kaltes Huhn gegessen. Und dazu hatte die Sonne geschienen.

Geht es mir wirklich besser?

Harald hatte auf sie gewartet, mit unendlicher Geduld.

Viel hat er mit mir ja nicht anfangen können, dachte Helena. Nicht als Ehefrau und nicht als Mutter. Bei solchen Gedanken überfiel sie wieder diese tiefe Niedergeschlagenheit. Doch dieses Gefühl muss ich jetzt endgültig überwinden. So hatte der Provinzarzt ihre Krankheit genannt: Niedergeschlagenheit.

Noch ein Kind, dachte sie. Vielleicht sollte ich

schwanger werden … Vielleicht könnte ein Kind diese Niedergeschlagenheit für immer vertreiben? Ja, dachte sie. Ich werde mich meinem Mann wieder öffnen.

Bin ich dazu in der Lage? Wage ich einen solchen Schritt?

Auch früher hatte es schon Augenblicke gegeben, in denen sie ansprechbar gewesen war. An jeden konnte sie sich erinnern. Wenn Harald an ihrem Bett saß und ihr von seiner Arbeit erzählte. Von der Schrift auf der Sense. Und von diesen Gräbern im Schnee.

Manchmal hatte sie ihm zugehört. Dann waren sie wie Mann und Frau gewesen. Sie war ihm eine Stütze gewesen.

So sollte es wieder werden. Für immer.

Ja, noch ein Kind.

Ja, ja.

15

Es war schon dunkel, als Per Ersson die Küstenstraße entlangging, auf Örnsköldsvik zu. In stockfinsterer Nacht war er durch den Wald gestolpert und schließlich auf die Straße in der Nähe von Örnsköldsvik gelangt. Noch eine starke Steigung, und dann ahnte er zu seiner Rechten die Häuser, Höfe, Stallungen und Scheunen. In ein paar Häusern war schwaches Licht zu sehen, als ob mitten in der Nacht noch jemand auf wäre. Aber größtenteils lag der Ort im Dunkeln.

Er war in ein Vorratshaus eingebrochen und hatte etwas Brot und gepökelten Speck erbeutet. Bei seiner schmalen Kost im Wald hatte er ständig Hunger gehabt. Er glaubte, ziemlich abgenommen zu haben. Ein in einer Waldhütte gefundenes Seil, das ihm als Gürtel diente, verhinderte, dass ihm seine zu weite Hose runterrutschte. Doch das Brot und der Speck hatten ihn zum ersten Mal seit langem wieder richtig satt gemacht.

Die Verlobungsringe steckten immer noch in seiner Tasche, und er hatte vor, sie zu verkaufen. Die eingravierten Namen waren nicht selten. Damit konnte jeder beliebige Per und jede Lisa gemeint sein. Nicht nur er und die Frau, die er mit einem Haken erschlagen hatte.

Jetzt, in der Nacht, wagte er sich auf die Straße. Ab und zu blieb er stehen und lauschte. Aber im Ort war es still. Er bog in die Straße ein, die Storgata hieß. Das wusste er. An ihrem Ende lag die Bucht. Vielleicht gab es dort ein Boot, in dem er schlafen konnte.

Ich habe es geschafft, mich die ganze Zeit im Wald zu verstecken, doch jetzt bin ich in einem von Menschen bewohnten Ort.

Per marschierte weiter. Auf beiden Seiten der Straße standen Häuser, doch nur ein paar Fenster waren erleuchtet. Die Dunkelheit war nahezu undurchdringlich.

Er blieb stehen, horchte wieder und ging weiter. Weil die Straße jetzt ein gewisses Gefälle hatte, wusste Per, dass er sich der Meeresbucht näherte.

Vielleicht könnte ich einfach auf einem Schiff anheuern und auf diese Weise entkommen?, dachte er. Hier gibt es doch sicher Schiffe, die in andere Länder fahren.

Bis dahin verstecke ich mich, überlegte er weiter. Soll der Scharfrichter Gyll ruhig sein Beil schleifen, Per Ersson wird seinen Kopf nicht auf den Richtblock legen.

Manchmal sah er Lisa vor sich: wie sie mit blutigem Nachthemd und mit zerschmetterter Schläfe in der Scheune lag. Und er sah den Haken in seiner Hand, mit dem er auf sie eingeschlagen hatte.

Habe ich denn nicht Recht gehabt? Hat sie mich etwa nicht betrogen? Sie hat mich nicht mehr gewollt.

Plötzlich hörte er ein Geräusch und blieb mucksmäuschenstill stehen. Jetzt hörte er Schritte. Er bog nach rechts in die nächste Gasse ein. Hier war es noch dunkler. Ein Pferd wieherte. Dann hörte er Schritte und sah einen undeutlichen Schatten auf der Straße vorbeigehen. Und dann kam der Ruf:

»Hört, ihr Herrn und lasst euch sagen, uns're Uhr hat drei geschlagen! Möge Gottes mächt'ge Hand uns bewahr'n vor Schad und Brand.«

Der Brandwächter war es also, der gerade an ihm vorbeigegangen war! Vorsichtig trat er aus der Gasse wieder auf die Hauptstraße und blickte dem Wächter nach. Er konnte ihn im Dunkeln kaum erkennen.

Ein neues Geräusch von der Straße ließ ihn wieder erstarren. Da war noch einer. Noch ein Brandwächter? Er huschte wieder in die Seitengasse und starrte angestrengt auf die Hauptstraße.

Da war er. Der andere, der zweite Brandwächter. Aber der ging nicht weiter. Der blieb stehen. Per tastete mit der Hand die Wand hinter sich ab. Ein Tor. Er drückte leicht dagegen, und die Tür gab nach. Ein Geruch von Mist und Heu schlug ihm entgegen: ein Stall. Er hörte, wie sich darin ein Pferd unruhig bewegte, während er behutsam die Tür zuzog. Dann blieb er lange regungslos stehen. Das Pferd stampfte mit den Hufen und wieherte kurz.

Kurz darauf stieß er das Tor leise wieder auf, drückte sich mit dem Rücken an die Hauswand und horchte. Auf Zehenspitzen schlich er wieder zur Hauptstraße, immer gegen die Wand gepresst. Er wartete. Wegen der Dunkelheit fühlte er sich ganz sicher. Auf der Straße war ein schwaches Licht zu sehen, und dann hörte er die Schritte. Es war der Brandwächter, der sich auf dem Rückweg befand. Diesmal ging der Mann auf der anderen Straßenseite. Per sah die große Glocke in seiner Hand und die Laterne, die jedoch nicht brannte. Der Mann war allein. Wo war der andere Wächter?

Wahrscheinlich gingen die beiden die Straße immer auf und ab, vielleicht die ganze Nacht. Er wollte hinterherschleichen, und sich dann Richtung Hafen absetzen, sobald sie sich auf den Rückweg machten.

In diesem Augenblick sah er den anderen. Und da begriff Per, dass der andere Mann kein Brandwächter war. Denn er hatte keine Glocke bei sich und auch keine Laterne. Er hatte gar nichts in den Händen. Er schlich die Straße entlang. Stumm. Er war kein Brandwächter, vielmehr verfolgte er den anderen.

Per Ersson erkannte, dass der richtige Wächter nicht die geringste Ahnung hatte, dass er verfolgt wurde. Ihm wurde aber auch klar, dass er sich in dieser Situation unmöglich zum Hafen stehlen konnte.

Zwei Männer liefen in der Nacht herum.

Per Ersson ging in die Gasse zurück und fand die Tür zum Pferdestall wieder. Er tastete sich bis zu der Box und fand davor einen kleinen Heuhaufen. Er streichelte das Pferd und murmelte ein paar beruhigende Worte. Dann machte er sich ein Bett aus Heu und legte sich hin. Ein paar Stunden Schlaf könnten ihm nicht schaden. Er lauschte den ruhigen Atemzügen des Pferdes und schlief ein.

Als Per erwachte, war der Morgen bereits angebrochen, und der Schreck fuhr ihm in alle Glieder. Rasch stand er auf. Das Pferd beobachtete ihn. Noch niemand war hier gewesen, um das Tier zu füttern. Er öffnete die Tür und schlüpfte hinaus. Die Gasse war menschenleer.

Hinter einem hohen Bretterzaun konnte er Geräusche hören, als würde jemand etwas ausklopfen. Er hielt sich nicht damit auf, nachzusehen, was es damit auf sich hatte, sondern trat eilig hinaus und blickte die Straße hoch. Dort stand ein Wagen, mit den Deichseln auf dem Boden, und gleich daneben war ein Pferd angebunden. Aus einem Haus kam ein Mann, der eine große Kiste schleppte. Er stellte sie in den Wagen und ging zu seinem Pferd. Per begann die Straße Richtung Hafen hinunterzugehen. Sie schien menschenleer zu sein. Schließlich war es noch früh. Morgengrauen. Örnsköldsvik war noch nicht zum Leben erwacht. Irgendwo da unten lag der Marktplatz.

Mit schnellen Schritten setzte er seinen Weg fort. Er brauchte keine Angst zu haben. Durch den Stoff seiner Hose spürte er die Verlobungsringe. Er würde so lange bleiben, bis sich der Platz belebt hatte, und dann zum Goldschmied gehen …

Verblüfft blieb er stehen.

Mit einem Schlag schien die Straße erwacht zu sein. Rechts von ihm gingen zwei Türen gleichzeitig auf. Männer mit Schürzen vor dem Bauch kamen die Vortreppen ihrer Häuser herunter, nickten sich kurz zu und warfen einen Blick auf die Straße. Vom Marktplatz kam ein Pferd, das einen großen, geschlossenen Wagen zog. Es quälte sich die Steigung hinauf.

Jetzt hatte der Tag in Örnsköldsvik endgültig begonnen.

Aber er hatte schließlich auch das Recht, sich tagsüber hier aufzuhalten. In einer der Quergassen weiter unten an der Storgata hatte der Goldschmied seinen Laden. Dort hatte Per die Ringe gekauft. Und dort wollte er sie jetzt auch wieder verkaufen.

Er hatte ebenfalls das Recht, hier zu sein. Schließlich kamen Leute hierher, um Handel zu treiben. Auf einmal war Per viel ruhiger. Zu seiner Linken trat ein älterer Mann mit breitem Backenbart auf die Vortreppe. Er warf einen Blick zum Himmel, als wollte er das Wetter einschätzen, dann sah er eine Weile zur Bucht hinunter. Als er Per entdeckte, hob er kurz die Hand zu einem Morgengruß. Per grüßte zurück. Er mochte ein Mörder und obendrein ein Dieb sein, aber jetzt bewegte er sich hier wie ein ganz gewöhnlicher Bürger, und sicher wusste niemand, wer er war.

Die Straße belebte sich immer mehr. Menschen traten aus ihren Häusern. In den Gassen wurden Türen geöffnet und Pferde angeschirrt, und auf den Pflastersteinen klapperten ihre Hufe. Stimmen waren zu hören. Menschen kamen und gingen Richtung Bucht. Er war nur ein Teil all dieses Treibens.

Und da war auch schon der Laden des Goldschmieds. Eine hohe Vortreppe mit Stiegen zu beiden Seiten. Das Ladenschild schaukelte im Wind leicht hin und her.

Per ging die Treppe hoch und öffnete die Tür. Er hörte ein leises Bimmeln. Und dort, hinter dem Tresen, stand er. Ein Mann mit graugelocktem Haar, kahler Stirn und einer kräftigen, gekrümmten Nase. Per nahm seine Ringe aus der Hosentasche, hielt sie zwischen Daumen und Zeigefinger und zeigte sie dem Goldschmied.

»Die hier würde ich gern verkaufen«, sagte er.

Der Graugelockte musterte ihn. Eine Falte erschien auf seiner Stirn, und er blickte an Per vorbei zur Tür.

Per drehte sich um und sah plötzlich sein eigenes Gesicht.

Besser gesagt, eine Zeichnung, die ihm sehr ähnlich sah. Er hob die Hand und tastete nach seiner Narbe. Obwohl er sich einen Bart hatte wachsen lassen, erkannte man sofort, dass diese Zeichnung ihn darstellte und niemanden anders. Der Graugelockte trat einen Schritt zurück. Per stand immer noch mit den Ringen in der Hand vor ihm. Der Goldschmied wich noch weiter zurück und fing an zu schreien.

»Der Mörder!«, schrie er. »Er ist hier!«

Per keuchte. Mit einem Satz war er über die Ladentheke gesprungen. Er griff dem Mann an die Kehle, um ihn zum Schweigen zu bringen.

»Still«, flüsterte er. »Sie dürfen nicht … Sie sollen nicht …«

Der Mann zappelte mit schreckgeweiteten Augen unter seinem Griff.

»Ich will Ihnen nichts …«, flüsterte Per. »Pscht, still.«

Er spürte, wie der Kopf des Goldschmieds von einer Seite zur anderen pendelte.

Was soll ich nur tun?

Und dann spürte er, wie der Mann auf einmal schlaff wurde. Er ließ ihn los, und der Goldschmied stürzte zu Boden, wobei er im Fallen noch mit dem Kopf gegen den Ladentisch schlug.

Per starrte auf ihn hinunter. Unter dem Kopf des Mannes bildete sich ganz langsam eine Blutlache. Per sprang über die Ladentheke und lief auf die Hauptstraße zurück.

Er bog nach links in eine Gasse ein, rannte bis zum Ende und hatte auch schon den Ortsrand erreicht. Ein Acker, ein offenes Feld. Und dann Wald.

Ich habe noch einen Menschen umgebracht, dachte er. Noch einen …

Seine Ringe lagen immer noch im Laden auf dem Boden.

16

Das ist schon etwas anderes als die Arbeit im Armenhaus, dachte Lisbet. Davon hatte sie geträumt, als sie Skalmsjö verlassen hatte, nach dem Tod ihres Vaters, Zackris. Sie hatte sich eine Stelle in einem Pfarrhof oder einem Amtmannshof erhofft, und nun arbeitete sie tatsächlich hier, bei Morell. Sie kümmerte sich nicht um seine kranke Frau oder um seinen Sohn, sondern besorgte den Haushalt. Sie kochte das Essen, buk das Brot, wusch die Wäsche. Große Körbe mit Schmutzwäsche trug sie zum Waschbottich an den See, machte Feuer, spülte die Kleider im Wasser und hängte sie dort unten auf die Wäscheleine. Seine und ihre Kleider und die des Kindes.

Sie kümmerte sich um den Haushalt an Stelle der kranken Hausfrau – Helena, der es nun schon etwas besser ging. Das war allerdings nicht Lisbets Verdienst. Anna kümmerte sich um die Frau und das Kind. Lisbet um alles andere.

Sie und Anna schliefen im selben Zimmer, was Lisbet anfangs etwas seltsam fand, da sie daran nicht gewöhnt war. Doch mit Anna war leicht auszukommen, und Lisbet hielt Anna wegen ihrer ruhigen Art für eine gute Krankenpflegerin. Helena sei schon schlimmer krank gewesen. Jetzt sei sie einfach nur für das Kind da. Hatte Anna gesagt. Doch früher, das hätte Lisbet einmal sehen sollen, früher …

Lisbet hatte sich damals im Armenhaus schon ausgemalt, wie sie den großen Tisch schön eindecken würde, mit dem feinen Porzellan, das sie gesehen hatte, mit dem Silberbesteck und den hohen Gläsern.

Aber es kamen nie Gäste. Weder geladene noch ungeladene.

Nur ins Erdgeschoss kamen Leute. Johan Anundsson natürlich, der jeden Morgen zur selben Zeit eintraf. Und sobald Morell ihn kommen hörte, stand auch er vom Küchentisch auf und ging hinunter an seine Arbeit.

Bisweilen saß seine Frau mit am Tisch. Und Gustav, den Anna in einem Wagen spazieren fuhr. Und manchmal trug der Länsman seinen Sohn in einem Rucksack mit auf seine Spaziergänge.

Mein Leben hat sich sehr verbessert, überlegte sie, wenn sie an die engen Räume im Armenhaus, den widerlichen Gestank und die verwirrten Greise zurückdachte.

Und sie erinnerte sich daran, wie der Länsman gekommen war und wie sie ihm geholfen hatte, weil sie ihm von dem Hilfspfarrer und von dessen Zimmer erzählt hatte.

Einmal hatte Morell sie angefasst. Sie war verwirrt zurückgewichen. Da hatte er sie verwundert angesehen, als sei diese Berührung nur eine freundliche Geste gewesen. So hatte Lisbet seinen Gesichtsausdruck jedenfalls gedeutet.

Aber jetzt, jetzt wollte sie, dass er sie anfasste, nur ein einziges Mal. Und sie würde nicht zurückweichen. Nein, sie würde ihn nicht abweisen.

Manchmal kam er in ihren Träumen zu ihr.

Sie hatte zwei Träume.

Im ersten träumte sie von ihrem Vater und seinem grauenvollen Sterben. Sie träumte von seinem mit Erbrochenem bedeckten Körper. Dieser Traum erschreckte sie nicht mehr.

Doch inzwischen hatte sie einen zweiten Traum. Und darin kam er vor, der Länsman.

Er war nackt und hielt seine großen Hände wie Schalen vor sich und ging auf sie zu. Sie lag im Bett, und er kam und beugte sich über sie. Und er hob sie hoch, trug sie auf seinen ausgestreckten Händen, trug sie in sein eigenes Bett, doch da lag schon Helena, aber sie schlief. Und Morell legte Lisbet neben seine Frau, und dann berührte er sie mit seinen Händen, fuhr damit über ihren nackten Körper, streichelte ihre Brüste und ließ seine Finger nach unten wandern …

In diesem Moment wachte sie immer auf, mit einem verwirrenden Gefühl im Körper. Einem Lustgefühl, für das sie sich zutiefst schämte, aber auch einem Gefühl, als würde ihr etwas fehlen oder als würde sie sich nach etwas sehnen.

Und wenn sie im Haus arbeitete, lauschte sie, ob sie seine Stimme, seine Schritte hörte … Und wenn er kam, wenn er sich in den Lehnstuhl oder an den Küchentisch setzte, dann spürte sie dieselbe brennende

Sehnsucht in ihrem Körper, und sie schämte sich, dass sie ihn so sehr begehrte.

Und wenn er sie noch einmal berührte, dann würde sie ihn nicht mehr abweisen …

17

Odd Anselmsson hielt es für eine Laune des Schicksals, dass es gerade auf dem Hof seiner Eltern gebrannt hatte, während er als Brandwächter in Örnsköldsvik arbeitete. Glücklicherweise hatte das Feuer nur die Getreidescheune zerstört, aber trotzdem.

Sein Vater hatte es ihm erzählt. Ab und zu kam er nach Örnsköldsvik. Odd war sich nicht ganz sicher, aber er glaubte, dass sein Vater irgendwelche Geschäfte mit dem Schultheiß tätigte.

Deswegen habe ich wohl auch die Stelle als Brandwächter bekommen, dachte er manches Mal.

Bei jedem seiner Besuche schaute Anselm auch in dem weißen Haus vorbei, in dem Schultheiß Lans wohnte. Ob das alles mit der Verwaltung des Ortes zu tun hatte, wusste Odd nicht.

Sein Vater gehörte zu den Männern, denen Leute Vertrauen entgegenbrachten. War es nicht schon immer so gewesen, dass auch Länsman Morell ihm regelmäßig Besuche abstattete? Morell, von dem er wusste, dass fast alle Leute ihn fürchteten und sich von ihm fern hielten. Und der Polizeiamtmann selbst hielt sich wohl auch von anderen Leuten fern. Aber seinen Vater besuchte er trotzdem.

Vertrauen, über dieses Wort konnte man sich so

seine Gedanken machen. Mir selbst hat man ja auch Vertrauen geschenkt. Man hat mich mit einer Aufgabe betraut. Und ich habe mich dieses Vertrauens als würdig erwiesen. Ich habe einen Brand verhindert. Wer weiß, was passiert wäre, wenn ich nicht rechtzeitig zur Stelle gewesen wäre? Es ist durchaus vorstellbar, dass sich der Brand ausgebreitet hätte, bis zum Wohngebäude, bis zum Goldschmied und seinem Laden. Aber das habe ich verhindert. Durch meine Wachsamkeit und Geistesgegenwart. Nacht für Nacht.

Wenn Odd seine Nachtschicht beendet hatte, schlief er bis zwölf Uhr mittags, und dann hatte er eine Menge Zeit. Zuweilen ging er nachmittags ins Wirtshaus, oder er bummelte am Hafen entlang oder setzte sich am Marktplatz auf eine Bank. Er war ein im Ort bekannter Mann, der von den Leuten gegrüßt wurde und mit dem sie manchmal einen Schwatz hielten.

Heute hatte sich Odd gleich von mehreren Leuten eine Geschichte anhören müssen. Von dem alten Schuhmacher aus der fünften Gasse, vom Wirt, in dessen Gasthaus er gegessen hatte, und vom Schmied, der seine Werkstatt gegenüber am Marktplatz hatte. Es war dieselbe Geschichte – der Goldschmied sei von Per Ersson niedergeschlagen worden, der die Magd Lisa in Anundsjö getötet habe. Dabei sei er nicht tödlich, aber doch schwer verletzt worden. Es sei zwar nichts gestohlen worden, aber den Goldschmied – der aus Stockholm stamme, wie der Schmied erwähnt hatte, jedoch mit einer Frau aus der Gegend verheiratet sei – habe es richtig böse erwischt.

Und auf der Storgata machte sich im Lauf des Nachmittags Besorgnis breit. Die Händler traten öfters auf ihre Vortreppen hinaus und warfen prüfende Blicke nach links und rechts die Straße hinauf und hinunter, als fürchteten sie, dass Per Ersson auch ihrem Geschäft einen Besuch abstatten könnte.

Wahrscheinlich hätte sich vorher niemand vorstellen können, dass so etwas hier passieren könnte, dass es gefährlich sein könnte, hier Handel zu treiben.

Der Goldschmied ruhte sich heute aus und hatte seinen Laden geschlossen.

Odd fand es etwas seltsam, dass ausgerechnet der Mann angegriffen worden war, bei dem es neulich im Stall gebrannt hatte. Ein Brand, der durch meinen Einsatz gelöscht werden konnte, dachte er stolz.

Um zehn Uhr abends begann er seinen Dienst, ganz nach Vorschrift. Und da hatte er schon wieder vergessen, was man ihm erzählt hatte.

Stattdessen waren seine Gedanken bei der Getreidescheune. Vielleicht brauchte man in Bredbyn auch einen Brandwächter …

»Uns're Uhr hat elf geschlagen!«, rief Odd.

Und dann betete er seine Litanei von Gottes Hand, die uns bewahrt vor Schad und Brand, herunter.

Mittlerweile hatte er seine Laterne angezündet. Kein offenes Licht, sondern eine Laterne. Der Schultheiß hatte bestimmt, dass ab September nach Belieben Laternen benutzt werden durften.

Und nun war schon September.

Ganz oben auf der Straße ging er, bis hoch zur Herberge und dem Küstenweg und dann wieder zurück. Er trug seine Glocke in der rechten Hand, seine Laterne in der linken.

Nur vereinzelte Geräusche waren zu hören, und dazu die Dunkelheit, diese fast undurchdringliche Dunkelheit. Aber jetzt hatte er ja seine Laterne. Und noch war es nicht Nacht. Noch liefen Menschen die Straße entlang, auf dem Weg nach Hause oder zu einem anderen Nachtquartier.

Als er zum Marktplatz zurückkam, setzte er sich eine Weile und ruhte sich aus.

Und dann machte er sich wieder auf den Weg, dieselbe Runde. Als er auf der Höhe der dritten Gasse war, glaubte er ein Geräusch zu hören, schlurfende Schritte hinter sich.

Er drehte sich um und hob die Laterne hoch. »Wer ist da? Hier ist die Brandwache!«, rief er.

Keine Antwort.

Eine Ratte, dachte er. Oder ein Geräusch von irgendeinem der Hinterhöfe.

Oder war es am Ende … Er sah sich hastig im Dunkeln um, während sich ihm die Kehle zusammenschnürte. War es am Ende … Per Ersson?

Aber ich habe doch gar kein Geld, dachte er. Was sollte dieser Kerl schon von mir wollen? Nein, das konnte nicht …

Er sei geflohen, erzählte man sich, in Richtung Osten abgehauen, er habe Örnsköldsvik auf jeden Fall verlassen. Per konnte es nicht sein.

Vorsichtig ging Odd weiter. Ab und zu blieb er stehen und lauschte. Den ganzen Weg entlang, bis zur Landstraße hoch.

»Uns're Uhr hat zwölf geschlagen!«, rief er an jeder Gasse. Aber der Ort war völlig ruhig.

»Wer da?«, rief er noch einmal.

Er stand wie versteinert da und starrte ins Dunkel. Da war nichts, sicher nur irgendein Tier in einem der Hinterhöfe.

Das konnte Per Ersson nicht sein …

Und für den Fall, dass Per Ersson mich überfallen sollte, habe ich ja meine Glocke. Mit der kann ich läuten. Ich brauche überhaupt keine Angst zu haben.

Odd stellte seine Laterne und seine Glocke kurz auf den Boden und versuchte, sich etwas warm zu reiben.

Nein, Per Ersson ist sicher schon längst über alle Berge, dachte er.

Er hielt seine Laterne hoch und beleuchtete die Straße, die er nun langsam weiter hochging. Sollte ein Feuer ausbrechen, wäre er auf jeden Fall bereit.

18

Graue Locken quollen unter einem Verband hervor, der Stirn und ein Ohr bedeckte. Das andere Ohr war zu sehen, und Morell fand es erschreckend groß, mit einem riesigen, herabhängenden Ohrläppchen.

»Er hat mich in den Würgegriff genommen«, sagte der Goldschmied, »bis ich keine Luft mehr bekam.«

Er deutete auf seinen Verband.

»Mit dem Kopf bin ich dann auf den Ladentisch gestürzt.«

Inzwischen waren drei Tage vergangen. Schultheiß Lans hatte den Polizeiamtmann gerufen, weil das Verbrechen von dem von Länsman Morell gesuchten Per Ersson begangen worden war.

Und nun saß er mit dem Opfer des Überfalls, Aron Lindberg, in dessen Laden. Auf dem Schild vor dem Geschäft stand: Aron Lindberg, Goldschmied.

»Ich komme aus Stockholm«, erklärte er. »Einer großen Stadt. Dort ist mir so etwas nie passiert, aber hier, in diesem gottverdammten Nest. Da werde ich tatsächlich zusammengeschlagen …«

Beide wussten, dass Per Ersson der Täter gewesen war. Aufgrund der Zeichnung, die noch immer neben der Ladentür hing, hatte der Goldschmied den Gesuchten wiedererkannt.

Und wegen dieser Zeichnung ist der Mann ja überfallen worden, dachte Morell.

Es gab noch andere Beweise.

Morell drehte die Ringe in den Fingern. Zwei einfache Ringe, »die billigsten, die ich habe«, hatte Aron Lindberg erläutert, aber mit der Gravur »Per und Lisa«. Kein Datum.

Aus der Verlobung war nun nichts geworden.

»Er wollte sie also verkaufen«, sagte Morell. »Und … Sie haben ihn mithilfe der Zeichnung wiedererkannt.«

»Und da hat er mich angegriffen, er sprang über den Ladentisch und ging mir an die Kehle. Ich dachte schon, mein letztes Stündlein hätte geschlagen, aber er …«

»Er floh«, vollendete Morell.

»Ja, er rannte davon.«

»Es ist also kein allzu schwerer Schaden angerichtet worden?«

»Nein, ich hatte nur einen Tag geschlossen.«

Morell wusste nicht recht, was er sagen und tun sollte. Alles war klar. Per Ersson, der seine Verlobte umgebracht hatte, hatte den Goldschmied in Örnsköldsvik überfallen, einen Mann Mitte fünfzig, und diesem eher oberflächliche Verletzungen zugefügt. Hier gab es kein Rätsel zu lösen. Das Einzige, was fehlte, war der Täter selbst. Hätte es einen Polizeiamtmann oder eine Art Polizeidienststelle in Örnsköldsvik gegeben, wäre er jetzt vielleicht schon festgenommen worden. Aber das war er eben nicht. Und Morell hatte keine Ahnung, wo sich der Täter aufhalten könnte.

»Sie sind noch nicht sehr lange hier«, sagte er.

»Seit einem Jahr«, antwortete Aron Lindberg. »Es läuft nicht besonders gut hier. Wahrscheinlich gehe ich wieder in die Hauptstadt zurück. Früher hatte ich ein Geschäft in der Drottninggatan.«

Morell nickte, als würde er die Drottninggatan in Stockholm kennen.

»Was hatte der Kerl an?«, fragte er.

»Ich konnte nicht so viel erkennen. Hose und Hemd. Ich sah ihm gleich an, dass mit ihm keine großen Geschäfte zu machen sind. Das habe ich auf den ersten Blick gesehen.«

Er zupfte seinen Verband zurecht, wobei auch das andere Ohrläppchen zum Vorschein kam. Es war genauso groß.

»Deswegen war ich ja auch auf der Hut.«

»Er hat eine Narbe auf der Oberlippe«, fuhr Morell fort.

»Die war kaum sichtbar. Er trug einen Bart, aber … plötzlich habe ich ihn wiedererkannt.«

Natürlich hatte er einen Bart. Er hatte ja keine Möglichkeit, sich zu rasieren, dachte Morell.

»Ich will, dass Sie ihn fassen«, sagte Aron Lindberg.

»Das wollen wir auch«, sagte Morell.

»So einiges fehlt hier noch«, verkündete Schultheiß Lans. »Hier, in unserem Ort. Eine Polizeidienststelle, ein Provinzarzt. Warum gibt es einen in Bjästa und hier nicht? Nein, hier fehlt noch so einiges … eine Zolldienststelle. Wir müssen Ordnung in diesen Marktflecken bringen. Und die Polizei. Die Verbrechensrate wird steigen. Das war der erste Überfall in einem Geschäft … aber es wird nicht der letzte gewesen sein, das kann ich dir garantieren. Hier kommen nicht nur anständige Leute her. Sondern auch Glücksritter. Nicht nur Menschen, die erwünscht sind. Ich denke, dass dieser Ort in ein paar Jahren, sagen wir mal, um die tausend Einwohner zählen wird. Und er wird ein Handelszentrum für die gesamte Umgebung sein. Der verhasste Landhandel wird bis dahin ganz zum Erliegen gekommen sein. Aber hier fehlen noch Behörden. Eine Post! Eine Apotheke! Und die Polizei!«

Er verstummte und hob sein Punschglas. »Auf Örnsköldsvik«, sagte er.

Morell hob ebenfalls sein Glas und nippte daran.

Die beiden saßen im geräumigen Arbeitszimmer von Schultheiß Lans. Vorne am Fenster, das auf den Marktplatz hinausging, stand ein großer Schreibtisch mit einem hohen Stuhl davor. Aber sie saßen links vom Tisch, in zwei bequemen Ledersesseln. Auf einem kleinen Tischchen stand eine Vase mit Rosen, und ein Buch mit dem Titel *Marktflecken in Schweden* lag daneben.

Lans setzte sein Glas wieder ab.

»Dabei können wir noch dankbar sein, dass kein größerer Schaden entstanden ist. Der Täter hat immerhin schon eine Frau ermordet, wenn ich nicht falsch informiert bin.«

Morell nickte.

»Ist er denn schon lange auf freiem Fuß?«

»Zu lange«, erwiderte Morell.

Lans erhob sich, und Morell begriff, dass er ebenfalls aufstehen musste.

»Du solltest ihn wirklich fassen«, sagte Lans.

Morell nickte abermals.

»Das kann doch so schwierig nicht sein«, meinte Lans. »Wann wirst du ihn festnehmen?«

»Bald«, versicherte Morell.

Er fühlte sich wie ein gemaßregelter Schuljunge. Schultheiß Lans mit seinem schwarzen Anzug, dem Hemd mit dem hohen Kragen, dem Backenbart und den buschigen Augenbrauen. Er strahlte Kraft und Entschlossenheit aus, obwohl er einen Kopf kleiner als Länsman Morell aus Anundsjö war. Aber der hatte sich trotzdem wie ein Schuljunge gefühlt, wie einer, der seine Bibelstelle in der Katechismusstunde nicht ordentlich aufsagen kann. Gedemütigt.

Morell machte sein Pferd los, saß auf und ritt die Storgata hoch. Er wollte noch einmal bei Goldschmied Aron Lindberg vorbeischauen.

Der stand gerade mit einem Stift hinter seinem großen Ohr hinter seinem Ladentisch.

»Haben Sie noch weitere Fragen?«, wollte er wissen. »Oder haben Sie ihn schon gefasst?«

Er lächelte spöttisch.

»Nein, diesmal komme ich rein privat«, erklärte Morell. »Ich möchte etwas kaufen … für meine Frau.«

»Einen Ring, eine Brosche, ein Diadem, ein Halsband …?«, erkundigte sich Aron Lindberg.

Er holte ein paar Stücke hervor und reihte sie auf dem Tresen auf. Bei jedem Teil, das er hinlegte, machte er eine schneidige, ruckartige Handbewegung.

»Das da«, entschied Morell und zeigte auf eine kleine Goldberlocke in Herzform.

»Eine ausgezeichnete Wahl«, schmeichelte Aron Lindberg dem Länsman. »Ein Symbol der Liebe. Eine ausgezeichnete Wahl.«

Zu seiner Scham spürte Morell, wie er errötete.

Der Goldschmied packte das Schmuckstück in eine kleine, goldfarbene Schachtel, um die er ein rotes Band knotete. Morell bezahlte und verließ dann rasch das Geschäft.

Ich muss schon zugeben, ich sehne mich nach Anundsjö, dachte er.

19

Sven, der Sohn, führte das Pferd mit dem Dreschschlitten auf dem Tennenboden hin und her, und der dicke Knecht ging nebenher und fing die Pferdeäpfel in seiner ledernen Schürze auf.

Man hörte die rotierenden Bretter in der Mitte des Schlittens auf den Boden schlagen und die Körner aus den Halmen dreschen, ein Geräusch, das sich mit dem Keuchen des schwerfälligen Knechts mischte. Anselm saß ganz oben und warf ihnen die Garben hinunter.

Ab und zu blickte er nach oben in die Sonne. Jetzt ist es wohl endgültig Herbst, dachte er. Sie droschen gerade zum letzten Mal. Aber dieses Jahr konnten sie das Getreide nicht in der Scheune trocknen.

Als er an das Feuer dachte, fragte er sich zum x-ten Mal, wie es nur entstanden sein mochte. Sein einer Sohn war Brandwächter, aber er arbeitete in Örnsköldsvik, wo die Häuser dicht beieinander standen und die Leute von überall her zusammenkamen. Hier lag die Sache anders. Das waren die Vittra, hatte seine Frau Helga behauptet, und er wusste, dass sie in den Wald gegangen war und ein weißes Stück Stoff auf den Vittrastein gelegt hatte. Als ob das helfen würde …

Nein, die Sache war nach wie vor merkwürdig. Es hatte nicht geblitzt, soviel er wusste. Eine stille Spätsommernacht war es gewesen, und trotzdem ... Der Ofen in der Getreidescheune war nicht benutzt worden. Und keiner im Haus war unvorsichtig mit offenem Feuer umgegangen. Das hatten zumindest alle beteuert.

Er musste wieder an Lisa denken. An das ganze Blut. Helga hatte den Boden der Scheune tüchtig gescheuert, um es wieder wegzubekommen, aber man sah die Flecken immer noch. Als wäre dort geschlachtet worden. Und wie der Knecht dagestanden hatte, der Unglückliche – den Haken noch in der Hand und bereit, auch Anselm anzugreifen.

Von dem fehlte jede Spur. Neulich hatte sich Anselm mit Morell getroffen, ein stiller Abend am Kachelofen, der derzeit noch nicht eingeschürt wurde. Und da waren sie auch auf diesen Brand zu sprechen gekommen. Morell hatte erwähnt, dass ihm noch mehr unerklärliche Brände zu Ohren gekommen wären. Torf, schlug er vor. Im Torf kann ein Funken jahrelang liegen, und dann bricht plötzlich ein Feuer aus. Sogar im Winter.

Ob sie vielleicht Torf in der Nähe gelagert hätten?

Anselm hatte den Kopf geschüttelt. Aber er hielt die Augen offen. Er würde wachsam sein, für den Fall, dass noch einmal ein Feuer ausbrechen sollte.

Er fuhr zusammen. Sein Sohn hatte ihm zugerufen, dass sie mehr Garben brauchten. Anselm warf ihnen eine hinunter.

Jede Menge Korn dieses Jahr, dachte er.

Und trocken war es außerdem, also war es letzten

Endes gar nicht so schlimm, dass sie keine Scheune zum Trocknen mehr hatten.

Doch er hielt die Augen offen.

An der Schmalseite des Wohngebäudes lagen die Räume der Dienstboten. Haldo hieß der Knecht, der so dick geworden war, dass man meinen könnte, Anselm würde ihn mästen. Dabei aß er gar nicht mehr als die anderen, eher weniger. Trotzdem war er mittlerweile richtig plump. Wegen seiner Körperfülle arbeitete er langsamer, doch andererseits führte er alle Arbeiten mit größter Sorgfalt aus, sei es nun das Heumachen, das Pflügen oder was auch immer. Sorgfältig war er, aber langsam. Seine Kammer war klein und nur mit einem Bett möbliert.

Sigrid bewohnte die Mädchenkammer seit Lisas Tod alleine, und Anselm hatte nicht vor, wieder eine neue Magd einzustellen. Mit den Dienstboten, die jetzt auf dem Hof waren, konnte er auskommen. Sein Sohn schlief auf dem Küchensofa und er mit Helga in der Kammer.

Anselm hatte angefangen, gründlich darüber nachzudenken. Das Feuer war für ihn zu einer fixen Idee geworden. Als wäre er selbst einer der Brandwächter.

Irgendetwas stimmte einfach nicht. Die Sache ging ihm nicht aus dem Kopf. Was hatte den Brand verursacht, wenn doch gar nichts Brennbares in der Nähe war? So dachte er, aber er kam und kam zu keiner befriedigenden Erklärung. Anselm wollte immer für alles eine Erklärung. Wie kam es, dass ... Warum war es so und so … Aber das. Nein, er konnte es nicht begreifen, und er wälzte den Gedanken hin und her und überlegte und dachte wie eine Brandwächter.

»Das waren die Vittra«, sagte Helga. »Aber die habe ich jetzt besänftigt, also kannst du wieder ruhig schlafen.«

Trotzdem ging er jeden Abend noch einmal in den Stall, in die Remise und die Schmiede. Sie war seit dem Brand nicht mehr benutzt worden, und er hatte nicht vor, darin zu arbeiten, bis klar war, dass es keinen Brand mehr geben würde.

Und das Haus. Am liebsten hätte er sich auch noch in der Mädchenkammer und bei den Knechten vergewissert, dass von hier bestimmt kein Brand drohte.

»Du bist eben, wie du bist«, sagte Helga. »Wenn du dir erst mal was in den Kopf gesetzt hast, kriegst du es so schnell nicht wieder raus.«

Vielleicht stimmte das, aber er konnte nicht anders.

Anselm hielt die Augen offen.

In jener Nacht wachte er auf. Er stand im Dunkeln mit brennenden Augen auf, und als er einatmete, spürte er ein Brennen im Hals. Er tastete sich bis zur Küchentür, er rang nach Luft. Er musste seine Augen kühlen, aber als er die Tür öffnete, sah er das Desaster. Er sah, dass er nicht wachsam genug gewesen war. Das Feuer schlug mit aller Kraft ins Zimmer, und dazu kam diese blendende Helligkeit, und er musste husten, als sich der Rauch in seine Kehle drängte. Er wurde von den Flammen beinahe auf sein Bett zurückgeworfen. Verzweifelt versuchte er zu schreien, aber Feuer und Rauch schnürten ihm die Kehle zu. Er versuchte, sich die Hände schützend vors Gesicht zu halten.

Er konnte gerade noch denken, dass das Feuer aus der Küche gekommen sei, und dass dort sein Sohn liege. Anselm wich zurück und versuchte, seine Frau wachzurütteln, doch sie bewegte sich nicht. Da versuchte er, sie hinauszuschleppen, aber nun kam das Feuer schneller näher, es züngelte schon am Bett empor. Er ließ seine Frau wieder los, fiel zu Boden und versuchte, zum Fenster zu kriechen. Er erreichte es noch, doch das Feuer und der Rauch wollten es anders. Er bekam das Fenster zwar auf und hievte sich ins Freie, doch da brannte er bereits wie eine Fackel.

Unter unerträglichen Schmerzen gelangen ihm noch ein paar taumelnde Schritte, und er konnte noch einmal denken, dass seine Wachsamkeit nicht genügt hatte, doch dann erlosch auch dieser Gedanke. Und plötzlich existierte auch der Schmerz nicht mehr. Da war er tot.

ZWEITER TEIL

20

20

Das Feuer war weithin zu sehen gewesen. Oder hatten die Menschen es gehört? Das Donnern des Feuers, als der Brand wütete? In Bredbyn gab es keinen Brandwächter. Trotzdem mussten sie alle wachsam gewesen sein, denn sie versammelten sich in dieser Nacht sofort. Sie kamen von den Bauernhöfen, aus den Kammern der Knechte und der Mägde. Sie kamen mit Leiterwagen und Pritschenwagen mit wassergefüllten Tonnen. Sie kamen über die Äcker und Wiesen angerannt. Sie bildeten eine Kette vom Brunnen zum Wohngebäude. Es liefen so viele zusammen, dass noch eine zweite Kette zu Stande kam, die sogar bis zum See reichte – doch das Bauernhaus war nicht mehr zu retten. Am Ende war es nur noch ein rauchender Kohlenhaufen, aber die anderen Gebäude konnten gerettet werden. Das Dorf kam nicht zu Schaden, obwohl dort kein Brandwächter aufpasste.

Hinter seinem Haus lag Anselm Mårtensson. Verbrannt. Tot. Seine Frau wurde noch vermisst, aber die meisten Leute, die dort im fahlen Morgenlicht standen, hielten es für sehr wahrscheinlich, dass Helga ebenfalls ums Leben gekommen sei, auch wenn es noch eine Weile dauern sollte, ehe man sie in den verkohlten Resten von Anselm Mårtenssons Wohnhaus finden würde.

Die alte Tagelöhnerin hatte das Feuer überlebt, ebenso der Knecht Haldo und die Magd Sigrid. Sie hatten ihre Kammern auf der Hinterseite gehabt, und ehe das Feuer auch sie erreichen konnte, hatten die herbeieilenden Menschen sie geweckt.

Sogar Sven, der Sohn, hatte überlebt.

Glücklicherweise hatte er nämlich in jener Nacht nicht in der Küche geschlafen, und auch nicht in der Sonntagsstube. Er hatte bei der Magd Sigrid gelegen, und das hatte ihm das Leben gerettet.

Im Lauf des Tages wurden die verkohlten Überreste der Bäuerin gefunden. Zu erkennen war sie nicht mehr, aber ihr Sohn Sven hatte auf ihre Kette mit dem Vitterkreuz gedeutet. Sie hing noch an ihren schwarz verkohlten Halswirbeln.

»Das Feuer hat am vorderen Giebel angefangen«, stellte Harald Morell fest, »es hat sich dann in die Küche und die Schlafkammer ausgebreitet und zum Schluss auf die Stube und den hinteren Giebel übergegriffen.«

Er stieg über die schwarzen Bretter und Balken hinweg, die immer noch heißen, rauchenden Ruinen des Hauses und stocherte mit der Fußspitze in den Überresten. Ein verkohltes Stück Stoff, ein verbogener Löffel. Das hier ist die Küche gewesen, dachte er. Teile des Schornsteins standen noch. Er trat ein paar Schritte zur Seite.

Und hier war die Kammer. Am liebsten hätte er es wiedererstehen lassen.

Er ging zu Johan Anundsson zurück. »Hier ist die Vortreppe«, erklärte er seinem Gehilfen. »Geradeaus ging es in die Stube, nach rechts in die Küche und dahinter zur Schlafkammer. Ganz rechts liegt der Raum, der als Erstes gebrannt hat: die Sonntagsstube.«

Dann griff er sich den Spaten, auf den sich Johan Anundsson stützte, und ging zu den Überresten des Giebels. Dort stocherte er damit in den Brettern herum, die einmal Stühle, Tische und Betten gewesen waren.

Hier war es, dachte er.

Ist in der Nacht jemand hier gewesen? Ist jemand unachtsam mit offenem Feuer umgegangen?

Er trat gegen die Ziegelsteine, die einmal der Ofen gewesen waren.

»Wir müssen die Überlebenden befragen«, rief er Johan zu. »Ob sie irgendwann am Abend hier drin gewesen sind.«

Er wusste, dass der Sohn überlebt hatte, aber vielleicht war er mit der Magd ja vorher in der Sonntagsstube gewesen. Wo auch Per Ersson gewartet hat, ehe er seine Verlobte in die Scheune geschleift und erschlagen hat, dachte er.

Könnte er es getan haben?

War das Feuer gelegt worden? Oder war es nur durch die Unachtsamkeit einer seiner Bewohner entstanden?

Die Getreidescheune und jetzt das Wohnhaus …

Unglückliche Umstände oder … Wie soll ich das herausfinden? Jemand hat Hobelspäne angezündet oder hölzerne Dachschindeln oder …

»Wir müssen das ganze Haus absuchen«, sagte er zu Johan, der ihm gefolgt war.

»Glauben Sie, dass jemand das Feuer vorsätzlich …?«

»Ich weiß es nicht«, erwiderte Morell.

»Per Ersson?«, schlug Johan vor.

»Es hat in der Sonntagsstube angefangen«, erklärte Morell.

Er verstummte. Erst in diesem Augenblick hörte er auf, nur Polizeiamtmann zu sein. Erst in diesem Augenblick ließ er seine ganze Trauer zu. Die Erinnerungen. Ihre Gespräche, ihre gemeinsame Lektüre. Die Stunden am Kachelofen. Und Anselms Reinlichkeit. Diese seltsame Sauberkeit, die förmlich um ihn herum strahlte.

Jetzt war er nichts als eine verkohlte Leiche, die man zusammen mit den Überresten seiner Frau in die Schmiede gelegt hatte.

Aus der Magd Sigrid war kaum ein vernünftiges Wort herauszubekommen. Sie schluchzte und weinte, ihr Gesicht war ganz rot und verschwollen. Sie rieb sich die Augen mit den Handrücken und weinte.

Das Einzige, was Morell ihr entlocken konnte, war, dass Sven und sie in jener Nacht nicht in der Sonntagsstube gewesen waren.

Und dann wusste er nicht mehr, was er tun sollte.

Sie saß auf dem Eingang zur Tenne, Morell stand vor ihr.

Er drehte sich um und sah noch einmal auf die

Ruine hinunter. Noch immer standen ein paar Dorfbewohner herum und betrachteten die ganze Zerstörung. Auch ein paar Frauen. Er winkte einer älteren Frau zu, die sich ihren Schürzenzipfel vor den Mund presste und jammervoll den Kopf schüttelte.

War das nicht die Frau von Johannes Ejvindsson?

Er rief noch einmal, bis sie schließlich zu ihm hochsah und mit dem Schürzenzipfel auf sich zeigte. Morell nickte, und sie ging zu ihm.

»Kannst du sie wohl etwas trösten?«, bat er. »Du kannst das sicher besser als ich.«

Die Frau – die nicht Johannes Ejvindssons Ehefrau war, wie Morell jetzt bemerkte – setzte sich neben die schluchzende Magd, und Morell verließ die Tenne.

Er fand Haldo in der Remise. Der Knecht saß auf einem Pritschenwagen. Die Ladefläche bog sich unter seinem Gewicht so stark durch, dass Morell fürchtete, sie könnte jeden Augenblick durchbrechen. Haldo saß vornübergebeugt und starrte mit finsterem Blick zur Tür hinaus. Er nahm den ganzen hinteren Teil der Ladefläche ein.

Morell ging näher zu ihm heran.

»Ein tragischer Vorfall«, sagte er.

Haldo sah ihn unter seinen schweren Augenlidern an.

»Der Brand ist mit ziemlicher Sicherheit in der Sonntagsstube ausgebrochen«, fuhr Morell fort. »Bist du in der Nacht irgendwann da drin gewesen?«

»Die beiden waren da immer drin, wenn sie miteinander geschlafen haben«, antwortete Haldo. »Per und Lisa.«

Dann sank er wieder in sich zusammen.

»Aber du warst nicht da drin und hast ein Feuer angemacht?«

Haldo schüttelte nur schweigend den Kopf.

»Ist die Sonntagsstube denn normalerweise abgeschlossen?«

Der Knecht seufzte, wobei sein ganzer gewaltiger Körper erzitterte.

»Unverschlossen, wie alles andere auch«, erklärte er.

»Und du warst nicht da drin?«

»Und selbst wenn, hätte ich trotzdem kein Feuer angemacht. Es ist doch jetzt noch warm in der Nacht.«

»Also konnte jeder einfach dort reingehen?«

»Ja«, sagte Haldo. »Deswegen hat sich Per da ja auch mit Lisa getroffen.«

Ein zufällig entstandenes Feuer oder Brandstiftung?, überlegte Morell.

Da hob Haldo den Kopf, als wäre ihm plötzlich ein neuer Gedanke gekommen.

»Was wird denn jetzt aus mir?«, fragte er. »Wo soll ich denn jetzt hingehen?«

»Das kommt schon alles in Ordnung«, sagte Morell. »Der älteste Sohn hat ja überlebt. Der wird sicher bald anfangen, das Haus wieder aufzubauen.«

Er ging aus der Remise und ließ den zusammengesunkenen Haldo auf dem Pritschenwagen zurück.

Ich muss warten, bis ich mit Sven reden kann,

dachte Morell. Und Johan muss nach Örnsköldsvik fahren und Odd die Nachricht überbringen.

Der hätte besser hier sein sollen und nicht so weit weg von zu Hause.

21

Der Brief stammte von den drei Brüdern in Norrböle, wobei nur einer ihn geschrieben hatte, der Älteste nämlich. Er schrieb nicht, dass Annika sie damals gebeten habe, Daniel Persson eine Lehre zu erteilen. Der zurückgekommen war, um Johan und sie, Annika, zu bedrohen. Und der jetzt tot war. Um ihn ging es in diesem Brief nicht. Es ging um das Kind. Und dass sie ihrem Mann jetzt erzählen könnten, dass das Kind damals gar nicht von ihm gewesen sei, vom Amtmannsgehilfen Johan Anundsson.

So stand es in dem Brief geschrieben, Amtmannsgehilfe.

Woher die Brüder das wussten, war ihr unerklärlich.

Der Brief war kurz, aber Annika antwortete nicht darauf.

Sie ging zu ihnen.

Das ist doch alles schon so lange her, dachte Annika. Damals war ich noch ein Kind.

Es war ihre erste Anstellung gewesen. Sie war dreizehn Jahre alt, als sie anfing zu arbeiten, und die drei Brüder etwa gleichaltrig, mit jeweils einem Jahr Abstand. Und alle drei hatten immer wieder mit ihr geschlafen, im ersten Jahr noch nicht, im zweiten auch noch nicht, aber im dritten Herbst, und da war sie schwanger geworden. Sie hatte ihre Schwangerschaft verheimlicht, was ziemlich einfach gewesen war, denn sie hatte nicht wie eine Schwangere ausgesehen. Später dachte sie, dass ihr das alles wegen ihrer Unwissenheit zugestoßen sei. Sie hatte das Kind heimlich zur Welt gebracht – unter starken Schmerzen –, und zum Schluss hatte sie sich gefühlt, als würde sie davonschweben. Das Kind lag am Boden, sie hatte sich aufgesetzt, es hatte geschrien, und sie hatte es angefasst, und dann war es plötzlich ganz still. Hatte sie ihr Kind erstickt? Das hatte sie verdrängt, vergessen. Es war alles schon so lange her, und sie wollte sich nicht mehr daran erinnern. Sie hatte nie mehr darüber nachgedacht, zumindest nicht, bis sie heiratete. Aber davor nie. Als hätte sie das ganze Geschehen zusammen mit dem Kind begraben.

Einmal hatte sie dann noch ... unterbrochen ... es weggemacht ... bevor ... Aber das war später. Das hatte nichts mehr mit diesen Brüdern zu tun gehabt.

Aber damals. Damals war sie ganz allein im Wald gewesen, und sie hatte das Kind verscharrt und die Nachgeburt auch. Doch danach hatte sie das Bedürfnis, dem Ganzen einfach zu entfliehen und wegzuziehen. Und so kam sie nach Fanby zu den Hermanssons, und dort lernte sie den Mann kennen, der das Kind gezeugt hatte, das tot geboren wurde und zu früh.

So war das alles gewesen.

Sie ging zu den drei Brüdern.

Nun war sie die Ehefrau eines Mannes, der einmal

Landgendarm werden würde, und sie hatte Zeit und wusste ganz genau, was sie zu tun hatte. Sie wollte versuchen, ihr altes Leben von sich abzuwaschen. Als ob man eimerweise Wasser auf den Küchenboden schüttet, kräftig scheuert und schrubbt und zum Schluss das Schmutzwasser aufwischt, sodass man wieder saubere Läufer auf den Boden legen kann.

Diese alten Erinnerungen, die der Brief in ihr geweckt hatte – wie sie missbraucht worden war, wie sie in ihrer Verzweiflung dem schreienden Neugeborenen die Hand auf den Mund gelegt hatte. Monatelang hatte sie sich eingebildet, das Kind zu hören, wie es nach ihr rief, und an jenem Mittsommerabend, an dem sie Johan Anundsson ihr Jawort gegeben hatte, hatte sie gedacht – in diesem Moment war es ihr nämlich nach all den Jahren wieder in den Sinn gekommen –, dass es durch den Tanzboden wieder hochkommen würde, sich um ihre Beine schlingen und ihr zuflüstern würde, dass es mittanzen wolle, dass es sich freuen wolle, wenn sie ihre Hochzeit feierte.

Doch das war nicht geschehen, und dann hatte sie das Kind vergessen. Ihre Fehlgeburt nicht, aber jenes Kind, das sie vor zehn Jahren zur Welt gebracht hatte, als sie selbst fast noch ein Kind gewesen war.

In Bredbyn hatte sie ihre Schwangerschaft nicht verheimlichen müssen, deswegen hatte sie Johans Antrag angenommen – aber es war zu früh aus ihrem Körper gekommen, und sonst war nichts Unrechtes geschehen.

Doch die Schlange lag trotzdem noch auf ihrer

Zunge, und als sie über die Brücke nach Fanby ging, dachte sie, dass der Brief ihr sogar geholfen habe. Jetzt würde die Schlange, die sich in ihrem Mund ringelte, in Bewegung kommen.

Die Eltern der Brüder waren damals schon alt gewesen und inzwischen gestorben, wie Annika wusste. Sie hatten nicht einmal geahnt, was geschehen war, was ihre Söhne mit der kleinen Magd gemacht hatten, sie hatten auch nichts gesagt, etwa, dass sie zum Schluss so mager gewesen sei.

Das alles habe ich mit mir selber ausgemacht, dachte Annika.

Und so waren die Jahre ins Land gegangen, und ein mildes Vergessen hatte sich über das gelegt, was sie in jenem Sommer getan hatte.

Doch dann hatte sie die Brüder im Winter doch noch einmal aufgesucht, sie hatte sie tatsächlich um Hilfe gebeten – als Gegenleistung, wie sie sich ausdrückte –, als der andere, dieser Daniel Persson zurückkam und sie bedroht hatte. Ob die Brüder es getan hatten, ob sie Daniel Persson wirklich zusammengeschlagen hatten, das wusste Annika nicht. Doch sie hatte darum gebeten. Falls die Brüder es getan hatten, konnten sie es natürlich niemandem erzählen. Sie konnten ja schlecht zum Länsman oder sonst jemandem gehen und es ihm sagen. Denn die Schuld der drei Brüder war in diesem Fall doch wohl größer als Annikas Schuld, oder? Und wenn sie es nicht getan hatten, gab es ja auch keinen Beweis dafür, dass sie die Brüder um diesen Gefallen gebeten hatte.

Aber deswegen hatten die Brüder ihr diesen Brief nicht geschickt.

Nein, es ging um die Geschichte mit dem Kind. Das totgeborene Kind, und nicht jenes, das sie vor langer Zeit in ihrer Verzweiflung getötet hatte – und sie ging zu ihnen.

Die Brüder saßen in der Küche. Eine Frau hatten sie immer noch nicht im Haus. Sie waren allein und grinsten vergnügt, als Annika kam. Der Älteste stand auf und ging ihr entgegen.

»So, bist du also selbst gekommen. Du weißt ja, was wir wollen. Wenn wir dem Amtmannsgehilfen nichts weitersagen sollen.«

Nein, log Annika, das wisse sie nicht, und was sie denn von ihr wollten.

Tja, sie wollten wieder so leben wie früher, als sie als Magd bei ihnen gearbeitet habe. Als ihre Dirne sozusagen.

Das wäre also alles?, fragte Annika.

Sie sah sich in der Küche um. Seit sie hier Magd gewesen war, hatte sich nichts verändert. Es war höchstens noch dreckiger geworden. Ein widerlicher Gestank stieg ihr in die Nase. Neben der Tür stand ein überquellender Abfalleimer, in der Spüle stapelten sich Schüsseln und Gläser, in die sich der Schmutz schon richtig hineingefressen hatte.

Alle drei waren aufgestanden, als wollten sie sie empfangen und in ihrem Haus willkommen heißen.

Sie blieb in der Tür stehen, blickte auf den Abfalleimer, sah die braunen Fetzen, die wie Maden darin herumschwammen, und roch den Gestank.

Da wurde sie in den Eimer förmlich hineingesogen, sie versank in diesem überlaufenden, schwimmenden Dreck, und sie fühlte, dass sie sich vielleicht ihr Leben lang nicht daraus würde befreien können.

Und sie glaubte auch, ihre toten Kinder in diesem Eimer zu sehen. Das erste, das sie selbst getötet hatte, und den roten Klumpen, der als Letztes aus ihrem Körper gekommen war.

Da überfiel sie eine derart unbändige Wut auf diese Männer, die sie geschändet hatten, dass sie zu schwanken begann. Sie riss den Blick von dem Eimer los, in ihrer Brust klopfte es wie wild. Sie versuchte, etwas zu sagen, brachte aber kein Wort heraus.

Sie stand nur da, sah ihre schmutzigen Gesichter, ihr Grinsen und die schwarzen Zahnstummel in ihren fauligen Mündern.

Sie gehörte zu ihnen, sie war ein Teil dieses Schmutzes und dieses Gestanks.

Aber sie hatte ihre Entscheidung getroffen. Es musste sein.

Schließlich stieß sie hervor: »Ich hab's euch schon gesagt: Er weiß Bescheid. Wenn ihr auch nur einen Mucks über mich sagt, dann gehe ich zum Polizeiamtmann und erzähle alles, was ihr mit mir gemacht habt. Und dann werde ich nicht die Einzige sein, der es übel ergeht.«

Mit diesen Worten drehte sie sich um, versuchte

den Abfalleimer zu ignorieren und schlug die Küchentür heftig hinter sich zu.

Doch das Schwerste stand ihr jetzt noch bevor.

Johan war zu Hause, als Annika heimkam. Es war mitten am Tag, und sie dachte schon, jetzt … jetzt werde ich es ihm erzählen, nicht alles, nicht alles, was damals geschehen ist, nicht von den drei Brüdern, nur von dem Kind, das nicht von ihm gewesen ist.

Würde dieses Geständnis ausreichen?

Jetzt war er da, und sie hatte Gelegenheit, ihr Herz zu erleichtern. Aber was ihr so lange auf der Zunge gelegen hatte, wollte ihr nun doch nicht über die Lippen kommen. Als ob ihre Zunge geschwollen wäre und ihr den Mund versperrte wie ein Spund, der nicht nachgeben will.

»Bist du bei den Mårtenssons gewesen?«, fragte Johan.

Er sprach von dem großen Brand.

Annika schüttelte den Kopf, sie schluckte, sie hustete, sie fühlte sich, als würde ihr etwas den Mund verstopfen.

»Anselm und Helga sind beide gestorben«, berichtete Johan. »Aber der Sohn hat es überlebt, und die Magd und der Knecht auch.«

Sie nickte nur.

Sie musste an die kühle Quelle auf der Wiese denken, die abgelegene Wiese, bei den Hermanssons, an der sie bei der Heuernte immer ihren Durst stillten, und sie sehnte sich nach diesem frischen Wasser in ihrem Mund. Nach dem guten, kalten Quellwasser.

»Ich muss nach Örnsköldsvik reiten«, sagte Johan. »Und mit dem anderen Sohn reden. Mit Odd.«

Er seufzte.

»Dem bringe ich heute schlechte Nachrichten.«

Nein, sie konnte es nicht, nicht jetzt …

Johan trat zu seiner Frau und legte ihr den Handrücken auf die Wange. Sie griff danach und presste ihn an ihren Mund.

»Bleibst du lange weg?«, flüsterte sie die Worte an dem Knebel in ihrem Mund vorbei.

»Wir sehen uns morgen Früh«, antwortete Johan.

Annika hielt seine Hand fest und wollte sie nicht mehr loslassen.

»So eine traurige Nachricht«, sagte er. »Und ich muss sie überbringen.«

Er machte seine Hand aus ihrer los, lächelte ihr zu und ging aus dem Haus.

Sie setzte sich an den Tisch und ließ ihren schweren Kopf eine Weile auf ihren Händen ruhen. Dann hob sie ihn vorsichtig und sah sich in der Küche um. Sie war aufgeräumt und sauber.

Trotzdem trug sie alle Stühle auf den Hof hinaus. Das ging schnell. Dann den Tisch. Sie zerrte das Sofa in eine Ecke. Schließlich nahm sie das Joch, ging zum Brunnen und holte zwei Eimer Wasser herauf. Dann goss sie das Wasser auf den Küchenboden und begann zu schrubben.

22

Johan Anundsson war die Storgata hinuntergeritten, hatte sein Pferd festgebunden und ihm den Hafersack umgehängt.

Das weiße Haus. Groß und mächtig stand es da, und dort oben wohne Odd in einem Zimmer, hatte er erfahren.

Zögernd ging er zu der großen Tür. Er wusste nicht recht, ob er mit der Hand klopfen oder den Türklopfer benutzen sollte. Aber er wollte ja nicht den Schultheiß sprechen ... Er hob die Hand, um an die Tür zu klopfen, doch dann drückte er sie stattdessen einfach auf und trat in den geräumigen, hellen Korridor. Ganz hinten stand ein großer Spiegel zwischen zwei Stühlen.

Elegant, fand Johan Anundsson. Er ging weiter und sah kurz sein Gesicht im Spiegel, bevor er wegblickte. Sein Kopf war im Verhältnis zu seinem restlichen Körper etwas zu groß. Große, glänzende Augen und ein verwunderter Zug um den Mund.

Am Fuß der Treppe angekommen, begann er vorsichtig die Stufen hinaufzugehen. Er blieb stehen und horchte, in ständiger Sorge, jemand könnte ihn fragen, was er hier wolle. Aber da war niemand. Weder unten im Flur noch im ersten Stock. Nur ein Gang mit Stühlen an den Wänden und einem großen Tisch.

Die Treppe führte noch weiter nach oben. Hier war ebenfalls niemand. War er etwa im falschen Haus? Eilig nahm er die letzten Stufen. Dort oben war es enger, aber zu seiner Rechten sah er immerhin drei Türen.

An der ersten war mit einem Reißnagel ein handgeschriebener Zettel befestigt. »Odd Anselmsson, Brandwächter« stand darauf geschrieben.

Johan klopfte, aber niemand antwortete. Noch einmal, diesmal kräftiger. Da hörte er ein Geräusch, als würde sich jemand anziehen oder seine Kleidung in Ordnung bringen, danach Schritte, und im nächsten Moment ging die Tür auf. Odd Anselmsson stand vor ihm und rieb sich die Augen.

»Ich habe geschlafen«, erklärte er.

Und Johan Anundsson dachte an die Nachricht, die er Odd überbringen musste.

Zuerst hatte Odd gar nichts gesagt. Er hatte Johan nur mit offenem Mund angestarrt.

Sein Schnurrbart sieht ungepflegt aus, stellte Johan fest. Und sein Gesicht ist mager.

Die Fakten hatte Johan ihm schon berichtet, dass das Wohngebäude bis auf die Grundmauern niedergebrannt sei, dass Odds Vater und Mutter tot seien, dass ganz Bredbyn zu Hilfe gekommen sei, dass man alles getan habe, um zu verhindern, dass das Feuer sich weiter ausbreite, dass sein Bruder, die Magd und der Knecht überlebt hätten.

Und dass es schnell gegangen sei, weil Rauch und

Feuer sie überrascht hätten. Dass sie aber trotzdem tot seien.

Und Johan hatte gedacht: Wenn er jetzt weint, was soll ich tun? Wenn er zusammenbricht, wenn er …

Doch Odd hatte nur mit offenem Mund und schlaftrunkenem Blick auf seinem Bett gesessen und hatte Johan Anundsson angestarrt. Lange war er so sitzen geblieben. Und zu guter Letzt hatte er doch etwas gesagt.

»Die Getreidescheune«, hatte er gesagt.

Was für Johan Anundsson in diesem Moment ziemlich ungereimt klang.

Er hatte es noch ein zweites Mal gesagt.

Dann hatte er geschluckt, wieder und wieder, als hätte er etwas gegessen, was ihm nicht recht die Kehle runterrutschen wollte, und war aufgestanden. Er hatte ausgesehen, als würde er gleich zu Boden fallen, und Johan hatte einen Schritt nach vorn gemacht, um ihn, falls nötig, zu stützen.

»Ich muss nach Hause«, hatte er gesagt und war zum Stuhl gegangen, wo seine Hose fein säuberlich über der Lehne hing.

Er hatte sie angezogen, sein Hemd hervorgeholt und sich dann wieder aufs Bett gesetzt, während er sich das Kleidungsstück über den Kopf zog. Einen Moment lang war sein Gesicht verschwunden, und für Johan sah es aus, als wollte Odd Anselmsson so verharren, mit dem Kopf im Dunkel seines Hemdes, aber dann war das Gesicht wieder aufgetaucht. Stirn, Augen, Nase, Schnurrbart.

Und der offene Mund.

»Lans«, hatte er gesagt.

Dann war er aus dem Zimmer gegangen, und Johan war noch kurz an der Tür stehen geblieben, bis auch er die Treppen hinunterging, zum Marktplatz, zu seinem Pferd, es losband und nach Hause ritt.

Morell ging durchs Dorf – dieses Mal ohne sein Kind auf dem Rücken –, an der Kirche und dem Armenhaus vorbei.

Aus der Ferne konnte er den abgebrannten Hof sehen. Er hatte mit dem ältesten Sohn gesprochen, der in der Nacht bei der Magd geschlafen hatte. Sven hatte beschämt gewirkt, als hätte er etwas Böses getan, und Morell begriff, dass die Eltern nicht gewusst hatten, dass ihr Sohn etwas mit der Magd hatte. Aber auch er hatte erklärt, dass in der Nacht niemand in der Sonntagsstube gewesen sei.

Heute war der Polizeiamtmann zum Gemeindehaus unterwegs, das nicht weit vom Armenhaus lag, wo Lisbet früher einmal gearbeitet hatte. Morell war seitdem nicht mehr dort gewesen, aber er wusste, dass man sich dort noch immer um die Alten, Armen und Gebrechlichen kümmerte.

Das Gemeindehaus war zum Teil rot gestrichen, doch die Vortreppe sah wie frisch geteert aus. Morell drehte den großen schwarzen Schlüssel, der in der grauen Tür mit den schräg verlaufenden Brettern steckte, und betrat einen schmalen Flur. Er stieß die Tür auf und stieg über die hohe Schwelle.

Sie hatten sich rund um den Tisch versammelt. Fünf Männer zählte er. Eigentlich hätten sie zu sechst sein müssen, aber Anselm Mårtenssons Platz war leer. Morell erkannte den Pastor Backäus und Johannes Ejvindsson.

»So«, sagte der kleine Pastor, »nun ist Länsman Morell auch da.«

An der einen Schmalseite des Tisches suchte der alte Mann mit dem weißen Bart, der ihm wie ein Kranz unterm Kinn hing, ein paar Papiere zusammen, stand auf, deutete auf den leeren Stuhl, nickte Morell zu und setzte sich dann an die Längsseite.

Lars Antonsson, dachte Morell. Oder Arvidsson. Er war jedenfalls der Sprecher der Gemeindeversammlung.

Morell setzte sich auf den Platz, den man ihm zugewiesen hatte. Er legte seine großen Hände vor sich auf den Tisch und musterte die Männer kurz, ehe er das Wort ergriff.

»Ich habe diese Versammlung wegen des Brandes und der Todesfälle einberufen lassen. Ich habe die Brandstätte untersucht und muss zugeben, dass ich keine Beweise gefunden habe. Das gebe ich jederzeit offen zu. Trotzdem hege ich den Verdacht, dass es hier nicht mit rechten Dingen zugegangen ist.«

Er schwieg und blickte die Mitglieder der Versammlung an. Alle fünf hatten sich nach vorne gebeugt, als hätten sie Schwierigkeiten, zu hören, was er sagte.

»Ich rede von Brandstiftung«, fuhr er mit erhobener

Stimme fort. »Und der Brandstifter hatte die Absicht, die Bewohner des Hauses zu töten.«

Er verstummte wieder. Die Männer sagten kein Wort, sie sahen sich gegenseitig an und nickten, dasselbe hatten sie sich schon gedacht. Ausgenommen Lars Antonsson. Morell hatte beschlossen, dass der Mann so hieß.

»Sie haben keine Beweise«, sagte Lars Antonsson. »Es ist einfach nur eine Vermutung von Ihnen. Feuer kann ja auf viele verschiedene Arten entstehen. Unachtsamkeit, Gewitter, Schmiedearbeiten. Ein Küchenherd. Ja, viele verschiedene Arten.«

»Das haben wir untersucht«, widersprach Morell. »Wenn das Feuer in der Küche ausgebrochen wäre, dann sähe die Sache vielleicht etwas anders aus.«

Er räusperte sich.

»Aber das Feuer ist in der so genannten Sonntagsstube ausgebrochen. Dort hat seit letztem Winter keiner mehr den Ofen eingeschürt. Außerdem war da ja noch die Getreidescheune ...«

Lars Antonsson sah aus, als wollte er wieder protestieren, doch Johannes Ejvindsson kam ihm zuvor.

»Per Ersson?«, schlug er vor. »Ist er es gewesen?«

»Wir haben keinen Verdächtigen«, erklärte Morell. »Aber wir glauben, dass es Brandstiftung mit Mordabsicht war. Und darüber will ich jetzt mit Ihnen reden.«

Er legte eine kleine Pause ein, betrachtete den alten Antonsson und wartete auf dessen Protest, der aber ausblieb.

»Einen Brandwächter«, fuhr er fort. »In Örnsköldsvik

haben die Leute einen Brandwächter, was natürlich nahe liegt, weil die Häuser dort so dicht nebeneinander stehen. Außerdem handelt es sich um Geschäfte, in denen eine Menge Waren lagern. Hier hatten wir keinen Grund, einen Brandwächter einzusetzen. Wir sind ja auch bisher von Großbränden verschont geblieben.«

»Achtzehnhundertzweiundzwanzig«, warf Antonsson ein, »da sind drei Wohnhäuser abgebrannt.«

»Das war lange vor meiner Zeit«, sagte Morell. »Nun, wir sollten besser eine Weile einen Brandwächter durchs Dorf gehen lassen. Wir können nicht ausschließen, dass es zu noch mehr Bränden kommt. Besser gesagt: Bis wir denjenigen gefasst haben, der Anselm Mårtenssons Wohnhaus in Brand gesteckt hat, sollten wir einen Brandwächter haben.«

Er schwieg und ließ seine Worte wirken. Wieder sahen sich die Männer an. Sie zupften an ihren Kleidern und ihren Bärten. Lars Antonsson sah nicht so aus, als wollte er Einspruch erheben.

»Wie soll das genau gehen?«

Das war der Jüngste in der Versammlung, so wie er aussah, obwohl er schon einen kahlen Schädel hatte. Morell kannte ihn vom Sehen, seinen Namen jedoch nicht.

»Geht es dabei nur um Bredbyn?«, wollte Ejvindsson wissen. »Was ist mit Näs und Fanby?«

»Auch Näs und Fanby«, entschied Morell. »Wir halten jeweils drei Tage Wache. Sie müssen eine Liste aufstellen und sich um die praktische Seite kümmern.

Ich fange heute Nacht an und gehe auch die nächsten zwei Nächte. Noch Fragen?«

Morell erhob sich halb, denn er wollte nicht, dass noch irgendjemand Fragen stellte.

Aber der Kahlkopf hakte doch noch einmal nach: »Wie soll das denn aussehen? Soll man die ganze Nacht durchs Dorf laufen, hin und her? Alleine?«

»Mit wie viel Leuten Sie nachts Wache halten wollen, bleibt Ihnen überlassen«, meinte Morell. »In Örnsköldsvik geht der Brandwächter von zehn bis fünf Uhr früh seine Runden. Das sollte genügen.«

Er stand auf und rückte seinen Stuhl wieder an den Tisch. »Ist alles klar?«, erkundigte er sich.

Keine Antwort. Morell deutete das Schweigen der Männer als ein Ja, öffnete die Tür, stieg über die hohe Schwelle und war wieder im Hof.

Wenn das nicht mal übertrieben ist, dachte er.

23

Odd Anselmsson tat vorübergehend keinen Dienst als Brandwächter. Er war zu Hause, zumindest war er in Anundsjö. Von seinem Zuhause stand ja nur noch das Waschhaus, in dem sie hätten wohnen können, aber sie hatten beschlossen, nicht dort zu bleiben.

Sie zogen in Johannes Ejvindssons Backhaus. Den großen Tisch hatte man hinausgetragen und ein Sofa und ein Bett hineingestellt, und dort wohnten sie jetzt, Sven und er, Sigrid und Haldo, und dort würden sie auch bleiben, bis das Wohngebäude wieder aufgebaut war.

Zurzeit konnten sie noch in diesem provisorischen Quartier wohnen, weil es spätsommerlich warm war. Der Herbst war noch weit weg. Wie ein Altweibersommer war das, obwohl der ja nie so früh Einzug hielt, wenn man sich nach den alten Bauernregeln richtete.

Der Stall, die Schmiede, die Tenne und das Waschhaus standen noch. Die Scheune und das Wohnhaus waren abgebrannt. Aber bald würden sie wieder aufgebaut sein.

Odd fühlte, dass er nach Örnsköldsvik zurückkehren musste, er konnte nicht hier bleiben, wenn auch sein Bruder Sven anderer Meinung war. Jetzt, wo ihre Eltern tot waren. Tot und verkohlt waren sie, aber noch nicht begraben. Und außerdem hatte Odd noch erfahren, dass der Brand nicht aus Unachtsamkeit entstanden war. Polizeiamtmann Morell hatte den Verdacht, dass jemand das Feuer gelegt hatte.

Die Brüder trauerten um ihre Eltern und sehnten sich nach ihnen. Und ehe sie einschliefen, erzählten sie sich im Flüsterton Geschichten von Anselm und Helga. Kleine Erinnerungen daran, wie sie gewesen waren. Von Helga und ihren Erzählungen über die Trolle, die sie Vittra nannte und die unter der Erde wohnten und außer für Sonntagskinder für die meisten Menschen unsichtbar blieben. Und von Anselm, seinem Interesse für seine Heimat und die Geschichte.

Auf diese Weise lebten beide weiter, weil sie ihren Kindern schöne Erinnerungen hinterlassen hatten. Und Odd dachte, dass sein Vater und seine Mutter gute Menschen gewesen waren, denn ihre Trauer wurde auch von der Tagelöhnerin und Haldo und Sigrid geteilt.

Wie die Tage vergingen, vermied er es, hinzugehen und sich die schwarzen Überreste seines Elternhauses anzusehen, er blieb lieber bei Johannes Ejvindsson. Sobald Vater und Mutter beerdigt waren, würde er nach Örnsköldsvik zurückkehren und seinen Dienst als Brandwächter wieder aufnehmen.

Er dachte an das Feuer in der Scheune und an den großen Brand, der seine Eltern das Leben gekostet hatte, aber er dachte auch an das Feuer, das er und die Einwohner von Örnsköldsvik eines Morgens gerade noch hatten löschen können. Wenn er nicht einschlafen konnte, wenn er die anderen atmen hörte, kam ihm dieser Gedanke immer wieder, und es drängte sich ihm geradezu auf, dass es zwischen den Bränden hier und dem Brand im Ort an der Küste einen Zusammenhang geben müsse, und diese Verbindung war ein Knecht namens Per Ersson.

Morell schlief, nicht im Bett bei Helena, sondern in dem Bett in dem kleinen Zimmer, in das er vor langer Zeit gezogen war, als seine Frau sehr, sehr krank gewesen war.

Er schlief nach einer durchwachten Nacht, einer Nacht, in der er als Brandwächter durch Bredbyn und Näs gegangen war. Man hatte den Dienst zwischen den Höfen aufgeteilt, und in dieser Nacht hatte er Johannes Ejvindssons Dienst übernommen, weil der Großbauer krank geworden war.

Nichts war passiert. Keine Brandgefahr.

Er begann seine Runde am Amtmannshof, ging dann an der Kirche vorbei, an den Ställen bei der Kirche, zum Armenhaus und zum Gemeindehaus und dann die Dorfstraße entlang, an den kleinen Häusern der Handwerker und an der Schmiede vorbei bis zum Gasthaus, und dann wieder zurück, aber diesmal über die Wiesen und Felder, vorbei an den Wohnhäusern der Bauern und zurück zum Amtmannshof.

Ein ums andere Mal hielt er Wache. Kein Brand, kein offenes Licht, kein plötzlich aufflammendes Feuer.

Lisbet weckte ihn immer. Sie stand in der Tür, und wenn er aufwachte, hatte er jedes Mal das Gefühl, dass sie schon länger dort gestanden, dass sie nicht geklopft hatte, sondern einfach ins Zimmer getreten war und seinen Namen geflüstert hatte. Er zog seine Decke fester um sich, um sich zu bedecken.

Er musste aufstehen. Odd Anselmsson wollte ihn sprechen.

Morell hatte den Eindruck, dass der junge Mann abgenommen hatte, vielleicht war aber sein Schnurrbart nur gewachsen, denn man sah von seinem Gesicht fast nur noch Bart. Und Augen.

Morell nahm ihn mit hinunter in sein Arbeitszimmer. Und dort saßen sie sich nun gegenüber.

Der Länsman hatte sich erkundigt, wie es ihm gehe, wie er zurechtkomme, jetzt, wo seine Eltern tot waren, und Odd hatte wahrheitsgemäß erwidert, dass er nach Örnsköldsvik zurückkehren werde, um seinen Dienst als Brandwächter wieder anzutreten.

»Im Moment geht ein anderer für mich«, erklärte er. »Aber nur vorübergehend.«

Morell nickte.

»Ich glaube, dass Per Ersson das Feuer gelegt hat«, sagte Odd.

Morell antwortete nicht.

»An die Scheune hat er Feuer gelegt und an unser Haus.«

»Warum glaubst du das?«, wollte Morell wissen.

»Es hat auch in Örnsköldsvik gebrannt, besser gesagt, es fing an zu brennen, und ich habe den Brand entdeckt. In einem Stall war das.«

»War das auch Brandstiftung?«

»Ich weiß es nicht«, erwiderte Odd. »Die Leute dachten, dass das Feuer von der Schmiede gegenüber gekommen ist. Dass irgendwie Glut in den Stall geflogen ist. Das haben sie jedenfalls gesagt, aber …«

Er zupfte an seinem Schnurrbart, als wollte er ihn sich aus dem Gesicht reißen.

»Weiß der Länsman zu welchem Haus der Stall gehört?«

Morell schüttelte den Kopf.

»Zum Haus des Goldschmieds«, verkündete Odd, und er schien gespannt auf Morells Antwort zu warten.

Der sagte jedoch nichts, aber er konnte Odds Gedankengang nachvollziehen. Per Ersson hatte dort Feuer gelegt, dann war er zum Besitzer des Stalls zurückgegangen und hatte ihn vielleicht umbringen wollen. Derselbe Per Ersson, der Lisa getötet hatte, hatte auch die Kornscheune und das Wohnhaus in Brand gesteckt.

Aber was verband Anselm Mårtensson in Anundsjö mit dem Goldschmied in Örnsköldsvik?

Warum sollte Per Ersson einen Groll gegen Anselm Mårtensson hegen? Und warum sollte er Aron Lindberg etwas tun wollen?

»Ich verstehe, wie du darauf kommst«, sagte Morell und nickte. »Aber ich verstehe nicht, warum du glaubst, dass es zwischen diesen beiden Ereignissen einen Zusammenhang gibt.«

Odd Anselmsson bestand nur noch aus Schnurrbart und Augen. Und seine Augen waren noch etwas größer geworden. Morell befürchtete, der junge Mann würde gleich anfangen zu weinen.

Aber er fing nicht an zu weinen. Stattdessen sagte er mit schwacher Stimme: »Das weiß ich nicht.«

Odd Anselmsson wirkte bedrückt, so wie ein Kind, dem man gesagt hat, dass sein kluger Gedanke doch nicht so klug sei.

»Wir werden uns darum kümmern«, versprach Morell. »Eines steht fest, wir müssen Per Ersson fassen.«

Er streckte seine Hand aus und berührte Odd Anselmsson kurz an der Schulter. »Und ich werde auch mit dem Goldschmied sprechen«, fügte er hinzu.

24

Per Ersson bringt aus Eifersucht seine Verlobte um.
Sie war Magd bei Anselm Mårtensson.
Ein Stall in Örnsköldsvik gerät in Brand.
Er gehört dem Goldschmied Aron Lindberg.
Anselm Mårtenssons Getreidescheune brennt nieder.
Aron Lindberg wird von Per Ersson überfallen.
Anselm Mårtenssons Wohnhaus brennt bis auf die Grundmauern nieder.

Morell hatte alles in seiner eleganten Handschrift niedergeschrieben. Er hielt sich das Blatt Papier näher an die Augen.

Werden meine Augen schlechter?, fragte er sich.

Dreimal hatte er Anselm Mårtenssons Namen geschrieben, zweimal Aron Lindbergs, zweimal Per Erssons.

Er hob die Feder, tunkte sie ins Tintenfass und schrieb: »Zusammenhang? Verbindung?«

Dann ging er über die Treppe in die Küche und trank aus der Schöpfkelle Wasser. Lisbet stand mit dem Rücken zu ihm an der Spüle und klapperte mit dem Geschirr.

»Du arbeitest ja ganz schön«, sagte er.

Sie drehte sich um und strich sich eine verschwitzte

Haarlocke aus der Stirn. Morell nickte ihr zu, um seine Anerkennung auszudrücken.

Wo waren seine Frau und Gustav?

Lisbet deutete aus dem Fenster: Die beiden waren draußen, auf der Veranda, denn es war jetzt September und noch immer spätsommerlich warm. Helena hatte ihren weißen Sommerhut auf, und über ihrem Kleid hing der Schmuck, den er ihr geschenkt hatte. Ein goldenes Herz. Gustav stand jetzt am Zaun und spähte durch die Latten auf die Landstraße.

Er kann ja auch ganz ruhig sein, dachte Morell.

Einen Augenblick lang blieb er auch stehen und betrachtete einfach nur seine Familie.

»An dem Wetter kann man wirklich seine Freude haben«, meinte er und strich Helena mit einer Hand übers Haar.

Sie nickte, berührte das goldene Herz und lächelte ihn an.

»Ich reite hinunter nach Örnsköldsvik«, sagte er. »Es wird ein wenig dauern.«

Dann ging er zu seinem Sohn, hob ihn hoch und hielt ihn einen Augenblick in der Luft. Gustav zappelte und lachte.

»Na, bist du schon wieder ein bisschen schwerer geworden?«, fragte Morell.

Er setzte ihn ab, zauste ihm den Haarschopf und bückte sich zu ihm hinunter.

»Pass gut auf Mutter auf«, sagte er.

Dieses Mal war der Verband auf Aron Lindbergs Kopf kleiner, sodass man die großen Ohren ganz sehen konnte.

Er stand auf der Vortreppe und schloss gerade seinen Laden zu.

»Ich wollte gerade nach Hause zum Essen gehen«, erklärte er. »Zu Mittag schließe ich immer zu. Das machen alle hier.«

Aber Morell könne ja mitkommen, sollte er ein Anliegen haben.

Der Goldschmied ging dem Länsman voran die Treppe hoch. Links stand die Tür zur Küche offen, wo Morell zwei Dienstmädchen am Herd hantieren sah. Aber sie gingen weiter in ein großes Zimmer mit einem Tisch und sechs Stühlen in der Mitte.

Eine Frau mit hochgeschlossenem Kleid, das ihren Kopf gleichsam nach oben drückte, saß bereits an dem einen Ende des Tisches. Doch sie stand auf, als Morell und Lindberg den Raum betraten.

»Meine Frau«, stellte Aron Lindberg vor. »Sie ist aus der Gegend, aus Arnäs.«

Die Frau streckte Morell ihre kühle Hand entgegen. »Edla«, sagte sie.

»Harald«, sagte Morell. »Polizeiamtmann.«

Ob er nicht mit ihnen speisen wolle?

Morell merkte, dass er sehr hungrig war, und nahm ohne Zögern an.

Lindberg setzte sich ans andere Ende des Tisches, Morell rechts neben ihn. Dann klatschte seine Frau in die Hände, und die Dienstmädchen kamen mit mehreren Schüsseln. Darin waren Fleisch, Kartoffeln, Mohrrüben und Omeletts.

»Wir brauchen noch einen Teller und ein Besteck«, befahl Edla. »Und ein Glas.«

Lindberg goss Wein ein und hob sein Glas zu einem Toast, während eines der Mädchen, das ein rotes Brandmal auf der Wange hatte, Morells Gedeck auflegte.

Dann wollte Aron Lindberg wissen, welches Anliegen Morell nach Örnsköldsvik geführt habe.

Was sollte er dem Goldschmied sagen?

Sein beschriebenes Blatt Papier lag in Anundsjö, so fasste er zusammen, was er aufgeschrieben hatte: die zwei Brände bei Anselm Mårtensson, den Mord an Lisa Magnusdotter, den Überfall auf ihn, den Goldschmied, Aron Lindberg.

»Hier hat es ja auch gebrannt«, sagte er. »Im Stall, bei …«

Er überlegte, ob er den Goldschmied duzen sollte, kam aber zu keinem rechten Entschluss.

»Hier«, sagte er schließlich.

»Das war mein Stall«, räumte Aron Lindberg ein. »Der Brandwächter hat ein größeres Feuer verhindert. Mir ist auch schon der Gedanke gekommen, dass es Brandstiftung gewesen sein könnte. Doch ich habe nicht länger darüber nachgedacht, weil kein größerer Schaden entstanden ist.«

»Aber in Anundsjö. Anselm Mårtensson und seine Frau Helga Markusdotter sind dabei ums Leben gekommen.«

Plötzlich kam ihm ein Gedanke. Helga stammte doch aus Arnäs, oder nicht? Dort hatte Anselm Mårtensson seine Frau kennen gelernt.

Er sah die Frau des Goldschmieds an. »Helga stammte aus Arnäs«, sagte er.

Edla fasste sich an ihren hohen Kragen und nickte. »Ich komme auch von da«, verkündete sie schließlich.

»Helga Markusdotter«, sagte Morell.

Edla reckte den Kopf noch höher, und Morell dachte sich, dass ihr das Kleid ziemlich unbequem sein müsse.

»Aus Faresta«, fuhr sie fort. »Ja, Helga. Ich erinnere mich an sie. Und ich weiß auch noch, dass sie damals nach Anundsjö gezogen ist. Dort ist sie also geblieben? Wir waren einmal Mägde auf demselben Hof. Ach, damals waren wir erst fünfzehn.«

Sie lächelte breit. »Das ist schon so lange her. Wie doch die Zeit vergeht.«

»War das in Faresta?«, wollte Morell wissen.

»Ja. Der Bauer hieß Larsson«, erwiderte Edla. »Daniel Larsson.«

»Du kanntest sie also?«

Jetzt habe ich sie also geduzt, dachte er.

»Ja, als wir noch junge Mädchen waren. Dann bin zu einer Tante nach Helsingland gezogen und danach nach Stockholm. Und da traf ich …«

Mit dem Zeigefinger deutete sie auf ihren Mann.

»Und zum Schluss sind wir hierher zurückgekommen.«

»Vor einem Jahr«, ergänzte der Goldschmied.

Morell dachte über die Verbindung nach, aber er brachte sie nicht zur Sprache. Stattdessen bedankte er sich für die Einladung.

»Dürfte ich mir mal den Stall ansehen?«, bat Morell, als er und Lindberg die Treppe hinuntergegangen waren. »Bevor ich nach Hause reite.«

»Es hat nur eine Wand gebrannt«, erklärte Aron Lindberg. »Die ist schon wieder repariert.«

Er zupfte an einem seiner langen Ohrläppchen. »Kann es dieser Per Ersson gewesen sein? Der stammt doch wohl nicht auch aus Arnäs?«

»Er stammt aus Mellansel«, sagte Morell.

»Dass meine Frau eines der Opfer in Anundsjö kannte, hat doch sicher nichts zu bedeuten …«

Er sah Morell beunruhigt an.

Der lächelte.

»Ich glaube nicht, dass Per Ersson das Feuer gelegt hat. Das war jemand anders. Und wir wissen nicht einmal, ob der Brand im Stall auf Brandstiftung zurückzuführen ist. Und dass der Gesuchte … dich überfallen hat, hatte doch einen offensichtlichen Grund, nicht wahr?«

Der Goldschmied nickte und wirkte erleichtert.

Morell folgte ihm zur Vortreppe, wo er sein Pferd angebunden hatte. Auf der Straße sah es so aus, als würde sich der Ort nach der Mittagsruhe wieder beleben. Auch der Goldschmied ging in seinen Laden zurück.

Eine Verbindung, dachte Morell, als er seinem Pferd den Hals tätschelte. Könnte es etwas zu bedeuten haben, dass sich die Frau des Goldschmieds und Helga Markusdotter gekannt haben? Irgend ein Vorfall in ihrer Jugend … Er hatte Edla nicht beunruhigen wollen. Aber es konnte da einen Zusammenhang geben, und der musste nichts mit Per Ersson zu tun haben.

Er musste mit Olof Viberg in Arnäs sprechen. Länsman Viberg konnte vielleicht Licht in die Angelegenheit bringen. Und Per Ersson musste so schnell wie möglich hinter Schloss und Riegel gebracht werden!

Morell saß auf und blickte die Straße hinunter zum Marktplatz. Das große weiße Haus war deutlich zu sehen.

Vielleicht sollte er dem Schultheiß noch einen Besuch abstatten … Dann fasste er einen Entschluss und gab seinem Pferd mit einem Schnalzen die Schenkel.

Schultheiß Lans empfing den Polizeiamtmann mit gnädiger Herablassung, wie Morell schien. Er stand von seinem Stuhl vor dem Schreibtisch auf und nickte ihm kurz zu. Ein Diener hatte ihn ins Arbeitszimmer geführt. Dann drehte er den Stuhl herum und setzte sich breitbeinig vor seinen Schreibtisch, ohne Morell einen Platz anzubieten.

Lans sah festlich gekleidet aus – schwarzer Anzug und ein weißes Rüschenhemd. Sein Backenbart war schön lockig, und seine dichten Augenbrauen hatte er stutzen lassen.

Offensichtlich hatte er es eilig, war aber bereit, Morell anzuhören.

Und wieder kam sich Morell wie ein Schuljunge vor, obwohl er im Stehen auf den Schultheiß hinunterblicken konnte.

Morell berichtete, was er dem Goldschmied erklärt hatte, von Anselm, von den Bränden, vom Überfall auf Aron Lindberg. Von der Verbindung zwischen der toten Helga und der Frau des Goldschmieds. Und von dem Brand in Örnsköldsvik.

»Das war aber keine Brandstiftung«, widersprach der Schultheiß heftig. »Ein Funken von der Schmiede hat diesen Brand verursacht.«

Er fuhr mit einer Hand glättend über seinen üppigen Backenbart.

»Glaubst du wirklich«, fuhr er fort, »dass dieser Per Ersson das getan hat, dass er das Feuer gelegt hat? Was für ein Motiv sollte er dafür gehabt haben?«

Morell entgegnete nichts.

»Ich möchte nur ...«, begann er. »Ein Brand hier, zwei in Anundsjö. Einer mit Todesopfern. Sollten diese Ereignisse irgendwie zusammenhängen ...«

»Bist du ganz sicher, dass jemand das Wohnhaus in Brand gesteckt hat?«, erkundigte sich Lans. »Natürlich ist es tragisch, dass Anselm und seine Frau ums Leben gekommen sind, aber es kann doch ebenso gut ein Unfall gewesen sein. Ich kannte Anselm Mårtensson. Sein Sohn hat mir von dem Brand erzählt. Er ist gerade zu Hause in Anundsjö, aber ich nehme an, dass er zurückkommt, um seinen Dienst als Brandwächter wieder aufzunehmen.«

Morell nickte.

»Ja, wirklich tragisch«, fuhr Schultheiß Lans fort. »Aber Per Ersson, so heißt er doch, nicht wahr? Das glaube ich nicht. Du solltest ihn bald festnehmen. Damit wäre schon viel gewonnen.«

Er erhob sich.

»Leider«, fuhr er fort, »muss ich unsere Unterredung jetzt beenden. Die Pflicht ruft. Eine Versammlung ... dann ein Mittagessen.«

Morell nickte und ging. Lans hatte den Stuhl umgedreht und sich wieder vor seinen Schreibtisch gesetzt.

Als Morell auf den Marktplatz hinaustrat, seufzte er bedrückt. Warum lasse ich mich jedes Mal von diesem Mann einschüchtern?, dachte er.

Wahrscheinlich hat er Recht. Per Ersson hat nichts mit den Bränden zu tun ... Und dass es hier ebenfalls gebrannt hat, ist unwichtig.

Doch die Verbindung zwischen Helga Markusdotter und der Frau des Goldschmieds ... Das muss ich klären.

Sein Herz klopfte immer noch, als er Abed-Nego bestieg, um zu Länsman Olof Viberg nach Arnäs zu reiten.

25

Das Geständnis traf Johan Anundsson mit der Wucht eines Keulenschlags auf den Kopf. So wie man am Ufer einen Pflock in den Boden schlägt, um ein Boot zu vertäuen. Ein Zischen durch die Luft, und bums!

Johan sah seine Frau nur noch wie durch einen Nebel. Er hatte den Eindruck, sie würde näher kommen, dann zurückweichen; erst sah er sie deutlich, dann verschwommen. Und sein Kopf. In seinem Kopf pochte es, und er spürte ein seltsames inneres Erschlaffen. Schweiß sammelte sich unter seinen Armen und auf seiner Stirn.

Sie stand vor ihm, erst riesengroß, dann winzig klein. Erst verschwommen, dann deutlich erkennbar.

Da schlug er zu, bis sie bewusstlos auf dem Boden lag, in der blitzblanken Küche.

Johan hatte am helllichten Tag mit einem Blatt Papier vor sich am Tisch gesessen. Annika hatte draußen am Brunnen Wasser geschöpft und war mit einem vollen Eimer zurückgekommen. Weil auf der Vortreppe etwas Wasser auf den Flickenteppich geschwappt war, hatte sie mit dem Fuß über den nassen Fleck gerieben. Dann war sie in die Küche gegangen. Wo Johan saß.

Er hielt das Papier vor sich. Was das für ein Papier

war, wusste sie nicht, aber ihr kam jäh der Gedanke, dass es ein Brief von den Brüdern in Norrböle sein könnte, dass ihr Besuch vielleicht umsonst gewesen war. Doch dann hatte er aufgeblickt und sie angelächelt, und sie hatte gewusst, dass es in diesem Schriftstück um etwas ganz anderes gehen musste. Noch immer hatte sie mit ihrem Eimer in der Hand dagestanden und auf das Wasser geschaut. Auf die glatte Oberfläche, und sie war ganz ruhig geblieben, damit sich das Wasser nicht bewegte. Sie hatte dagestanden und nicht das geringste Kräuseln gesehen. Dann hatte sie den Eimer abgesetzt.

Er saß am Tisch, das Papier hatte er nun aus der Hand gelegt. Und als er aufstand und ihr entgegenging, da sagte sie es. Es fühlte sich an, als würde sie endlich den Spund herausziehen, zu dem ihre Zunge geworden war.

Sie sagte es. Sie erzählte ihm von dem Mann, den sie beide gekannt hatten, der jetzt tot war, an einem Magenleiden gestorben.

Und dass dieser Mann der Vater des totgeborenen Kindes gewesen sei, das sie damals aus ihrem Leib gestoßen habe.

26

Länsman Olof Vibergs Gesicht hellte sich auf, und Harald Morell deutete das als ein Zeichen der Freude. Es war schon später Nachmittag. Das sind ganz schön lange Reisen, dachte Morell. Es ist fraglich, ob ich heute noch nach Anundsjö zurückreiten kann. Vielleicht muss ich sogar bei Viberg übernachten.

Aber das sagte er nicht, sondern er schilderte den Fall, mit dem er gerade beschäftigt war. Viberg kannte das Bild des Gesuchten bereits, weil die Zeichnung in alle Sprengel der Umgebung verschickt worden war.

»Nein, hier in der Gegend ist er nicht aufgetaucht. Das kann ich mit Sicherheit sagen«, antwortete er auf Morells Frage, ob in Arnäs ein kräftiger Mann mit einer Narbe auf der Oberlippe gesehen worden sei.

Olof Viberg war ein kleiner und zierlicher Mann. Ja, zierlich, das ist er, dachte Morell. Nicht nur klein, was seine Körpergröße anging, sondern auch mager, fast schon schwächlich.

Dafür war sein Schreibtisch im Amtmannshof umso größer. Ein Dienstmädchen hatte einen Korb mit Brot, eine Kanne Kaffee und zwei Tassen darauf abgestellt.

Morell berichtete von den beiden Mägden, die vor langer Zeit einmal bei Daniel Larsson gearbeitet hatten.

Viberg dachte nach, während Morell an einem Brot knabberte und an seinem Kaffee nippte, und schließlich hatte sein Kollege gründlich genug nachgedacht.

Der Bauer Daniel Larsson in Faresta, den Viberg kannte, war in die Jahre gekommen und hatte sich mittlerweile auf sein Altenteil zurückgezogen. Jetzt bewirtschaftete sein Sohn, der Vibergs Meinung nach den Namen Björn trug, den Bauernhof.

Doch das war alles lange vor seiner Zeit gewesen. Vielleicht war in diesem Fall ein Besuch beim Pfarrer angezeigt, da konnte Morell eher eine Antwort auf seine Fragen bekommen.

»Und du bleibst sicher über Nacht hier«, meinte Viberg.

Der Pfarrer von Arnäs sah in Morells Augen genauso aus, wie ein Pfarrer auszusehen hatte: dicker Bauch, üppiger Backenbart und ein leicht schmuddeliger Kragen. Nicht wie der kleine Olaus Backäus oder der kräftige, aber wahnsinnige Hilfspfarrer Erik Sondelius, der vor gar nicht langer Zeit in Anundsjö gepredigt hatte.

Der Pfarrer holte die Kirchenbücher hervor.

1815 und 1816 waren die beiden Mädchen im Kirchenregister eingetragen. Helga Markusdotter und Edla Nilsdotter. Der Bauer hieß tatsächlich Daniel Larsson, seine Frau Maja. Drei Söhne hatten sie: Björn, Johannes und Anders, und eine Tochter namens Sara Sofia.

Helga Markusdotter war im März 1800 geboren,

Edla Nilsdotter im Februar 1799. Sie waren also etwa fünfzehn, als sie auf dem Hof in Dienst standen. Im selben Jahr arbeitete noch eine weitere, in Nätra geborene Magd dort. Sie war die jüngste von allen, geboren 1801, und hörte auf den Namen Maria Erlandsdotter. Außer den Mädchen arbeiteten noch zwei Knechte auf dem Hof.

1816 war Helga Markusdotter nach Anundsjö gegangen und Edla Nildsdotter nach Bollnäs. Die Knechte waren länger geblieben – der eine zog 1817 nach Gudmundrå, der andere im Jahr darauf nach Styrnäs. Maria Erlandsdotter blieb noch bis 1820, dann zog auch sie nach Anundsjö.

Die Register sagten Morell nicht viel. Das einzig Wichtige war wohl, dass Maria Erlandsdotter nach Anundsjö gegangen war. Ob in Faresta irgendetwas vorgefallen war, erfuhr er nicht. In den Jahren, als die Mädchen auf dem Hof gedient hatten, hatte es keine Geburten gegeben, und gestorben war auch niemand.

Der Name Maria Erlandsdotter sagte Morell ebenfalls nichts. Aber er nahm sich vor, sie in den Kirchenregistern in Anundsjö zu suchen und prägte sich die Jahreszahl ihres Umzugs ein.

»Hast du etwas herausfinden können?«, erkundigte sich Viberg.

Morell schüttelte unzufrieden den Kopf. Er hatte einen ganzen Arbeitstag mit der ziemlich sinnlosen Suche nach einer Verbindung zwischen Helga Markusdotter und Edla Nilsdotter verschwendet.

»Du bleibst doch über Nacht?«, fragte Viberg.

Morell sah bekümmert in die Dunkelheit hinaus, die sich über den Pfarrhof gesenkt hatte, und nickte.

Er schlief schlecht in dem ihm fremden Zimmer. So war es auch in der ersten Zeit gewesen, als er aus dem gemeinsamen Schlafzimmer ausgezogen war. Aber er hatte sich daran gewöhnt. Seit Gustavs Geburt hatte er nur ein paar Nächte neben seiner Frau geschlafen. Aber jetzt lag er in Arnäs im Gästezimmer des Polizeiamtmanns Viberg und konnte nicht einschlafen.

Im Morgengrauen stand er auf, suchte sich ein Blatt Papier und einen Stift und schrieb einen kurzen Gruß und eine Entschuldigung an Olof Viberg – er habe keine Zeit, das Frühstück abzuwarten. Dann ging er in den Stall, sattelte Abed-Nego und machte sich auf den Heimweg.

Als er in Örnsköldsvik ankam, war es noch immer sehr früh am Morgen, und die Storgata war noch leer. Doch da die Nacht um war, ging auch der Brandwächter nicht mehr seine Runden.

Er trieb sein Pferd an und sehnte sich nach seinem Zuhause.

Die Sonne schien, als Morell in Anundsjö ankam. Er beschloss, sofort Backäus aufzusuchen, um die angefangene Suche abzuschließen.

Soll ich mich vielleicht selbst auf die Suche nach dem flüchtigen Verbrecher machen?, fragte er sich. Denn er war nicht nur unzufrieden, sondern er wurde langsam auch etwas gereizt.

Erst Per Ersson. Dann die Brände. Die entscheidende Frage war nun, ob diese Vorfälle irgendwie miteinander in Verbindung standen.

Er ging zum Pfarrhof, und ein Junge führte ihn zu Olaus Backäus' Dienstzimmer. Der Pastor saß an seinem Schreibtisch, eine große, aufgeschlagene Bibel vor sich. Er folgte den Zeilen beim Lesen mit einem Vergrößerungsglas. Nicht nur meine Augen lassen nach, dachte Morell.

Aber der Pfarrer war ja auch dreißig Jahre älter. Und obendrein hatte er Augen wie ein Fisch.

Der Pfarrer betreute die Gemeinde schon seit Jahrzehnten und hatte ein ausgezeichnetes Namensgedächtnis.

Backäus legte sein Vergrößerungsglas beiseite, stand auf und deutete auf die Bibel. »Die Offenbarung«, sagte er. »Darin finden sich Antworten auf fast alle Fragen.«

Morell lächelte.

»Auf meine Frage wahrscheinlich nicht«, meinte er.

»Erzählen Sie.«

»Vor knapp dreißig Jahren ist ein Mädchen hierher gezogen, von Faresta in Arnäs. Ich habe keine Ahnung, ob sie hier geblieben ist …«

»Und ihr Name war?«

»Maria Erlandsdotter.«

Backäus überlegte und ging dann mit raschen Schritten ins Nebenzimmer, wo Bücher in einem hohen Regal standen. Morell folgte ihm.

Der Pfarrer zog einen der Bände heraus. Wie Morell

sehen konnte, war es das Register mit den Aufgeboten und Trauungen. Backäus blätterte eine ganze Weile darin. Nur das leise Rascheln der Seiten war zu hören.

»Hier, genau«, sagte er schließlich. »Maria Erlandsdotter heiratet am achtzehnten Februar achtzehnhunderteinundzwanzig. Das erste Aufgebot fand am siebten Januar desselben Jahres statt. Sie war zwanzig Jahre alt. Ja, ich habe an die Richtige gedacht. Sie wohnt in Mellansel. Verheiratet mit … hm, er ist zwölf Jahre älter als sie … Und war vorher schon einmal verheiratet.«

»Wen hat sie geheiratet?«, wollte Morell wissen.

»Erik Persson«, sagte Backäus.

Morell sah die Eheleute vor sich – den Bauern mit der Heugabel, ganz ruhig, und seine Frau neben ihm auf der Vortreppe. Maria hieß sie, ja, genau. Per Erssons Mutter.

27

Die Leute nannten ihn Den Letzten Walzer. Sie erzählten sich, diesen Spitznamen hätte er vor langer Zeit an einem Tanzabend bekommen. Damals war er zum Tanzboden gekommen, nicht allein, sondern mit seiner Verlobten. Sie hatten den ganzen Abend eng umschlungen getanzt, nicht nur Walzer, und er, der Der Letzte Walzer genannt wurde, war überglücklich gewesen. Das hatten alle ihm ansehen können.

Aber sein Glück hatte ein jähes Ende gefunden.

Nicht, dass seine Braut oder er zu Schaden gekommen wären, nein, es war einfach so, dass sie von einem anderen Mann zu einem letzten Tanz aufgefordert wurde, und mit dem war sie nach diesem Tanz davongegangen. Der letzte Tänzer stammte aus einem Nachbardorf, und deshalb zog sie dann dort hin, mehr oder weniger noch in derselben Nacht.

Es hieß, Der Letzte Walzer habe sich nie von diesem Schlag erholt.

Wie er wirklich hieß, wussten nur ein paar Leute, aber alle kannten ihn wegen seiner besonderen Angewohnheit. Denn wenn er eine gewisse Menge Alkohol getrunken hatte, pflegte er vor sich hin zu pfeifen. Nicht, wenn er volltrunken war.

Wenn er halb berauscht war, fing er an zu pfeifen.

Und wer diese Melodie hörte, behauptete, dass der Spielmann genau dieses Lied gespielt habe, als die Braut Des Letzten Walzers sich für einen anderen Mann entschieden hatte.

Wie dem auch sei.

Das war schon lange her, und Der Letzte Walzer war mittlerweile ein fünfzig Jahre alter Mann und lebte in Örnsköldsvik. Er war einer von denen, die sozusagen dort gelandet waren. Zwar hatte er keine Wohnung, sondern sich irgendwo oberhalb der Küstenstraße eine Erdhöhle gegraben. Dort schlief er, seine Tage verbrachte er jedoch im Wirtshaus.

Er machte kleine Besorgungen für den Wirt, und bekam als Entgelt eine ordentliche Mahlzeit und ein paar Humpen Bier pro Tag. Eigentlich brauchte er so viele gar nicht.

An diesem Abend hatte er drei Humpen geleert, und als er die Storgata hinaufging, war er freudiger Stimmung. Doch er pfiff nicht. Ein blasser Mond beschien die Straße, aber er tat sich trotzdem schwer beim Gehen, denn er taumelte. Doch seine vergnügte Laune konnte ihm keiner nehmen.

Ab und zu blieb er kurz stehen und kniff die Augen zusammen, um besser sehen zu können. Weit war er noch nicht gekommen, also biss er die Zähne zusammen, versuchte zu erkennen, wo die Straße verlief, und setzte dann seinen Weg fort. Denn er hatte den Eindruck, als würden die Vortreppen, die auf beiden Seiten der Straße zu den Haustüren führten, auf sonderbare Weise immer näher in die Straßenmitte rücken.

Versuchsweise stieg er eine der Treppen hoch. Es dauerte eine Weile, bis er sie erklommen hatte. Eine solide Tür und eine Glocke. Ein Händler, dachte er. Auf dem Rückweg war er schneller. Er stolperte die Treppe einfach hinunter. Und wieder versuchte er, klar zu sehen.

In dem Moment sah er das Feuer. Ein paar Häuser weiter oben. Eine Feuergarbe ragte in den Himmel und verzehrte die Dunkelheit.

Plötzlich war er völlig nüchtern. Er schrie nicht, er sagte nichts, aber er ging schneller. Er näherte sich der Stelle, und da hörte er auch schon den Brandwächter.

»Feuer ist ausgebrochen!«, hörte er und dazu das Läuten der Glocke.

Mit einem Schlag kam Leben in den Ort. Die Leute liefen aus ihren Häusern, Karren wurden auf die Straße geschoben. Er hörte die Pferde in ihren Ställen. Ängstliche Stimmen. Rufe und Schreie.

Dann war er selbst am Brandort und sah den Brandwächter.

Der Junge läutete mit seiner Glocke, taktsicher schwang er sie hin und her, und Menschen strömten aus allen Richtungen herbei. Ganz Örnsköldsvik schien auf die Beine zu kommen. Trotzdem war Der Letzte Walzer der Erste, der bei dem Brandwächter ankam. Er überlegte, ob er dem Jungen etwas sagen oder ihm ein paar aufmunternde Worte zurufen sollte.

Doch dann schwieg er lieber. Jetzt, da er stehen geblieben war, spürte er seinen Rausch zurückkehren. Er nickte dem Brandwächter zu – ein ganz junger Mann, mit Laterne und Glocke ausgerüstet.

In der einen Hand hielt er die Laterne neben sein Gesicht, mit der anderen läutete er die Glocke. Auf seinem Gesicht waren Rußspuren zu sehen, als hätte er bereits einen Löschversuch unternommen.

Und damit hatte Der Letzte Walzer das Seinige getan. Er setzte sich auf eine umgedrehte Tonne am Straßenrand. Und dachte, dass die Einheimischen das Feuer in den Griff bekämen. Wäre der Brandwächter nicht gewesen, hätte er selbst …

Er schlief ein, wo er saß, plumpste von der Tonne und blieb am Straßenrand liegen. Erst, als ihm jemand einen Tritt versetzte, wachte er wieder auf.

Er rappelte sich hoch und sah, dass das Feuer schon gelöscht war. Die Straße war fast wieder leer, nur der Brandwächter und eine Hand voll Einwohner standen noch neben einer qualmenden Hauswand. Wie er sehen konnte, waren nur die Vortreppe und die der Straße zugewandte Wand zu Schaden gekommen.

Jetzt war sein Vollrausch endgültig vorbei, und es blieb ihm nur seine Erdhöhle.

Der Letzte Walzer begann zu pfeifen, als er die leere Straße hochging.

28

Anund Persson ging fast täglich für ein Weilchen zu seinem Sohn, meistens zur Abendbrotzeit. Seine Frau Brita fand, er solle das frisch verheiratete Paar in Frieden lassen. Aber Anund sagte dann jedes Mal, wenn der Sohn schon auf dem Hof wohne, in einem Haus, nur einen Steinwurf von dem seiner Eltern entfernt, dann sei es doch wohl auch so gedacht, dass sie sich besuchen sollten.

Anunds Vater hatte das auch immer so gehalten. Nach dem Tod seiner Frau hatte er sich aufs Altenteil zurückgezogen, in eine kleine Hütte, die mittlerweile abgerissen worden war. Jeden Tag war er in die Küche gekommen, hatte oft beim Abendessen dabeigesessen und einen Teller Grütze mitgegessen, hatte ein paar Worte gesagt und war dann wieder heimgegangen.

So wolle er es auch halten, hatte er Brita erklärt. Und außerdem sei er schließlich der Landgendarm, und somit hätten sein Sohn und er einiges miteinander zu reden, über Verbrechen und Strafen.

Meistens machte er sich bemerkbar, wenn er die Vortreppe hinaufging. Johan hatte zwar gemeint, das sei nicht nötig, weil es seltsam aussehe.

Aber Anund kündigte sich immer an, wenn er die

jungen Eheleute besuchte. Auch wenn Johan sagte, dass er sowieso seines Vaters Schritte höre, oder das Geräusch, wenn er sich auf dem Tannenreisig die Füße abstreife.

Oder, dass er seine Stimme höre. Anunds Stimme. Die Stimme des Landgendarmen Anund Persson konnte einem weiß Gott durch Mark und Bein gehen. Johan meinte also, er wisse sowieso immer, wann sein Vater im Anzug sei.

Auch an diesem Tag besuchte er die beiden. Es war kurz vor der Melkzeit.

Er machte es wie immer: Sowie er die Vortreppe betrat, rief er kurz nach ihnen, und er dachte sich, dass Johan sowieso schon wisse, dass er vorbeikommen werde.

Und als er dort auf der Treppe stand, fiel ihm das Licht wieder ein. An jenem Abend, als sein Vater gestorben war, hatte er ein schwaches Licht in der Hütte gesehen. Dieses Licht, das leuchtete, wenn in einem Hause der Tod an die Tür klopfte. Selbst das hatte sein Vater noch vorher angekündigt.

Anund trat in den Flur, ging in die Küche, und da entdeckte er Annika.

Sie lag regungslos auf der Seite. Aus ihrem Mund rann Blut, aus ihrer Nase ebenfalls. Die Art, wie sie dalag, wirkte seltsam verdreht, und er sah, dass einer ihrer Füße in einem unnatürlichen Winkel vom Bein abstand.

Als Erstes fiel Anund sein Sohn ein. Wo war Johan? Dann kniete er sich neben Annika, tastete an ihrem

Hals nach dem Puls und stellte fest, dass sie noch lebte. Er tätschelte ihr die Wangen, rieb ihr die Arme, und auf einmal zuckte sie zusammen, schlug die Augen auf und sah ihn an.

»Du lebst«, sagte er. »Ich hatte schon gedacht …«

Sie verzog das Gesicht vor Schmerzen, als sie den einen Fuß bewegte, und Anund sah, dass er verrenkt war. Er wusste nicht, was er tun sollte, packte aber trotzdem ihren Fuß und ruckte daran, dass es knackte. Annika schrie vor Schmerz auf, aber es sah so aus, als hätte er den Fuß wieder eingerenkt.

Sie habe sich doch nichts gebrochen? Ob sie sich wohl aufsetzen könne?

Sie setzte sich mühsam auf, aber mehr schaffte sie nicht. Ob sie sich wohl doch etwas gebrochen habe?

Sie beugte sich vor, tastete ihren Fuß ab und schüttelte dann den Kopf. Er sah ihr Gesicht, das geronnene Blut auf ihren Wangen, der Stirn und unter der Nase. Aus ihrer Nase tropfte es immer noch, und Anund drückte sie zusammen, um die Blutung zum Stillstand zu bringen.

Annika sah sich in der Küche um, als ob sie etwas vermisste, dann sah sie den Landgendarm an. »Dass man aber auch so dumm hinfallen kann«, sagte sie.

Sie sei also hingefallen?, erkundigte sich Anund. Er blickte zur Spüle. War sie darauf gestürzt und dann so unglücklich gefallen, dass sie sich den Fuß verletzt habe?

Ja, nickte sie und trocknete sich mit der Hand die

Wangen. Sie nahm einen neuen Anlauf und schaffte es, sich auf die Füße zu stellen.

»Da ist nix gebrochen«, stellte sie fest. »Ist noch mal gut gegangen.«

Sie ging zum Tisch und versuchte sich zu setzen. Ihr Gesicht verzerrte sich zu einer schmerzlichen Grimasse, aber sie verlagerte ihr Körpergewicht auf die linke Seite, und dann setzte sie sich zurecht.

»Dass man aber auch so dumm fallen kann …«

»Wo ist Johan?«, fragte Anund.

Der sei noch nicht nach Hause gekommen, sagte sie. Er sei wohl noch beim Polizeiamtmann.

Wie lange hatte sie auf dem Boden gelegen …?

Anund musterte sie nochmals. Er sah die Wunde auf der linken Seite der Stirn, die Schwellung an ihrer rechten Wange und das geronnene Blut unter ihrem Kinn. Und mit voller Wucht traf ihn die Erkenntnis, dass diese Verletzungen nicht von einem Sturz herstammten.

In diesem Moment schnürten sich ihm Brust und Magen so zusammen, dass er sich erst einmal auf das Küchensofa setzen musste.

Johan war aus dem Haus gerannt, über die Brücke und zur Dorfstraße, aber er lief nicht auf der Straße weiter, sondern in den Wald und den Berg hinauf. Er lief immer weiter, durch Gestrüpp, über Bäche. Zweige peitschten ihm ins Gesicht, und er merkte, wie ihm Wasser in seine Schuhe drang. Seine Wangen waren schon blutig. Er lief, glitt aus, kletterte einen Felsen hoch und wieder hinunter, stolperte über eine Baumwurzel und stürzte kopfüber zu Boden, rappelte sich aber gleich wieder hoch. Blut lief ihm über die Wangen. Er hatte sich einen Fuß verletzt, aber er spürte den Schmerz nicht. Solange er lief, blieb sein Kopf einigermaßen leer. Nur den Schmerz in den Lungen, den spürte er. Alles andere, alle seine Gedanken, waren wie ausradiert, verblassten für einen Augenblick, blieben noch auf Abstand. Also lief er weiter.

Jetzt war er den Berg hochgekeucht und lief parallel zur Straße weiter, die er irgendwo dort unten ahnen konnte. Er trieb sich immer weiter, er konnte nicht stehen bleiben. Aber obwohl er rannte und rannte, drängten sich Gedanken nun doch in sein Bewusstsein. Es half nichts mehr. Doch er lief weiter und versuchte, an etwas anderes zu denken – hatte Sven Svensson damals nicht versucht, sich totzurennen? Morell erzählte immer, dass Svensson das gesagt habe, in jener Nacht, im Zimmer mit all den Leichen. Nachdem er sieben seiner Kinder und seine Frau mit einem Rasiermesser und einem Hammer getötet hatte, hatte er versucht, sich totzurennen. Aber das sei wohl nicht möglich, hatte Morell bemerkt.

Sven Svensson hatte es ja auch nicht geschafft. Mittlerweile war es wohl vier Jahre her, dass ihm der Henker den Kopf abgeschlagen hatte … in Galasjö.

Aber er selbst … Und Morell, was sollte er nur Morell sagen? Er hatte sie geschlagen, wenn auch nicht totgeschlagen … Aber er hatte sie misshandelt. Der Amtmannsgehilfe. Das hatte er getan. Irgendetwas,

was gar nicht zu ihm gehörte, hatte seine Hand gehoben und den Schlag ausgeführt. Und das nicht nur einmal, sondern bis sie wehrlos auf dem Boden gelegen hatte. Nicht tot, aber doch bewusstlos. Nicht, wie Per Ersson es mit Lisa Magnusdotter gemacht hatte – aber er hatte sie bewusstlos geschlagen. Und vielleicht war sie ja tot …

Was sie gesagt hatte, hatte ihn wie ein wuchtiger Schlag getroffen. Wie festgenagelt hatte er vor ihr gestanden und sie kaum noch sehen können. Sie hatte nicht mehr als zwei Meter entfernt vor ihm gestanden. Ihre Umrisse verschwammen. Verschwammen, wurden wieder deutlich, verschwammen …

Doch dort stand sie, stand in der Küche, und es schien ihm, ihr Mund bewege sich immer noch, obwohl sie nicht mehr redete, und er hatte sich nicht mehr kontrollieren können. Seine Hand wurde hochgerissen, die Linke, mit der er am besten zuschlagen konnte. Und er hatte sie niedersausen lassen. Nicht nur einmal, nicht nur ein Schlag. Sondern einen Schlag nach dem anderen, und sie hatte nicht versucht, ihn davon abzuhalten. Sie hatte nicht einmal die Arme gehoben, um sich zu schützen. Sie hatte einfach nur dagestanden und die Schläge eingesteckt.

Schließlich blieb Johan stehen und hörte seine eigenen wilden Atemzüge. Sie waren das Einzige, das er hörte. Um ihn herum nichts als Tannen und Kiefern, und da unten lag der See. Die Straße.

Dann sinkt er auf die Knie, ins Moos. Er hat sich nicht totrennen können, aber er lässt sich niedersinken, legt sich auf das weiche Moos und will an gar nichts denken. Die Gedanken sind jedoch da, sie drängen sich wieder in seinen Kopf, und er sieht ein, dass er nichts mehr dagegen tun kann. Ein verzweifeltes Schluchzen bahnt sich einen Weg aus seiner Brust. Und er liegt auf dem Moos und wird von hilflosen Weinkrämpfen geschüttelt.

29

Die beiden standen stocksteif in der Küche, als hätten sie auf den Länsman gewartet. Genauso reserviert wie beim letzten Mal. Es gab nur einen Unterschied: Erik Persson hatte dieses Mal ein anderes Hemd an.

Doch sie boten Morell einen Stuhl an und setzten sich nebeneinander aufs Küchensofa.

Morell sagte nichts. Er musterte das Ehepaar. Der Mann sah älter als seine Frau aus, was er ja auch war. Vorher war er mit der Frau verheiratet gewesen, die den Rotfuchs, diesen Herbergswirt geboren hatte. Die Frau, die neben ihm auf dem Sofa saß, hieß Maria Erlandsdotter, und sie war die Mutter von Per Ersson.

Der Länsman schwieg so lange, dass der Bauer sich schließlich bewegte. Zumindest bewegte er die Hände, hob eine Schulter und zog eine Augenbraue hoch.

Die Frau war es, die zu guter Letzt das Schweigen brach. »Wir haben ihn nicht gesehen.«

Morell antwortete nicht. Er dachte an die drei jungen Mädchen, die vor dreißig Jahren auf Daniel Larssons Hof gearbeitet hatten. Es gab da einen Zusammenhang, aber wie sollte er ihn deuten? War das einfach nur ein Zufall, oder …

Er atmete tief durch.

»Das Mädchen, das euer Sohn erschlagen hat, war Magd bei Anselm Mårtensson. Wusstet ihr, dass er eine Verlobte hatte?«

Sie sahen sich an.

Dann sah die Frau Morell an. »Davon hat er nichts erzählt.«

»Wie oft habt ihr euch gesehen?«

»Selten«, behauptete Erik Persson.

Wieder sah er seine Frau an. Der Bauer schien darüber nachzudenken, wie selten er seinen Sohn, einen flüchtigen Mörder, gesehen hatte.

»Und das heißt?«, bohrte Morell nach.

»Ein paar Mal im Jahr«, erklärte sie.

»Drei, vier Mal«, ergänzte er.

»Aber vor kurzem ist er nicht mehr hier gewesen?«

Sie sahen sich wieder an, starrten dann geradeaus und verneinten. Finstere Augen, Münder wie Türriegel.

»Daniel Larsson, sagt euch dieser Name irgendetwas?«

Morell beugte sich über den Tisch, um der Frau zu verstehen zu geben, dass diese Frage an sie gerichtet war.

»In Faresta«, sagte sie. »Da habe ich vor langer Zeit als Magd gearbeitet.«

»Allein?«

»Zum Schluss allein. Aber ein oder zwei Jahre waren da noch zwei andere Mägde.«

»Wie hießen die?«

Maria Erlandsdotter überlegte. Ihr Gesicht blieb so

unbewegt und kühl wie zuvor, aber ihre Augenlider flatterten »Edit … nein, Edla. Ja, Edla.«

»Und die andere?«

»Helga … ja, genau, Helga hieß sie.«

»Weißt du, wo die beiden heute leben?«, fragte Morell.

Maria Erlandsdotter fuhr sich mit der Hand übers Haar, als wollte sie es glätten, obwohl es wie ein gestriegeltes Fell auf ihrem Kopf lag.

»Helga wohnte in Bredbyn, die ist irgendwann nach Anundsjö gezogen.«

»Habt ihr euch gut verstanden?«, wollte Morell wissen. »Damals, achtzehnhundertfünfzehn und achtzehnhundertsechzehn.«

Sie sah ihn verwundert an. »Das ist schon lange her.«

»Du warst noch ein junges Mädchen.«

»Wir waren fürs Melken da. Daniel Larsson hatte viele Kühe. Und wir waren in der Sennhütte. Und besorgten den Haushalt.«

»Und ihr habt euch gut verstanden?«

Sie sah ihren Mann an, als wollte sie wissen, was er dazu zu sagen hatte. Dann wieder Morell.

»Das müssen wir wohl, denn ich kann mich nicht an was anderes erinnern.«

»Edla lebt in Örnsköldsvik, wusstest du das? Sie ist vor einem Jahr dorthin gezogen.«

Maria sah erst Morell erstaunt an, dann ihren Mann.

»Weißt du, mit wem Helga verheiratet ist?«

»Ich weiß, dass sie in Anundsjö geheiratet hat, und ich habe sie auch in der Kirche gesehen, aber ich weiß nicht, ob sie mich wiedererkannt hat.«

»Mit Anselm Mårtensson«, sagte Morell.

Der Name schien Maria Erlandsdotter nichts zu sagen, aber ihr Mann schrak zusammen.

»Bei dem war sie doch Magd …«, begann er.

»Genau, das Mädchen, das euer Sohn getötet hat, war Magd bei Anselm Mårtensson. Und später hat er versucht, den Goldschmied zu erwürgen. Der ist auch verheiratet.«

Morell verstummte. Worauf wollte er eigentlich hinaus? Handelte es sich am Ende doch nur um einen Zufall?

»Und mit wem ist der Goldschmied verheiratet?«

Er schwieg. Die beiden hatten sich wieder stocksteif hingesetzt. Sie war um die fünfzig, er über sechzig. Grau, reserviert. Sie starrten ihn erwartungsvoll an. Drei Mägde, die auf demselben Hof gearbeitet haben. Nein, es musste ein Zufall sein.

Er stand auf und schaute über die beiden hinweg in den Hof. Für einen Moment stahl sich die Sonne herein und schien ihre Köpfe zu beleuchten.

Der Bauer erhob sich ebenfalls, und seine Frau tat es ihm nach, aber dann gingen sie jeder auf seiner Seite um den Tisch herum.

»Ich habe keine von den Mägden wieder getroffen«, erklärte Maria. »Nur Helga habe ich mal gesehen. Es ist fast dreißig Jahre her, dass wir bei Daniel Larsson in Dienst waren.«

»Hat er das wirklich getan?«, fragte der Mann.

Morell verstand nicht gleich.

»Ich meine, hat er ihn wirklich gewürgt?«

Morell nickte. Plötzlich war er sehr müde. Die Brände hatten wahrscheinlich nichts mit diesen Mägden zu tun ... Das Einzige, womit diese beiden hier zu tun hatten, war Per Ersson. Wenn er den festnehmen könnte, wäre schon viel gewonnen. Er trat einen Schritt zurück, sodass sie ein Dreieck bildeten.

»Ich weiß nicht, was er alles getan hat!«, schrie Morell, plötzlich wütend geworden. »Er hat seine Verlobte erschlagen. Er hat versucht, den Goldschmied zu erwürgen! Warum? Hat das irgendwas mit Ihnen zu tun?«

Er trat einen Schritt auf die beiden zu und schrie, als könnte allein die Lautstärke seiner Stimme das Ehepaar dazu bringen, ihm eine Erklärung zu liefern.

»Ich weiß es nicht«, antwortete er sich selbst. »Aber wenn ihr etwas wisst, müsst ihr jetzt sprechen! Wo ist Per Ersson? Euer Sohn?«

Maria rückte näher an ihren Mann heran.

Und sie sahen Morell so flehend und so unglücklich an, dass er auf dem Absatz kehrtmachte und ging. Er blieb auf der Vortreppe stehen, ordnete seine Kleidung. Dann schritt er die Stufen hinunter und band sein Pferd los. Als er ein Hüsteln hörte, drehte er sich um. Der Bauer war ihm auf die Treppe gefolgt.

»Mit wem ist er denn nun verheiratet? Der Goldschmied, meine ich.«

Morell saß auf, gab seinem Pferd die Zügel und

ritt ohne eine Antwort davon. Erik Persson gab sich selbst die Antwort.

»Mit Edla?«, rief er dem Länsman hinterher.

Morell reagierte nicht. Er ritt rasch zur Landstraße hinunter. Schon wieder ein verschwendeter Tag.

30

Ständig musste Odd Anselmsson an früher denken.

An den Weg zur Sennhütte. Wie er mit seinem Vater das Vieh auf die Sommerweiden gebracht hatte. Damals musste er nicht älter als fünf gewesen sein, doch er ging neben seinem Vater her, wie er eine Gerte in der Hand. Die Kühe trotteten schaukelnd den Pfad gemächlich entlang, und er dachte, dass sie noch einen langen Weg vor sich hatten. Nur ab und zu hatte sein Vater mit der Gerte den Kühen den richtigen Weg gewiesen. Er fand den Marsch damals sehr lang, aber endlich war die Weide in Sicht gekommen, und es schien, als würden sich die Kühe ebenfalls freuen. Und Anselm hatte seinen Rucksack abgenommen und Proviant hervorgeholt, und dann hatten sie sich auf die Wiese gesetzt, während die Kühe um sie herum grasten. Das war nichts Außergewöhnliches gewesen. Trotzdem hatte er nach so langer Zeit das Gefühl, sein Vater sei ihm auf dieser Weide sehr nahe gewesen.

Ein anderes Bild: Er sah seinen Vater vom Brunnen zurückkommen, das Joch mit den beiden daran hängenden Eimern auf den Schultern. Er ging ganz ruhig, kein Tropfen Wasser wurde verschüttet. Oder wie er auf dem Trockengestell für die Korngarben saß. Ganz oben, ruhig wie immer, und die Garben festmachte, eine nach der anderen.

Oder auf dem Wagen, die Zügel in der Hand. Dann stieg er ab, ruhig und umsichtig, nahm dem Pferd das Geschirr ab und führte es zur Tränke, und während das Tier seinen Durst stillte, streichelte er dessen Flanke.

Oder auf dem Kartoffelacker, wenn er das Kraut herauszog, die Erde abschüttelte und dann schätzte, wie viele Kartoffeln an dieser Staude hingen. Und breit grinste, wenn die Zahl stimmte. Die erdigen Hände gespreizt ging er dann zum Bottich und wusch sie.

Odd sah Anselm auf dem Küchensofa sitzen, im Rücken ein Kissen. Oft fielen ihm kurz die Augen zu. Dann schüttelte er immer das Kissen auf und wischte mit der Hand ein paar Krümel von der Hose. Wie er am Tisch saß, vor sich ein aufgeschlagenes Buch, und mit dem Zeigefinger den Worten folgte. Odd hörte auch das leise Murmeln aus der Stube, wenn Länsman Morell zu Besuch war und sich die beiden unterhielten.

Das Bild seiner Mutter Helga hatte er nicht so deutlich vor Augen. Er sah sie von hinten, am Herd, am Küchentisch. Er sah ihren Rücken, auch die Bewegungen ihrer Arme und Hände, wenn sie den Tisch abwischte oder den Ofen einschürte oder sich beim Melken an die Kühe lehnte. Aber von hinten. Er versuchte, das Bild umzudrehen, was ihm manchmal gelang: Dann lachte sie ihn an, aber meistens zerfiel dieses Bild schnell wieder und wurde zu einem Aschehaufen mit ein paar Knochenstückchen darin.

Jetzt lagen seine Eltern unter der Erde. In der Luft war eine Wärme gewesen, die an den Altweibersommer erinnerte, obwohl es bis zum siebten Oktober noch eine Weile hin war. Aber als er auf dem Friedhof mit all den anderen stand, mit Backäus, der die Rede hielt, mit dem Länsman, den Mitgliedern des Gemeinderats, dem Bruder, der Tagelöhnerin und den nächsten Nachbarn – und das waren viele gewesen –, hatte Odd daran denken müssen, was sein Vater immer über den Altweibersommer gesagt hatte: dass alles irgendwie noch einmal auflebt und die Tiere ganz zahm und fügsam werden.

Jetzt lagen seine Eltern also unter der Erde, doch er sah sie auf Schritt und Tritt vor sich. Ab und zu auch seine lächelnde Mutter und nicht nur das Häufchen Asche, zu dem sie geworden war.

Odd war nach Örnsköldsvik zurückgefahren und hatte seinen Dienst wieder aufgenommen.

Mit schlechtem Gewissen hatte er seinen Bruder und die anderen zurückgelassen, die sich in Johannes Ejvindssons Backhaus drängten.

Sein Bruder hatte ihn sogar mit dem leichten Einspänner, den er sich von Polizeiamtmann Morell geliehen hatte, nach Örnsköldsvik gefahren und am Marktplatz abgesetzt. Odd war als Erstes zum Schultheiß gegangen.

Lans saß in seinem Arbeitszimmer, stand aber auf, als Odd von einem mageren Mann hereingeführt wurde. Er bot ihm keinen Stuhl an.

»Du bist also wieder zurück«, stellte er fest. »Mein

Beileid zum Tod deiner Eltern. Ein schwerer Verlust.«

Er gab Odd die Hand. Dann begann er im Zimmer auf und ab zu gehen, während er eine kleine Rede hielt.

»Vielleicht werden wir demnächst mehr Brandwächter haben. Sodass zwei Wächter ihre Runden drehen können. Das ist sogar sehr wahrscheinlich. Aber noch nicht sofort, denn das ist vor allem eine Kostenfrage. In letzter Zeit sind zwei Feuer ausgebrochen, die durch die Aufmerksamkeit der Brandwächter rechtzeitig gelöscht werden konnten. Das ist sehr erfreulich. Unsere Wachsamkeit lohnt sich. Wir haben Feuerspritzen und einen Brandwächter. Aber bis jetzt eben nur einen, und dabei wird es noch eine Weile bleiben. Jetzt bist du wieder da, und der andere muss gehen. Ich werde mit ihm reden.«

Schultheiß Lans blieb stehen.

»Ja, und es hat übrigens noch einen Brand gegeben, der glücklicherweise ebenfalls rechtzeitig entdeckt und gelöscht werden konnte.«

Es hat also noch einmal gebrannt, dachte Odd.

Lans sagte nichts darüber, ob die Brände in Örnsköldsvik vielleicht gelegt worden sein konnten.

Odd stand in der Tür und überlegte, ob er Schultheiß Lans mitteilen sollte, dass er bei dem ersten Feuer, das er gelöscht hatte, Brandstiftung vermutete und Per Ersson verdächtigte. Aber er sagte nichts. Und schon war Schultheiß Lans wieder an seinen Platz hinter dem Schreibtisch zurückgekehrt.

»Du fängst also gleich heute Nacht wieder an«, sagte er, und die Unterredung war beendet.

Sein Zimmer sah so aus wie immer. Odd legte sich rücklings aufs Bett. Jetzt war er also zurück. Er gehörte eben doch hierher und nicht auf einen Bauernhof.

Sein Vater hatte das so gewollt, wahrscheinlich, weil er noch Sven hatte. Der sollte nun das Haus wieder aufbauen, und er sollte den Hof bewirtschaften. Und vielleicht sollte er auch mit dieser Magd zusammen sein. Deswegen war er ja überhaupt noch am Leben, weil er in ihrem Bett geschlafen hatte.

Odd schloss die Augen und rief sich das Bild seiner Mutter ins Gedächtnis. Die flinken Arme, ihren Rücken.

Und als sie sich diesmal umdrehte, sah er ihr Gesicht, rosig und lebendig. Sie lächelte ihn an, und er fiel in einen leichten Schlaf.

Heute Nacht würde er wieder seinen Dienst verrichten.

31

Morell saß im Erdgeschoss in seinem Arbeitszimmer am Schreibtisch. Er hatte seine Stiefel ausgezogen und sich die Füße trockengerieben. Er versuchte, irgendwie allein Klarheit zu gewinnen. Denn er konnte mit niemandem reden. Johan Anundsson war gestern nicht zum Dienst erschienen, was etwas merkwürdig war. Heute war Morell darüber schon ziemlich verärgert, denn er hätte wahrhaftig Hilfe gebrauchen können.

Vor ihm lag ein Blatt Papier. Immer wieder hatte er die Feder ins Tintenfass getaucht, aber das Papier war noch immer leer. Schließlich legte er die Feder beiseite und sah, dass die Tinte bereits eingetrocknet war. Er stützte den Kopf in die Hände, stöhnte und gähnte. Dann massierte er seine Stirn mit den Fingerspitzen, griff wieder nach der Feder, tunkte sie in die Tinte und schrieb.

Zwei verschiedene Fälle.

1. *Per Ersson tötet seine Verlobte. Auf der Flucht braucht er Geld und versucht deshalb, seine Verlobungsringe zu verkaufen. Der Goldschmied erkennt ihn wieder, und Per Ersson geht ihm in sei-*

ner Panik an die Kehle. Per Ersson ist noch immer auf freiem Fuß.

2. *Jemand zündet Anselm Mårtenssons Scheune an und danach auch noch sein Wohnhaus, wobei Anselm Mårtensson und seine Frau Helga Markusdotter ums Leben kommen. Warum? Geht es um Rache? Was hat Anselm Mårtensson getan? Wer kann Groll gegen ihn hegen? Und ist Anselm das eigentliche Ziel dieses Anschlags? Oder etwa seine Frau Helga?*

Die ehemaligen Knechte und Mägde von Anselm Mårtensson müssen verhört werden!

Er unterbrach seine Tätigkeit. Seine Verärgerung über Johans Ausbleiben wurde immer größer. Hier gab es Arbeit für ihn zu tun!

Dann schrieb er weiter:

Der kleinere Brand im Stall des Goldschmieds in Örnsköldsvik muss nicht unbedingt von Menschenhand gelegt worden sein.

Dass die Frau des Goldschmieds, Anselms Frau und Per Erssons Mutter einmal auf demselben Hof gedient haben, muss nicht unbedingt etwas bedeuten.

Er schrieb es mit großen Druckbuchstaben noch einmal darunter:

So viel verschwendete Zeit, dachte er. Odd hat mich auf diese falsche Fährte gelockt. Nun muss ich die ehemaligen Knechte von Anselm suchen. In erster Linie muss jetzt dieser Brand aufgeklärt werden.

Er legte die Feder wieder aus der Hand, rieb sich die Augen und murmelte vor sich hin: Per Ersson, Per Ersson, Per Ersson. Dabei überhörte er, dass Lisbet ihm etwas zurief.

Aber sie rief noch einmal, und er fuhr verwirrt zusammen.

»Der Landgendarm ist hier«, sagte sie.

Johan sei krank. Johan Anundsson sei unpässlich, irgendetwas mit dem Magen. Darum sei sein Sohn gestern und heute nicht zum Dienst erschienen, erklärte Anund Persson.

»Deswegen bin ich jetzt gekommen«, sagte er. »Als Aushilfe. Johan hat mir ja von Per Ersson und dem Brand bei Anselm erzählt. War es Brandstiftung?«

»Ja«, antwortete Morell. »Ich habe die Stelle gefunden, wo das Feuer begonnen hat, und es steht außer Frage, dass jemand den Brand gelegt hat.«

»Das hat er mir erzählt. Gibt es irgendetwas Bestimmtes, das ich tun kann?«

Morell ballte nervös die Fäuste. Er war ruhelos und unzufrieden, weil er seit geraumer Zeit nur noch auf der Stelle zu treten schien.

»Die Kirchenregister müssen durchgesehen werden.

Die Knechte, die in den letzten Jahren bei Anselm gearbeitet haben.«

»Ich glaube nicht, dass da welche weggegangen sind. Anselm hatte doch Haldo …«

»Dann frag den! Der weiß es vielleicht. Irgendein Knecht. Oder eine Magd. Jemand, der noch eine Rechnung mit Anselm offen hatte. Oder mit Helga! Hat er etwas verkauft? Könnte es irgendwelchen Ärger mit seinen Grundstücken gegeben haben? Der Wald! Finde irgendeinen Grund!«

»Es ist doch gar nicht sicher, dass das Feuer gegen ihn gerichtet …«

»Ich weiß!«, schrie der Polizeiamtmann. »Es kann auch ein Geisteskranker gewesen sein, der vom Feuer fasziniert ist! Deswegen drehen wir ja auch unsere Runden als Brandwächter.«

Er dämpfte seinen Ton wieder.

»Die Bauern murren schon. Sie haben es satt, jede Nacht durchs Dorf zu laufen. Deshalb müssen wir ihn jetzt einfach erwischen. Es könnte Per Ersson gewesen sein, aber ich halte ihn nicht für den Brandstifter.«

Er hob die Stimme wieder, aber den Landgendarm schien das nicht zu stören, weil er immer selbst sehr laut sprach.

»Wir wissen rein gar nichts! Wie, zum Teufel, kann der Mann sich so lange versteckt halten? Wo ist er? Doch zuerst müssen wir uns um den Brand kümmern. Wir machen es so: Du gehst zu Haldo und Sven und der Magd – Sigrid heißt sie, glaube ich –, und ich gehe zu Backäus und schaue in den Kirchenregistern nach.«

Der Landgendarm nickte. »Wie lange kann das dauern?«, fragte er.

»Keine Ahnung«, erwiderte Morell.

»Ich frag nur, wegen unserem Getreide …«, sagte Anund.

Wie es aussah, hatte der dicke Knecht Haldo schon seit zehn Jahren bei Anselm Mårtensson gearbeitet. Nur einen anderen Knecht hatte es noch gegeben, in den Dreißiger- oder Vierzigerjahren. 1835 hatte auf dem Hof ein Knecht namens Gustaf Hansson gewohnt, der noch im selben Jahr nach Sidensjö gezogen war.

In den Registern von 1836, 1837, 1838 und 1839 fand sich noch ein Lappe namens Nils-Petter, der im letztgenannten Jahr anscheinend in Åsele gewohnt hatte.

Sigrid und Lisa waren die letzten fünf Jahre auf dem Hof gewesen. Zwei andere Mägde hatte es vor ihnen gegeben: Sara Svensdotter von 1837 bis 1840 und Anna Andersdotter von 1840 bis 1844. Unter der Rubrik »Weggezogen« stand bei beiden der Vermerk »Anundsjö«.

»Sie sind also in der Gegend geblieben«, stellte Pfarrer Backäus fest, als Morell ihm die Einträge zeigte. »Sie sind nur innerhalb der Pfarrei umgezogen.«

Er überlegte und sagte dann: »Ja, ich muss nicht einmal das Buch mit den Trauungen raussuchen. Sie sind beide verheiratet und wohnen hier.«

Morell kratzte sich am Kopf. Sollte er die beiden vorsichtshalber aufsuchen?

»Wo wohnen sie?«, erkundigte er sich.

»Anna ist mit Lars Hermansson in Näs verheiratet, und Sara mit Torbjörn Danielsson in Fanby.«

Der Pfarrer nickte bestätigend, als würde ihn sein gutes Gedächtnis freuen.

»Und der Lappe?«, fragte Morell.

»Über den gibt es eine lustige Geschichte zu erzählen«, meinte Pfarrer Backäus. »Und die sagt so einiges über Anselm Mårtensson aus.«

Morell ging auf und ab, dann beruhigte er sich und setzte sich schließlich auf einen Stuhl an der Wand. Backäus blieb stehen.

»Du hast sie also noch nicht gehört?«

Morell schüttelte den Kopf.

»Der Mann kam vom Gebirge herunter, ging ohne einen Heller in der Tasche zu Anselm und bat ihn, ein Stück Ackerland pachten zu dürfen. Anselm maß ein Stück ab, das heute noch ›Nils-Petters Acker‹ genannt wird. Er brachte ihm etwas Bauholz, und der Lappe baute sich eine Hütte und setzte Kartoffeln und Gerste auf seinem Feld. Vier Jahre blieb er dort. Aber dann wollte er wieder weiterziehen, und da ging er zu Anselm und teilte ihm das mit – und fragte ihn tatsächlich, ob der ihm das Land nicht wieder abkaufen wolle. Anselm, dem der Acker ja gehörte, schien sich überhaupt nicht zu wundern. Er fragte, wie viel Nils-Petter denn haben wolle. Fünfzig Reichstaler, sagte der Lappe. Anselm zog seine Börse heraus und bezahlte die geforderte Summe für etwas, was ihm bereits gehörte. So war Anselm Mårtensson.«

Morell stand auf.

»Da kann man sich wohl nur schwerlich vorstellen, dass Nils-Petter irgendeinen Groll gegen Anselm Mårtensson hegen könnte«, meinte Morell.

»Ja, das wäre weiß Gott verwunderlich«, pflichtete ihm Pfarrer Backäus bei.

Es war Abend, und Morell ging nach Hause. Morgen würde er die Frauen aufsuchen, obwohl das sicher wieder nur Zeitverschwendung war. Er fragte sich, ob Anund etwas herausgefunden hatte. Der musste dann wohl noch zu Gustav Hansson nach Sidensjö fahren, weil der vor langer Zeit einmal Knecht bei Anselm gewesen war.

Nein, wir machen es anders, dachte er. Ich fahre selbst nach Sidensjö.

Im Haus war es dunkel und still. Im Flur zündete er eine Kerze an und ging die Treppe hoch in sein Zimmer, zog seine Kleider aus und kroch unter die Decke. Die Kerze ließ er jedoch brennen, weil sie nur noch ein Stummel war, der ruhig herunterbrennen konnte.

Eine wachsende Unzufriedenheit nagte an ihm. Ein Lappe, der vier Jahre umsonst wohnen darf und dann noch dafür bezahlt wird, wird doch nicht das Haus seines Wohltäters angezündet haben? Und die Mägde … Gustaf Hansson.

Morell schrak zusammen. Die Tür wurde geöffnet,

und er hörte Stoff rascheln. Irgendjemand hatte das Zimmer betreten. Morell versuchte angestrengt, im Dunkeln etwas zu erkennen. Als er sich halb aufgesetzt hatte, war sie schon bei ihm.

Helena.

Sie trug einen Schlafrock, und den zog sie gleich aus und ließ ihn auf den Boden fallen. Dann hob sie die Decke hoch und schlüpfte neben ihren Mann.

»Ich habe dich kommen gehört«, sagte sie.

Sie war ganz warm und drückte ihren Körper eng an Haralds. Mit einer Hand streichelte sie ihm das Gesicht und die Brust.

»Ich finde, wir sollten noch ein Kind bekommen«, sagte sie.

32

Als Der Letzte Walzer aus dem Wirtshaus kam, war es schon Nacht. Eine fast undurchdringliche Dunkelheit hatte sich über den Marktplatz gelegt. Er versuchte angestrengt zu erkennen, wo die Straße verlief, und als sich seine Augen schließlich ans Dunkel gewöhnt hatten, ging er los.

Es war spät. Er war im Wirtshaus sitzen geblieben, bis es zumachte, als wollte er so lange wie möglich unter Menschen bleiben. Er war der Letzte gewesen, der die Gaststube verließ. Zunächst hatte er dem Wirt noch geholfen, die Tische abzuräumen, die Gläser abzuwaschen und den Boden zu fegen, doch dann hatte der Wirt ihn auf die Straße gesetzt.

Nur zwei Krüge waren heute Abend für ihn herausgesprungen, und die vergnügte Laune, die er sich erhofft hatte, hatte sich nach diesen zwei Bier nicht recht einstellen wollen. Da fing er an zu pfeifen. Dieselbe Melodie wie immer, eine traurige Melodie, die Erinnerungen an eine andere Zeit weckte, als er noch nicht in einer Erdhöhle wohnte, sondern als Knecht arbeitete und vorhatte, ein Kätnerhäuschen zu kaufen. Und als sie noch da war, sie, die ihm die Ehe versprochen hatte, ihn dann aber sitzen ließ.

Aber irgendwie tröstete ihn diese Melodie, als ob

sie Licht ins Dunkel brächte. Er hatte einen langen Weg vor sich, die ganze Straße hoch, bis zur Küstenstraße und dann noch in den Wald hinauf. Er fröstelte beim Gedanken an die Höhle, in der er schlafen musste. Und er dachte an den Winter – wo würde er den verbringen? Einen Humpen Bier hätte er zumindest noch nötig gehabt. Dann wäre die Dunkelheit etwas sanfter und freundlicher gewesen, und ihm wären andere, erfreulichere Melodien eingefallen.

Vielleicht würde ihm ja der Brandwächter begegnen. Er spähte die Straße hoch, um dessen Licht irgendwo zu entdecken, die schwingende Laterne, die der Mann immer bei sich trug. Aber die Straße war ganz dunkel. Er zählte die Querstraßen der Storgata. Neun waren es, dann kam die Küstenstraße.

In letzter Zeit war es viel kälter geworden. Jetzt hat der Herbst richtig Einzug gehalten, und bald wird es schneien, dachte er. Ob ich es wohl noch einen Winter in meiner Erdhöhle aushalte?

Hätte ich doch nur einen Krug Bier mehr bekommen.

Ihm schien, als wäre er ganz allein im Ort. Die Häuser lagen ganz im Dunkeln, nur in einigen brannte noch ein flackerndes Licht im Obergeschoss. Er blieb stehen und lauschte. Nur vereinzelt konnte er ein unruhiges Pferd oder eine muhende Kuh hören. Fast alle Menschen und Tiere schlafen, nur ich nicht.

Hätte ich doch nur einen Krug Bier mehr bekommen, um diese elende Melodie loszuwerden …

Vielleicht hat ja die Herberge noch geöffnet …

Aber das würde ihm nicht viel nützen, denn der rothaarige Wirt dort würde ihm nie ein Bier ohne Bezahlung ausschenken.

Der Wirt des Gasthauses jedoch ließ ihn im Warmen sitzen und spendierte ihm ab und zu einen Humpen Bier. Der Letzte Walzer nickte anerkennend, als er an den spendablen Wirt dachte.

Und kein Brandwächter war unterwegs. Oder war er gerade unten an der Bucht? Er drehte sich um. Flackerte nicht ein schwaches Licht da unten? Er wollte den Ruf des Wächters hören.

Leise versuchte er es selbst: »Uns're Uhr hat eins geschlagen. Möge Gottes mächt'ge Hand uns vor ...«

Wie der Spruch weiterging, fiel ihm nicht ein.

Ich bin allein hier. Ja, ganz alleine in der großen weiten Welt. Nur ich in der Dunkelheit. Allein.

Sieben, zählte er. Mittlerweile war er an der siebten Gasse angekommen und blieb kurz stehen, um aufmerksam den Blick links und nach rechts schweifen zu lassen, wie es der Brandwächter auch immer tat.

Gerade als er wieder vor sich auf die Straße schaute, stand der Mann wie aus dem Boden gewachsen plötzlich vor ihm. Er konnte ihn sehen, er hielt etwas in der Hand, und obwohl es dunkel war, erkannte Der Letzte Walzer, dass es eine Handwaage war.

Der Mann mit der Waage sprach zu ihm. Er wiederholte ständig dieselben Worte, doch Der Letzte Walzer konnte ihn nicht verstehen.

Er hatte aufgehört zu pfeifen.

Er wollte gerade etwas sagen, da traf ihn der erste

Schlag. Er spürte noch, wie sein Kiefer brach. Ein betäubender Schmerz durchzuckte ihn. Er sackte in die Knie.

Der zweite Schlag traf ihn mitten auf die Stirn. Da stürzte er lautlos zu Boden.

33

Wie kann ich das alles nur vor Brita geheim halten?, fragte sich Anund verzweifelt.

Dass Johan verschwunden war, dass er Annika misshandelt hatte und dann davongelaufen war. Bald würde sich Brita wundern und nicht mehr glauben, was Anund ihr aufgetischt hatte, nämlich, dass Johan wegen seiner Arbeit vorübergehend im Amtmannshof wohnen müsse. Und es würde auch nicht mehr lange dauern, dann würde sie zu ihrer Schwiegertochter hinübergehen und wohl ahnen, was wirklich geschehen war.

Wo war Johan? Hoffentlich hatte er nicht Hand an sich gelegt …

Ich muss auch etwas zur Ruhe kommen und brauche Zeit zum Nachdenken.

Eigentlich hätte ich es Morell sagen müssen. Mein Sohn hat seine Frau misshandelt und ist dann fortgelaufen. Lass ein Bild von ihm zeichnen und schick es an alle Sprengel. Das hätte ich sagen müssen. Aber ich habe es nicht getan, und ich bin auch nicht sofort zu Sven Anselmsson gegangen. Ich bin nach Hause gegangen, weil ich keinen klaren Gedanken mehr fassen konnte. Wie lange werde ich das alles vor Brita geheim halten können?

Am Morgen hatte sich Anund zu Annika geschlichen

und sich um sie gekümmert, während seine Frau beim Melken im Kuhstall war. Annika konnte jetzt mühsam gehen, aber ihr Gesicht hatte heute noch schlimmer ausgesehen.

Doch bald würden seine Frau oder die Magd sehen, was geschehen war, und dann …

Auf dem Heimweg vom Amtmannshof entschied Anund, was zu tun war.

Er wartete, bis Brita und die Magd zum Melken gegangen waren, holte sein Pferd, spannte es vor den Wagen und ging zu Annika.

»Du musst zum Provinzarzt«, verkündete er.

Sie hatte zusammengekauert am Herd gesessen, als hätte sie Schmerzen, doch nun stand sie auf und sträubte sich vehement gegen sein Ansinnen.

Das sei nicht nötig, und sie werde schon bald wieder auf den Beinen sein, wehrte sie ab.

Aber er blieb hartnäckig, und zu guter Letzt hatte sie sich eine Strickjacke über ihr Kleid gezogen – was ihr allerdings ziemlich wehzutun schien – und war ihm nach draußen gefolgt. Er half ihr in den Wagen und setzte sich neben sie.

Während der Fahrt saßen sie lange schweigend nebeneinander.

»Hat er dich geschlagen?«, fragte Anund schließlich.

Annika antwortete nicht, aber er sah, dass sie den Kopf schüttelte.

»Warum?«, fragte er, als hätte er ihr Kopfschütteln nicht bemerkt. »Warum hat er dich geschlagen?«

Er zuckte zusammen, als er seine eigene laute Stimme hörte, aber mittlerweile waren sie ja auf der Landstraße. Die Höfe lagen unten am See. Alle Trockengestelle waren inzwischen leer.

»Das war nicht er. Ich bin hingefallen.«

»In der Küche?«, fragte der Landgendarm nach.

Er sah aus den Augenwinkeln, dass sie wieder nickte.

»Und hast dir die Stirn auf der einen und die Wange auf der anderen Seite aufgeschlagen?«

»Zweimal«, korrigierte sie. »Ich bin zweimal hingefallen.«

»Du bist also zweimal gefallen«, sagte er.

Sie nickte.

Jetzt hob er seine Stimme. »Geschlagen hat er dich! Nun gib es doch endlich zu!«

Sie antwortete nicht.

»Was meinst du, wo er ist?«

Er hörte, dass sie leise zu weinen angefangen hatte und wartete auf ihre Antwort.

»Erst bin ich hingefallen und habe mir die Stirn angestoßen, und als ich aufstand, bin ich noch mal hingefallen und habe mir die Wange aufgeschlagen.«

Anund antwortete nicht. Eine ganze Weile sagte er überhaupt nichts. Er dachte an seinen Sohn, der sie so geschlagen hatte. Wo konnte er nur sein? Wenn er am Ende …

»Wir fahren zu meiner Schwester«, verkündete er schließlich. »Sie ist eine gute Krankenpflegerin. Bei ihr kannst du dich ausruhen. Sollte es dir schlechter gehen, müssen wir dich nach Bjästa bringen. Glaubst du, dass du dir was gebrochen hast?«

»Das ist nur eine Verstauchung«, sagte sie.

Ein großer Hügel ragte vor ihnen auf, und irgendwo da unten waren der Fluss, das Sägewerk und die Fabrik. Sie waren in Västerbacke angekommen. Das Haus war klein, lag aber weit oben. Darin wohnten seine Schwester Amanda Persdotter und ihr Mann.

Anunds Schwester hatte sich ziemlich gewundert, jedoch nichts zu Annikas Verletzungen gesagt. Selbstverständlich könne Annika sich hier ausruhen, und ja, sie würden sie zum Provinzarzt bringen, sollte sich ihr Zustand verschlechtern.

»Sie ist vom Erntewagen gefallen«, hatte Anund gesagt.

Dann hatte Amanda Annikas Bein betastet, Knie, Waden und Füße untersucht und festgestellt, dass es sich tatsächlich nur um eine Verstauchung handelte, die bald ausheilen werde.

Doch ihr Gesicht sah dabei sehr traurig aus …

Anund hatte etwas leichteren Herzens nach Hause fahren können, und als er nach Anbruch der Dunkelheit wieder daheim war, ging er zu seiner Frau und sagte, er habe Annika und Johan zu seiner Schwester nach Mo gefahren.

Brita hatte die Arme über der Brust verschränkt, wie sie es immer machte, wenn sie verblüfft oder empört war. »Warum haben sie mir denn nichts gesagt?«

»Das kam alles so schnell«, wich Anund aus und ging wieder hinaus.

Obwohl es schon spät war, ging er noch zu Johannes Ejvindsson, wo, wie er wusste, Sven Anselmsson und dessen Dienstleute wohnten.

Noch blieb ihm eine kleine Frist.

Jetzt musste er seinen Sohn aufspüren, bevor der sich unglücklich machte.

Als Anund am nächsten Morgen im Amtmannshof eintraf, saß Morell bereits in seinem Arbeitszimmer, anscheinend etwas zufriedener als sonst. Sie tauschten sich kurz aus, was sie bei ihren Besuchen bei Backäus und Sven Anselmsson herausgefunden hatten, und stellten fest, dass sie dieselben Auskünfte bekommen hatten, wobei Sven allerdings nicht die Geschichte vom Lappen Nils-Petter und dem verkauften Acker zum Besten gegeben hatte.

Was Anund hingegen wusste und Morell nicht – Backäus hatte es entweder nicht gewusst oder vergessen –, war, dass Anna Andersdotter aus Näs gestorben war. Sie hatte im Jahr zuvor die Geburt ihres vierten Kindes nicht überlebt.

Die beiden Männer beschlossen, dass Morell zu Gustaf Hansson in Sidensjö fahren sollte, und Anund zu Torbjörn Danielsson in Fanby und seiner Frau Sara Svensdotter, die einmal Magd bei Anselm Mårtensson gewesen war.

Auch heute nahm Anund wieder seinen Wagen, und er wäre am liebsten immer weitergefahren, die Landstraße entlang, weiter zur Küstenstraße und dann weit, weit fort. Eine Lösung für seine Probleme hatte er nicht gefunden, nur einen kleinen Aufschub bekommen. Beunruhigt war er trotzdem, und obendrein wunderte er sich, dass sein Sohn hatte tun können, was er nun einmal getan hatte. Wenn er bloß zurückkam …

Torbjörn Danielsson besserte gerade seinen Holzzaun aus. Groß und finster sah er aus, mit dem herabhängenden Schnauzbart, der diesen Eindruck noch verstärkte. Anund hatte Torbjörns Vater Daniel gekannt, der in jungen Jahren auf tragische Weise beim Eisfischen auf dem Anund-See ums Leben gekommen war.

»Dich wollte ich nicht stören«, sagte Anund. »Sondern deine Frau. Ist sie zu Hause?«

Torbjörn Danielsson nickte zögernd, deutete zum Haus hinauf und nagelte mit schwungvollen Hammerschlägen eine Holzlatte an seinem Zaunpfosten. Anund nickte zurück und machte sich auf den Weg. Auf dem Hügel begegneten ihm ein Junge und ein Mädchen von ungefähr sechs Jahren, der Junge war vielleicht etwas älter. Das finstere Gesicht ihres Vaters hatten sie glücklicherweise nicht geerbt. Das Mädchen machte einen höflichen Knicks, und der Junge zog seine Mütze und machte einen Diener.

Links war der Viehstall, rechts der Brunnen. Die Vortreppe sah ziemlich mitgenommen aus, ein paar Stufen waren schon eingebrochen. Anund stieg über sie hinweg, trat in den Flur und klopfte an eine Tür, die er für die Küchentür hielt. Als keine Antwort kam, öffnete er sie.

Die massive Tür hatte jedes Geräusch geschluckt, doch als er sie aufmachte, schlug ihm ein Summen entgegen, wie von Insekten, überlagert von einem jämmerlichen Gewimmer. Dann sah er, woher diese Laute kamen.

Er hatte nicht die Küchentür geöffnet, sondern die Tür zu einem unmöblierten Raum.

Drei Jungen waren darin, und sie waren älter als die Kinder, die er draußen gesehen hatte. Sie wandten ihm ihre Gesichter mit ihren offenen Mündern zu und stöhnten. Alle saßen sie auf dem Boden, mit schmiedeeisernen Fesseln um den Hals, deren zwei ellenlange Ketten an der Wand befestigt waren. Sie krochen auf ihn zu, während sie laut weiterwimmerten. Ihre Köpfe waren riesig, doch ihre Hände verkümmert. Ihre leeren Augen tränten, ihre Nase liefen, und Speichel tropfte aus ihren Mündern.

Zwar konnten sie sich ein Stück von der Wand wegbewegen, doch bis zur Tür reichten die Ketten nicht.

Anund hatte nicht gewusst, dass Torbjörn Danielsson und Sara Svensdotter vor den Kindern, die er gesehen hatte, drei Idioten bekommen hatten. Vielleicht wusste das überhaupt niemand.

Er war von diesem Anblick derart überrascht – von den Ketten und den toten Gesichtern und von ihren Lauten, diesem klagenden Gewimmer –, dass er den Gestank zunächst nicht bemerkte. Doch dann traf es ihn mit voller Wucht, und er wich zurück in den Flur, wo er auf sie traf, weil sie gerade aus einer anderen

Tür trat. Das war wohl die Küchentür, die er vorher übersehen hatte.

Verblüfft musterte sie ihn und die Kinder.

Anund spürte eine Bewegung hinter sich und drehte sich um. Torbjörn Danielsson ging zu seiner Frau, nahm sie bestimmt am Arm und führte sie auf die Vortreppe hinaus.

»Der Landgendarm will mit dir reden«, sagte er mit freundlicher, leiser Stimme.

Anund folgte Sara Svensdotter auf den Hof hinaus, und Torbjörn Danielsson schlug die Tür zu dem Raum mit seinen zurückgebliebenen Kindern wieder zu.

Die beiden gesunden Kinder, die ihm begegnet waren, hatten ihr Aussehen von der Mutter geerbt. Blaue Augen, blonde Haare und ein fast zierlicher Körperbau. Und die Kinder hatten fröhlich gewirkt. Doch auf Saras Gesicht hatte sich Trauer und Schmerz schon tief und unauslöschlich eingegraben.

Anund berichtete von Anselm, Helga und dem Brand. Zu allem, was er sagte, nickte Sara Svensdotter und seufzte.

Ja, sie wisse bereits, was geschehen sei. Sie habe gehört, dass die beiden im Feuer ums Leben gekommen seien und das sei wahrhaftig schrecklich.

»Es war Brandstiftung«, erklärte Anund. »Und der Täter wollte, dass sie verbrennen.«

Er ließ seine Worte auf Sara wirken. Ihr Gesichtsausdruck veränderte sich nicht – sie trauerte bereits so sehr, dass für mehr Trauer kein Platz mehr war.

Ob sie wisse, ob vielleicht jemand einen Groll gegen Anselm gehegt habe … oder gegen seine Frau? Jemand, der eine alte unvergessene Kränkung mit sich herumtrage und …

Jetzt sah Sara etwas weniger bedrückt aus, und sie trat einen Schritt näher an Anund heran.

»Das eine kann ich dir sagen«, verkündete sie, »einen besseren Dienstherren kann man sich nicht vorstellen. Und dass jemand Anselm und Helga so was antun konnte, das will mir nicht in den Kopf gehen.«

Sie drehte sich um und blickte zum Haus. »Bis ich geheiratet habe, war ich bei ihnen.«

Anund Persson hustete, bedankte sich bei Sara und stieg auf seinen Wagen.

Was hatte er sich nur gedacht, was hatte Morell gedacht? Dass eine ehemalige Magd ihnen Klarheit verschaffen könne? Sie suchten nach einem Strohhalm …

Und über Anselm Mårtensson hatten viele Leute nur Gutes zu berichten.

So einen Nachruhm möchte ich auch mal haben, dachte Anund.

Er drehte sich um. Sara stand noch immer auf dem Hof und sah zur Straße hinunter. Auf dem Hügel traf er noch einmal die beiden Kinder. Sara Svensdotter hatte trotz alledem zwei gesunde Kinder bekommen. Der Landgendarm hob die Hand und winkte ihnen zu.

Das Bild der armen Idioten in dem kahlen Zimmer verblasste – während die bohrenden Gedanken an seinen Sohn mit voller Kraft zurückkehrten.

34

Lisbet hatte die beiden in der Nacht gehört. Geräusche hatten sie geweckt. Nur sie. Anna schlief, aber Lisbet war aufgewacht und hörte ihre flüsternden Stimmen. Ganz leise, doch auf diese Weise hörte sie die beiden zum ersten Mal sprechen. Obwohl sie nicht verstand, was sie sagten, wusste sie sofort, dass sie Zärtlichkeiten austauschten.

Die Stimmen kamen allerdings nicht aus Helenas Zimmer, und Lisbet fragte sich, ob Morell mit seiner Frau flüsterte. Doch wer sollte es sonst sein? Es war schwierig, die eine Stimme herauszuhören. Eine war hell, die andere dunkel. Die dunkle Stimme des Polizeiamtmanns, die kannte Lisbet gut. Aber die andere? Konnte es wirklich sie sein …?

Dass der Länsman allein war, dass die Eheleute das Bett nicht teilten, hatte sie immer als etwas Gutes gesehen. Alle Menschen in diesem Haus waren allein, er und sie und Anna. Und sie auch.

Aber jetzt …

Sie stand leise auf, um Anna nicht zu wecken und öffnete behutsam die Flurtür. Sie ging zur Tür des Zimmers, wo er immer schlief, stellte sich davor und lauschte. Hier konnte sie die Stimmen deutlicher hören, und nun konnte es keinen Zweifel mehr geben.

Das waren die Eheleute, und jetzt hörte Lisbet auch, wie sich die beiden bewegten.

Harald und seine Frau. Helena musste nachts zu ihrem Mann gegangen sein, und nun würde wohl alles zwischen den beiden gut werden. Ihr Atem, sein Atem, das Bett, das sich rhythmisch bewegte, die Laute, ein Flüstern und immer wieder Laute … Es traf sie wie ein Schlag in die Magengrube!

Sie presste die Hände gegen ihre Ohren und lief in ihre Kammer zurück. Als sie sich wieder in ihr Bett gelegt hatte, überkam sie plötzlich eine Welle von Übelkeit, ein wütender Schmerz im Magen.

Anna wälzte sich unruhig hin und her und setzte sich dann plötzlich auf.

»Was denn los?«, flüsterte sie.

Lisbet antwortete nicht. Sie kroch aus ihrem Bett, schleppte sich zum Waschtisch und übergab sich in den Nachttopf.

35

Morell erkannte den Mann sofort wieder.

Und Gustaf Hansson schien den Länsman ebenfalls wiederzuerkennen.

Ein Augenlid zuckte, als er den Küchentisch umklammerte. Um ihn herum drängten sich vier Kinder, die ihn zu … nun, wahrscheinlich zu ihrer Mutter zogen … deren mächtig gerundeter Bauch keinen Zweifel daran ließ, dass die Kinderschar demnächst noch größer werden würde.

Gustaf Hansson drückte seine Hände so fest gegen den Tisch, dass seine Knöchel weiß hervortraten.

»Wollen wir nicht lieber hinausgehen?«, schlug Morell vor.

Dieses Mal war Gustaf Hansson nicht nackt. Er trug eine schmutzige Hose aus grobem Wollstoff. Er zog sie hoch, aber sie rutschte wieder hinunter. Dann beschloss er, sie einfach festzuhalten.

Auf dem Hof blieb er stehen und wartete auf Morell. Nicht nur sein Auge zuckte nervös, auch sein Mund war in ständiger Bewegung.

»Ich hab's nie wieder getan«, beteuerte Gustaf Hansson. »Ich bin nie wieder nach Själevad. Zur Anna Stacke. Nie wieder. Es war gut, dass der Länsman damals gekommen ist ... Und wegen der Flasche, das tut mir Leid ... Ich wollte wirklich nicht ...«

»Gustaf Hansson?«, unterbrach Morell ihn. »Ist das dein Name?«

Hansson hielt seine Hose mit der rechten Hand fest. Mit der linken fuhr er sich durch die Haare.

»Ja«, bestätigte er, »aber ich bin da wirklich nie wieder hingegangen ... Sie müssen mir glauben.«

»Ich interessiere mich nicht für dein ... Liebesleben«, erwiderte Morell.

Er warf einen Blick auf die Hände seines Gegenübers. Die Verletzung, die der Mann vom Schlag mit dem Knüppel davongetragen hatte, schien verheilt zu sein, aber auf der Hand, mit der er krampfhaft seine Hose festhielt, war noch eine leichte Rötung zu sehen.

»Du warst früher mal Knecht bei Anselm Mårtensson?«

Gustaf Hansson wirkte erleichtert. Er ließ seine Hose los, und Morell beobachtete fasziniert, wie sie langsam wieder hinunterrutschte, ohne dass Hansson es zu bemerken schien.

»Ja«, antwortete er. »Aber das ist schon eine ganze Weile her.«

Er merkte, dass seine Hose rutschte und zog sie rasch wieder hoch.

»Erinnerst du dich an seine Frau?«

»Helga, ja. Eine richtig anständige, patente Frau ist das. Das kann niemand bestreiten.«

»Wann hast du Anselm zum letzten Mal gesehen?«

»Ist ihm was passiert? Weil der Länsman …«

Morell antwortete nicht.

»Wann hast du ihn zum letzten Mal gesehen?«, wiederholte er seine Frage.

Gustaf Hansson überlegte. Er grapschte mit beiden Händen nach seinem Hosenbund und stellte sich dann breitbeinig hin.

»Dieses Jahr, auf dem Markt«, sagte er. »Da bin ich zu ihm gegangen, und wir haben ein bisschen geredet. Ja, da habe ich ihn gesehen und sie übrigens auch.«

»Wie war er als Dienstherr?«

Hansson war inzwischen etwas selbstsicherer geworden. »Vergneucht und kein büschen grummelich.«

Morell runzelte die Stirn. »Kannst du das noch mal wiederholen?«, bat er.

Hansson überlegte angestrengt und suchte nach anderen Worten.

»Lustig war er und nie böse«, sagte er schließlich.

Wie um seine Worte zu bekräftigen, zog er seine Hose mit einem Ruck nach oben und fügte hinzu: »Ein richtig guter Dienstherr war das, der Bauer Mårtensson.«

»Er ist tot«, sagte Morell.

Hansson ließ seinen Hosenbund nicht los, doch Morell hatte den Eindruck, dass sich auf dem Gesicht des Mannes echtes Erstaunen ausbreitete.

»Verbrannt«, erklärte der Länsman. »Und seine Frau auch.«

Gustaf Hansson stand breitbeinig und mit geöffnetem Mund vor ihm.

»Jemand hat seinen Hof angezündet«, erklärte Morell. »Bist du das gewesen?«

»Ich?«, krächzte Hansson, und sein Unterkiefer klappte noch weiter nach unten. »Ich bin nicht mehr in Bredbyn gewesen, seit ... Anselm ... und Helga auch? Wer kann den so was tun?«

»Deine Frau erwartet wieder ein Kind«, meinte Morell.

Gustaf Hansson nickte.

»Bleib zu Hause!«, warnte Morell ihn und ging zu seinem Pferd.

»Ich gehe nie wieder nach Själevad«, versprach Gustaf Hansson ängstlich.

Morell war keinen Schritt weitergekommen. Mit vielen Knechten und Mägden hatte er schon gesprochen, doch das hatte zu nichts geführt. Per Ersson war immer noch verschwunden. Und wer Anselm Mårtenssons Haus angezündet hatte, wusste er auch nicht.

Er kam mit seinen Ermittlungen nicht so voran, wie er es sich wünschte. Trotzdem bedrückte ihn das wenig, und dafür gab es einen guten Grund.

Wahrscheinlich war Helena wieder ganz gesund, denn zu seiner großen Verwunderung hatte sie sich wieder ein Kind gewünscht. Und sie hatte keine Angst mehr. Aus freien Stücken war sie zu ihm gekommen. Sie hatte sich an ihn geschmiegt und war bereit gewesen, ihn zu empfangen. Er hatte sie ebenso erstaunt wie erfreut empfangen, und dann hatte sie die ganze Nacht bei ihm geschlafen.

Als er aufgewacht war und sie neben sich sah, war sein erster Gedanke gewesen, dass sie etwas Falsches oder Ungehöriges getan hatten, so lange war es schon her, dass sie ein Bett geteilt hatten. Sie hatte ihren Kopf auf seine Brust gelegt, und er hatte sie an sich gedrückt und leise gefragt, ob sie sich wieder gesund fühle. Sie hatte genickt.

Und jetzt glaubte Morell, dass nun alles überstanden sei, dass die schweren Zeiten endgültig vorüber waren. Jetzt würde alles in Ordnung kommen. Für ihn und für sie.

Was machte es da schon aus, wenn er Misserfolge hinnehmen musste? Wenn ein Mörder noch auf freiem Fuß war und ein Brandstifter ebenfalls?

Nein, bedrückt war er nicht, als er nach seinem Besuch bei Gustaf Hansson nach Hause ritt.

Jetzt würde er wieder in ihr gemeinsames Schlafzimmer ziehen und jede Nacht bei seiner Frau schlafen. Und es würde werden, wie er es sich immer ausgemalt hatte – sie würden noch mehr Kinder bekommen, und dann würde eine richtig große Familie auf dem Amtmannshof in Anundsjö leben.

36

Sein Gesicht war zerschmettert, bis zur Unkenntlichkeit zerstört. Ein Auge war aus der Höhle getreten und hing seitlich am Kopf herunter.

Am Gesicht konnte man den Toten nicht erkennen, doch an den Kleidern.

Er war der Mann, den die Leute Den Letzten Walzer nannten. Eigentlich hieß er Edvard Berg, aber das wusste kaum jemand.

Er lag in der siebten Gasse. Niemand hatte sich die Mühe gemacht, ihn zuzudecken. Denn er lag auf dem Bauch, und am Morgen waren schon ein paar Leute an ihm vorbeigegangen, weil sie annahmen, dass hier ein Betrunkener seinen Rausch ausschlafe.

Nur ein Manufakturbesitzer, der ein Grundstück an der vierten Gasse besaß, ging nicht einfach weiter. Er drehte den Toten auf den Rücken und sah das zerschmetterte Gesicht. Erst dachte er, der Mann sei von einem Pferd zu Tode getreten worden, aber dann erkannte er, dass die Verletzungen in diesem Fall weniger schwer gewesen wären. Bei diesem Mann hingegen sahen sowohl Mund wie Stirn und Hals wie zermalmt aus, und der Manufakturbesitzer folgerte ganz richtig, dass jemand diesen Mann erschlagen haben müsse.

Er brachte ihn zum Haus von Schultheiß Lans, das für diverse Zwecke herhalten musste. Denn es gab in Örnsköldsvik nicht mal einen Arzt. Lans schickte daraufhin schnell einen Boten nach Bjästa, um den Provinzarzt zu rufen, damit der die aufgefundene Leiche untersuche.

Edvard Berg hieß er, und er würde nie wieder seine traurige Melodie pfeifen.

Er lag auf einem Tisch in einem der kleineren Räume, den Schultheiß Lans für eine nicht allzu ferne Zukunft als Krankenpflegezimmer vorgesehen hatte. Er breitete ein Laken über das Gesicht des Toten.

Überfall und Mord, dachte er.

Das muss ich als Argument in die Verhandlungen über die Zukunft Örnsköldsviks einbringen. Die Polizei, die Post und der Zoll standen ganz oben auf seiner Wunschliste.

Und eigentlich müsste ich den Polizeiamtmann und den staatlichen Beamten in Själevad aufsuchen, überlegte er.

Aber das tat er nicht.

Er stand neben dem Toten und starrte in die Luft. Dann ging er in sein Arbeitszimmer, wo er einen kurzen Brief schrieb. An Morell.

Schultheiß Lans schickte eine Nachricht an den Polizeiamtmann Harald Morell in Anundsjö.

37

Per Ersson hatte derart abgenommen, dass seine Kleider nur noch um seinen Körper schlotterten. Der struppige Bart verdeckte seinen Mund und auch die Narbe, die ihm geblieben war, weil er als Kind auf eine Sense gefallen war und sich die Oberlippe aufgeschnitten hatte.

Jetzt sah man sie nicht mehr.

Er war nach Anundsjö zurückgekehrt.

Lange war er fort gewesen, durch die Wälder bis zum Fluss gegangen, hatte Bauern bei der Ernte geholfen, hatte mitgedroschen, wo niemand wusste, wer er war, wo niemand wusste, dass er wegen Totschlags gesucht wurde. Er hatte sich die ganze Zeit verstecken können. In Nybystrand war er auch gewesen. Er hatte die großen Schiffe gesehen und manchmal gedacht, dass er in die Welt hinausfahren könnte, wo ihn niemand kannte und niemand wusste, dass er einen Menschen getötet hatte. Ein oder zwei Tage war er immer bei einem Bauern gewesen, dann aber weitergezogen, aus Angst, man könne ihn erkennen, weil ebenfalls in Nybystrand, in Hammar und auf der anderen Seite des Flusses, in Lo und in Myckelby, Steckbriefe von ihm aushängen könnten.

Ein oder zwei Tage blieb er, dann zog er wieder weiter. Ein Tag mit dem Dreschflegel für eine ordentliche Mahlzeit, ein Tag auf dem Erntekarren für einen Schlafplatz. Aber die meiste Zeit hatte er im Freien übernachtet und oft gehungert. Deshalb war er so mager, dass er wie ein Gerippe mit zwei brennenden Augen in dem bärtigen Gesicht aussah.

Per hatte sich versteckt, weit weg von seiner Heimat, trotzdem lebte er in ständiger Angst. Vielleicht würde ja doch einmal jemand dahinterkommen, wer er war, vielleicht war jemand in Örnsköldsvik gewesen und hatte sein Konterfei gesehen und würde ihn jetzt wiedererkennen?

Warum er zurückgekommen war, wusste er nicht. Seine Schritte hatten ihn einfach hierher gelenkt. Er war in Lo, die Häuser standen direkt an der Straße, und er hatte die Markierung am Zaunpfosten gesehen: einen Kreis mit einem Kreuz darin – er kannte dieses von einem Landstreicher angebrachte Symbol mit der Bedeutung, dass hier freundliche Menschen lebten, die einem Bedürftigen ein Almosen oder eine Mahlzeit schenkten.

Dorthin hatte er sich gewandt. Es war Abendbrotzeit, und er war schüchtern an der Tür der großen Küche stehen geblieben, aber der Bauer hatte ihn hereingewinkt, und die Bäuerin hatte ihm einen Teller Grütze hingestellt und ihm dann einen Schlafplatz in der Scheune gezeigt. Im Heu könne er schlafen. Doch dann hatte er kein Auge zumachen können.

Die Bilder von Lisa mit der zerschmetterten Schläfe und dem Goldschmied mit dem blutverschmierten Gesicht waren immer vor seinem inneren Auge aufgetaucht. Weil er nicht einschlafen konnte, hatte er sich wie ein Dieb davongestohlen und sich auf die lange Wanderung heimwärts, durch den Wald, gemacht.

In der Morgendämmerung war er zum Galgenhügel in Galasjö gekommen und hatte dort eine Weile gerastet, auf dem Hügel, wo Verbrecher ihr Leben lassen mussten.

Und wieder hatte er an Gyll, den Henker, denken müssen. Er hatte ihn gesehen, als er damals Sven Svensson geköpft hatte – ein kleiner Mann, und an seinem einen Ohr hatte ein goldenes Beil gebaumelt, am anderen ein Goldring.

Ehe er sein Beil niedersausen ließ, pflegte er sich immer mit einem Schluck aus der Flasche zu stärken, und man erzählte sich, er habe einmal versehentlich ein paar Schluck getrunken, obwohl gar keine Hinrichtung anstand. Da sei sein Blutdurst so groß geworden, dass seine Frau ihn schließlich die Katze habe köpfen lassen.

Per Ersson stellte sich vor, wie es wäre, den Kopf auf den Richtblock zu legen. Bei dem Gedanken schnürte sich sein Hals so zusammen, dass er kaum den Kopf bewegen konnte.

Nein, ich verstecke mich weiter, beschloss er.

Aber dann führten ihn seine Schritte immer weiter nach Anundsjö. Er wusste nicht warum, aber er ging weiter, und schließlich war er in Mellansel und sah das Haus, wo sein Vater und seine Mutter wohnten. Da ging er zu ihnen.

Seine Mutter rasierte ihn. Per saß auf einem Stuhl in der Küche, neben sich auf dem Tisch eine Waschschüssel mit warmem Wasser, und seine Mutter rasierte ihm den Bart ab. Und dann fasste er sich an die glatte Wange und berührte die nun wieder sichtbare Narbe, und er blieb auf dem Stuhl in der Küche in Mellansel sitzen, während seine Eltern wortlos vor ihm standen und ihn ansahen.

Sie sagten nichts, aber er war ganz in sich zusammengesackt, mit hängenden Schultern.

Eine ganze Weile saß er so da, und sie standen vor ihm, als erwarteten sie eine Erklärung von ihm. Er spürte die Gegenwart seiner Eltern, aber er sah sie nicht an, sondern starrte zu Boden und langsam begriff er, warum er zurückgekommen war. Er konnte sich nicht länger verstecken, er konnte nicht den Rest seines Lebens von Ort zu Ort wandern und sich jeden Tag eine neue Arbeit suchen. Er war so entsetzlich müde. Wieder schnürte es ihm den Hals zusammen, so als würde das Beil schon über ihm schweben.

Schließlich sagten sie doch etwas, das heißt, seine Mutter brach das Schweigen. Sie sagte, dass der Länsman hier gewesen sei und erzählt habe, dass Per seine Verlobte erschlagen habe. Ob das wahr sei?

Seine Mutter fragte ihn jetzt, doch ihre Frage kam ihm unvollständig vor. Erst als er stumm genickt und die Tat zugegeben hatte, erfuhr er, dass er sein zweites Opfer, den Goldschmied in Örnsköldsvik, nicht getötet, sondern nur verletzt habe.

Da wich der Druck in seiner Kehle etwas und machte einer kurzen Freude Platz, gleich einem hellen Strahl, und er wusste, dass er eine solche Erleichterung schon lange nicht mehr gespürt hatte. Seine Mutter stellte ihm zwar keine weiteren Fragen mehr, trotzdem hatte er das Gefühl, sie würde ihn verhören. Und sein Vater stand schweigend daneben. Schließlich sah er sie doch an, und dann ergriff sie wieder das Wort und stellte ihm eine Frage.

»Wohin willst du denn jetzt gehen?«

Morell hörte ihn, als er die Treppe herunterkam, er erkannte ihn sofort am Schritt und stand auf.

Er sah sehr mitgenommen aus, so als wäre er krank gewesen, ernsthaft krank. Seine Augen waren riesengroß.

»Da bist du ja wieder«, sagte Morell.

»Ich kündige meine Stelle als Amtmannsgehilfe«, verkündete Johan Anundsson.

Als Johan heimkam, war sein Haus leer gewesen. Die blitzblanke Küche, die Kammer. Es war leer, und er glaubte, seine Frau totgeschlagen zu haben. Nach den Tagen im Wald, wo er mit seinen Gedanken ganz allein gewesen war, hatte er den Weg nach Hause zurückgefunden. Er wusste nicht, ob er eine Entscheidung getroffen hatte, aber immerhin war er zurückgekommen. Sein Haus war leer. Als er Annika nicht vorfand, packte ihn das blanke Entsetzen. Schließlich ging er zu seinen Eltern, und es war gut, dass gerade Melkzeit war, sodass er nur Anund antraf. Von seinem Vater erfuhr er, dass Annika lebte und dass sie vorübergehend in Västerbacke sei.

Johan hatte seinem Vater gestanden, dass er seine Frau bewusstlos geschlagen habe und dann davongelaufen sei.

Mehr hatte er nicht dazu gesagt.

»Warum hast du sie geschlagen?«, schrie Anund.

»Ich weiß nicht«, antwortete Johan leise.

»Ich wusste gar nicht, dass du gewalttätig bist.«

»Das habe ich auch nicht gewusst.«

»Warum hast du sie geschlagen?«, wiederholte Anund seine Frage.

»Ich weiß es nicht«, antwortete Johan wieder.

»Du kannst unmöglich Amtmannsgehilfe bleiben!«

»Ich weiß.«

Aber er hatte erfahren, wo Annika war, und er war zu ihr geritten. Er sah die Fabrik, das Sägewerk, die Heimstätten der Arbeiter, das lebhafte Treiben am Fluss.

Das Haus seiner Tante war klein, und Annika saß in der Küche. Ihr Gesicht war immer noch blau und grün verschwollen, und als sie aufstand, konnte sie nur schlecht gehen, doch sie humpelte auf ihn zu und nahm sein Gesicht in beide Hände und flüsterte, er möge ihr verzeihen, und sie sollten trotz allem versuchen, das Vergangene zu vergessen. Und da hatte er wieder angefangen zu weinen, und während er von seinen Schluchzern geschüttelt wurde, hatte sie ihn in ihren Armen gewiegt.

Und jetzt war er beim Polizeiamtmann.

»Warum?«, wollte Morell wissen.

Johan Anundsson erzählte seinem Vorgesetzten zwar nichts von den Gründen, aber er gestand, seine Frau bewusstlos geschlagen zu haben.

»Ich nehme deine Kündigung einfach nicht an«, sagte Morell schließlich.

»Ein Gewalttäter kann nicht Amtmannsgehilfe sein«, wandte Johan ein.

»Will sie denn Anzeige erstatten?«, fragte Morell.

Johan Anundsson starrte Morell verwundert an.

»Wenn keine Anzeige vorliegt, gibt es auch keine Rechtssache«, erklärte Morell. »Jetzt setz dich erstmal. Du siehst ja furchtbar elend aus.«

Dann berichtete er, wie sich die Dinge weiterentwickelt hatten, mit wem er gesprochen hatte und wie erfolglos die Ermittlungen im Fall Per Ersson und der Brandstiftung verlaufen seien.

Und wie gut es sei, dass Johan Anundsson endlich wieder zurückgekommen sei.

»Hier werden alle Kräfte gebraucht«, fuhr er fort. »Wir müssen gleich nach Örnsköldsvik fahren. Dort ist ein Mann erschlagen worden, und Schultheiß Lans hat mich um Hilfe gebeten.«

»Hat Per Ersson das getan?«, fragte Johan.

»Das wissen wir nicht«, erwiderte Morell. »Auf jeden Fall fahren wir beide jetzt erstmal dorthin.«

»Aber ...«, widersprach Johan.

»Kein Aber, ich nehme deine Kündigung einfach nicht an. Und damit hätten wir diese Angelegenheit zu Ende besprochen. Kleine Schwierigkeiten haben wir doch alle mal in unserer Ehe. Komm jetzt.«

Er stand auf und ging die Treppe hoch. Johan folgte ihm, immer noch etwas unentschlossen.

Die Sonne schien auf die Vortreppe, als sie aus dem Amtmannshof traten. Morell ging raschen Schrittes zum Stall, hielt aber plötzlich inne. An der Schmalseite des großen Hauses stand Erik Persson, aufrecht wie immer. Er wirkte etwas zögerlich, doch dann machte er ein paar Schritte vorwärts. Ohne Heugabel in der Hand ging er zu dem Polizeiamtmann Morell.

»Er ist heimgekommen«, sagte er. »Mein Sohn ist heimgekommen.«

DRITTER TEIL

38

Das Haus stand am Waldrand. Offenes, abgeerntetes Ackerland lag davor; ein schmaler, gewundener Weg führte hinunter, zum Anwesen der Perssons.

»Wir fahren mit dem Wagen nicht da runter«, sagte Morell.

Er sah das Haus hinter dem der Perssons, zu dem ein ebenso gewundener Weg führte. Und noch weiter entfernt ein drittes Haus mit einem weiteren schmalen Weg.

»Ich habe mir überlegt, dass es am besten ist, wenn wir uns von der Waldseite aus nähern«, erklärte Morell und sah Erik Persson an.

Der saß neben ihm im Wagen, stumm und steif. Ich habe das meinige getan, schien er zu denken, und auf seiner Stirn erschien eine kummervolle Falte.

»Und wir fahren nicht von dieser Straße nach unten«, fuhr Morell fort. »Ich will nicht, dass er uns vorher sieht.«

Erik Persson deutete auf den Weg, über den sie gekommen waren.

»Wir könnten weiter da hinten runterfahren«, schlug er vor.

»Das machen wir«, stimmte Morell zu.

Er trieb sein Pferd an, und der viersitzige Wagen

rollte knarrend weiter. Sie bogen an der Stelle ab, wo der Weg zum dritten Haus hinunterführte. Links abgeerntete Kartoffelfelder, rechts eine Wiese.

»Wer wohnt hier?«, fragte Morell.

»Ein Nachbar«, lautete Erik Perssons intelligente Antwort.

»Du bleibst bei ihm«, bestimmte Morell.

Er lenkte den Wagen auf den Hof, wo eine Bewegung am Fenster verriet, dass sie bereits gesehen worden waren. Dann stieg er ab, und machte sich mit Johan sofort auf den Weg in Richtung Waldrand.

»Du bleibst hier und passt auf das Pferd auf!«, rief Morell Erik Persson zu.

Erst als die beiden Männer im dichten Birkenwald waren, blieb Morell stehen.

»Es ist nicht unbedingt gesagt, dass es Ärger geben wird«, erklärte er. »Aber Per Ersson hat bereits einen Menschen erschlagen.«

»Vielleicht auch mehr«, meinte Johan. »Der Mann in Örnsköldsvik …«

»Das werden wir sehen«, unterbrach Morell ihn. »Und ob er die Brände gelegt hat. Jetzt bist du auf jeden Fall dabei, und du bist wieder im Dienst. Vergiss deine Kündigung!«

Er hielt seinen Schlagknüppel in der Hand, seinen Dienstrevolver hatte er jedoch nicht dabei. Die beiden gingen langsam durch den dichten Wald, ein paar Meter vom Rand entfernt.

Morell war aufgeregt. Wochenlang war in den Ermittlungen überhaupt nichts vorangegangen. Jetzt würde endlich doch etwas geschehen.

Der Birkenwald lichtete sich und ging über in einen Tannenwald, der anscheinend vor kurzem gelichtet worden war. Morell sah, dass sie auf der Höhe des zweiten Hauses angekommen waren.

Er ging bis an den Waldrand und blickte nach links. Ja, da lag das Haus, dem er schon zwei Besuche abgestattet hatte, wo sie wohnten, die beiden Menschen, die so still und bekümmert auf ihn gewirkt hatten.

Hoffentlich hielt sich Per Ersson immer noch darin auf!

Er kehrte zu Johan zurück, nickte ihm zu, und sie gingen das letzte Stück des Waldes, bis sie auf der Höhe des Erssonschen Hauses angekommen waren. Er machte Johan ein Zeichen stehen zu bleiben und schlich sich wieder an den Waldrand. Rechts lag ein aufgeschütteter Hügel, unter dem sich wohl ein Erdkeller befand. Ein Viehstall mit einem gewölbten Schindeldach, dessen Giebelseite zum Wald zeigte, und schließlich die Rückseite des Hauses mit zwei Fenstern.

Er versuchte, sich ins Gedächtnis zu rufen, wie es im Haus ausgesehen hatte. Flur, Küche rechts, davor die Kammer. Die Stube geradeaus und links eine Treppe zum Dachboden.

Dann kehrte er wieder zu Johan Anundsson zurück, der ganz blass aussah. Morell nickte ihm aufmunternd zu.

»Es ist so weit«, sagte er. »Komm mit.«

Sie liefen am Keller vorbei, erreichten die Rückseite des Hauses und blieben kurz zwischen den beiden Fenstern stehen. Morell nickte nochmals, und dann rannten sie ums Haus zum Vordereingang.

Morell sprang auf die Vortreppe, Johan ihm nach. Er riss die Tür zum Flur auf, dann die nächste, die in die Küche führte, ließ seinen Blick durch den Raum schweifen, aber alles was er sah, war Maria Erlandsdotter, die auf dem Küchensofa saß und erstaunt aufblickte. Morell lief an ihr vorbei in die Kammer, die aber auch leer war. Als er sich gerade wieder umdrehen wollte, hörte er hinter sich einen kurzen, erstickten Schrei und stürzte sofort in die Küche.

Per Ersson stand mit Johan Anundsson in der Tür und hielt seinem Gehilfen ein Messer an die Kehle. Maria Erlandsdotter sah aus, als wollte sie aufstehen, dann aber blieb sie wie erstarrt vor dem Küchensofa stehen.

»Ich mach ihn kalt!«, schrie Per Ersson.

Johan Anundsson musste sich weit nach hinten beugen, aber sein leichenblasses Gesicht war deutlich zu sehen. Morell blieb stehen. Er ließ seinen Knüppel fallen und hob seine Hände in einer bittenden Geste.

»Mach keine Dummheiten«, flüsterte er. »Lass ihn frei.«

Aus Johans Hals sickerte bereits etwas Blut. Morell stand wie versteinert mit erhobenen Händen da, während sich auf Per Erssons Stirn Schweißperlen bildeten. Seine Hand zitterte, aber er hielt das Messer noch immer fest und drückte es gegen Johan Anundssons Kehle.

Ein Geräusch vom Flur. Das reichte.

Per Ersson drehte sich halb um, und mit einem Satz war Morell bei ihm. Er sah, wie sich das Messer bewegte, aber im selben Augenblick war er schon da. Mit dem Handrücken schlug er Per Ersson kräftig ins Gesicht. Der ließ zwar das Messer nicht fallen, aber seine Hand sank herab. Morell griff blitzschnell zu und quetschte Pers Hand so fest, dass er das Messer fallen ließ. Dann drehte er ihm den Arm auf den Rücken und stieß ihn mit dem Kopf voran gegen die Wand. Während sich Per Ersson wieder aufrichtete, hatte Morell seinen Schlagstock aufgehoben und hieb ihn dem Mann ohne Zögern quer übers Gesicht. Per Ersson zuckte zusammen. Er fiel nach hinten um und blieb reglos liegen.

Johan Anundsson hielt sich seinen blutenden Hals.

Im Flur stand Erik Persson, aufrecht wie immer.

Morells Atem ging keuchend. »Du solltest doch auf das Pferd aufpassen«, sagte er.

39

Ein Zahn war locker, eine Wange geschwollen und tat weh, und wenn Annika sprach, hörte es sich an, als hätte sie den Mund voller Grütze.

Ihr einer Fuß schmerzte immer noch, aber sie stand in der Küche, sie war wieder in Bredbyn, in ihrem Haus, an dem noch immer gebaut wurde.

Hier war die Küche, der Herd, die Mauer, die Bank, da standen die Teller in den Hängeregalen, der Tisch und die vier Stühle in der Mitte, das Küchensofa und der Abfalleimer, den sie jedes Mal leerte, wenn er nur halb voll war.

Und Johan war auch da, aber es gab eine Distanz zwischen ihnen, die nachts in der Kammer noch deutlicher wurde. Die Küche war wie unterteilt – er saß auf dem Sofa am Tisch, vorgebeugt, die Beine gekreuzt, die Ellbogen auf die Tischplatte gestützt. Und sie stand am Herd, aber manchmal ging sie zum Tisch und wischte ihn ab, und dann spürte sie jedes Mal die unsichtbare Grenzlinie zwischen ihnen, den Abstand, den sie überbrücken musste.

Obwohl ihr Fuß und ihr Mund noch immer schmerzten, bedeuteten diese Schmerzen ihr gar nichts, sie waren eben da, als Erinnerung, und das nicht an seine Gewalttätigkeit, sondern an das, was sie getan hatte und worüber er jetzt Bescheid wusste – nicht über alles freilich, und sie wusste ganz sicher, dass sie nie mehr über das sprechen würde, was früher geschehen war. Nie im Leben.

Doch diese Distanz ... Es würde eine Weile dauern, das war ihr klar, aber sie würde immer kleiner werden und eines Tages für immer verschwinden.

Jetzt kam Johan, er machte sich vorher nicht bemerkbar, sondern ging einfach zum Wassereimer, hob die Schöpfkelle und trank gierig. Sie sah das Blut an seinem Hals, trocknete sich die Hände an der Schürze ab und dachte: Soll ich ihn danach fragen?

Sie hatte Angst vor seiner Antwort, als ob ihre Frage und seine Antwort die Distanz zwischen ihnen noch vergrößern könnten.

»Ist irgendwas passiert?«, fragte sie schließlich doch. Sie hörte, dass sie wegen der geschwollenen Wange undeutlich sprach und sah, dass dabei ein Ausdruck von Schmerz sein Gesicht veränderte.

Er hängte die Kelle wieder an den Eimerrand. Mit dem Handrücken wischte er sich ein paar Tropfen vom Mund.

»Wir haben ihn gefasst«, erklärte Johan. »Per Ersson, den, der seine Verlobte so geschlagen hat, dass ...«

Er verstummte, und abermals glitt dieser schmerzliche Ausdruck über sein Gesicht.

»Hat er dich am Hals verletzt?«

»Mit dem Messer.«

»Darf ich mal sehen?«, sagte sie, und jetzt war sie

nicht die Ehefrau, jetzt war sie eine Krankenpflegerin. Sie tauchte einen Zipfel ihrer Schürze ins Wasser und betupfte damit die Wunde an seinem Hals.

Er hielt ganz still. Obwohl sie ihm so nahe war, spürte sie, dass etwas zwischen ihnen stand, dass sich etwas zwischen sie drängte und sie trennte …

Er wandte den Kopf ab.

»Wir werden ihn jetzt verhören«, sagte er.

Stumm blieb sie mit dem Schürzenzipfel zwischen Daumen und Zeigefinger stehen, als er sich von ihr abwandte und schnell aus dem Haus ging. Sie strich ihre Schürze glatt und setzte sich aufs Küchensofa.

Nur sie und Anund wussten, was passiert war, sonst niemand. Nicht Brita, und auch nicht die Magd. Denen hatten sie gesagt, dass sie in Västerbacke beim Aufhängen der Garben von einem der Zwischenböden in der Trockenscheune gefallen sei.

Ja, Johan und sie seien bei Anunds Schwester gewesen, und die wohne in Västerbacke, nicht weit vom Fluss und von Mo entfernt, und sie hatten ihr bei der Ernte geholfen, und Annika habe ziemlich weit oben gestanden, und als sie die Garben zum Dreschen nach unten geworfen habe, sei sie ausgerutscht. Es sei ja ziemlich schwierig, dort oben die Balance zu halten, und sie sei hinuntergefallen und habe sich das Gesicht aufgeschlagen und einen Fuß verletzt. Aber im Grunde sei es noch glimpflich ausgegangen, wenn man bedenkt …

So sei es gewesen, hatte sie gesagt. Und Anund auch.

»Die sind aber spät dran mit ihrer Ernte«, hatte Brita nur bemerkt.

Aber es hatte ausgesehen, als würde sie ihnen glauben. Nur Anund und Johan wussten Bescheid. Nur die beiden.

Und jetzt saß sie zu Hause. Ihr Mann war zu seiner Arbeit in den Amtmannshof gegangen. Eines Tages würde er sicher auch Landgendarm werden. Er war zur Arbeit gegangen, wo heute ein Mann verhört wurde, der seine Verlobte erschlagen hatte. Danach würde Johan wieder nach Hause kommen, und sie würde das Essen für ihn fertig haben, und dann würden sie eine Weile am Tisch sitzen. Vielleicht gab es am Abend auch noch etwas zu tun, doch dann würden sie zusammen in die Schlafkammer gehen. Bis jetzt waren ja nur die Küche und die Kammer ganz fertig. Der Dachboden war noch nicht bewohnbar, aber dort würden eines Tages bestimmt ihre Kinder wohnen.

Annika stand auf und ging in die Kammer. Auf dem Bett lag eine Flickendecke, die Brita einmal genäht hatte. Obwohl das völlig unnötig war, fuhr Annika glättend mit der Hand darüber, und dachte dabei, dass die einzige Möglichkeit zur Versöhnung – die ihr einfiel – über ihren Körper ging. Die einzige Möglichkeit, über die sie verfügte. Nur durch ihren Körper konnte er ihr verzeihen und sie beide einen Neuanfang wagen.

Und den gebe ich ihm, dachte sie, und ich hoffe, dass ein Kind in mir heranwächst. Sein Kind, ein Kind, das lebendig und kräftig zur Welt kommt.

Sie musterte die Flickendecke, die verschiedenen Stückchen, die von Britas und Anunds Leben erzählten. Eines Tages, dachte sie, werde ich eine eigene Decke nähen, aus meinen Kleiderresten, aus seinen Hosen und Hemden und aus den Kleidern, aus denen unsere Kinder dann herausgewachsen sind.

40

Obwohl Per Ersson so mager war, wirkte er stark, mit seinen sehnigen Armen und den breiten Schultern. Auf dem Kinn hatte er eine große, rote Beule, eine Erinnerung an Morells Hieb mit dem Schlagstock. Ständig berührte er die Narbe auf seiner Oberlippe, die dadurch leicht verformt war, sodass man einen seiner Schneidezähne sehen konnte. Deshalb wirkte sein Gesichtsausdruck fast fröhlich.

Dieser Mann hat wenig, worüber er sich freuen kann, dachte Morell.

Per Ersson saß mit Hand- und Fußfesseln im Erdgeschoss. Morell hatte ihn mitten im Zimmer auf einen wackeligen Stuhl gesetzt. Er und Johan Anundsson standen.

Jetzt waren sie seiner endlich habhaft geworden. Die Frage war nur, was er alles auf dem Kerbholz hatte. Mord oder Totschlag auf jeden Fall und einen Mordversuch. An Johan Anundssons Hals war der Beweis immer noch zu sehen.

Morell setzte sich an den Tisch und blätterte in ein paar Papieren. Es gab keinen Grund zur Eile. Per Ersson saß ganz ruhig da. Seine Fesseln klirrten nicht.

Johan Anundsson verlagerte sein Gewicht von einem Bein aufs andere. Morell stand wieder auf.

»Also«, begann er. »Per Ersson, geboren in Mellansel am vierten Juni achtzehnhundertundsiebenundzwanzig. Das bist du?«

Per Ersson nickte, und das leise Klirren seiner Handschellen war zu hören.

Morell nahm den Haken vom Schreibtisch, an dem noch immer getrocknetes Blut klebte.

»Erkennst du das hier wieder?«, fragte er.

Per Ersson seufzte und nickte.

»Dieser Gegenstand wird dazu verwendet, Getreidegarben auf den Trockenboden zu ziehen. Doch zu diesem Zweck hast du ihn nicht benutzt.«

Morell wunderte sich über seine Gelassenheit. Bei derartigen Einvernahmen war er normalerweise erregbar und geriet leicht in Zorn.

»Wozu hast du ihn benutzt?«

»Ich habe mein Mädchen erschlagen. Ja, ich weiß, dass sie gestorben ist.«

»Wie hieß sie?«, fragte Johan.

»Lisa Magnusdotter.«

»Warum?«, wollte Morell wissen. »Warum hast du sie erschlagen?«

Per Ersson sah Morell mit großen Augen an. »Sie wollte mich betrügen, sie ist nicht zur Sonntagsstube gekommen, und da …«

»Welche Sonntagsstube?«, unterbrach Morell.

»Wo sie Magd war eben, bei Anselm.«

»Dort habt ihr euch also immer getroffen?«

Per Ersson nickte.

»War sie abgeschlossen?«

»Nein, die war offen.«

»Immer?«, erkundigte sich Johan.

Per Ersson nickte wieder.

»Du wusstest, dass die Sonntagsstube immer offen war und man jederzeit hineingehen konnte?«, fragte Morell.

»Wir haben uns immer da getroffen, aber dann ist sie einfach nicht gekommen …«

»Diese Stube liegt auf der einen Schmalseite des Hauses«, sagte Morell, »und auf der anderen Giebelseite liegt die Mädchenkammer.«

Ersson bewegte seine Füße und zuckte zusammen, als seine Fußfesseln klirrten.

»Lag«, verbesserte Johan seinen Vorgesetzten.

»Das Haus ist niedergebrannt«, erklärte Morell. »Nicht alle Leute wussten, dass man einfach in diese Stube gehen konnte. Aber du wusstest es! Du bist immer dort hineingegangen, und zwar mit Lisa Magnusdotter.«

Er trat einen Schritt auf Ersson zu, hob sein Kinn und starrte ihm in die Augen. Ganz nah. Langsam werde ich wieder der Alte, dachte der Länsman.

»Du wusstest es!«, schrie er. »Warum hast du dort Feuer gelegt?«

Per Ersson blinzelte. »Wie, Feuer gelegt?«

Morell ließ los und ging einmal im Kreis durch den Raum.

»Der Goldschmied«, sagte er, als er wieder vor Ersson stand. »Er ist nicht gestorben. Aber du wolltest, dass er stirbt.«

Per Ersson hustete und stammelte dann: »Ich wollte nur die Ringe verkaufen ... und ... und dann fing er an, so zu schreien. Und ich hatte Angst und habe ihn gepackt. Aber er ist ja gar nicht tot ...«

»Die Anklage wird auf Mord oder Totschlag an Lisa Magnusdotter lauten. Mordversuch an Aron Lindberg und Johan Anundsson. Etwas anderes als das Beil kannst du nicht erwarten!«, sagte Morell. »Da kannst du alles andere doch auch noch zugeben.«

Er winkte Johan Anundsson zu sich. Sie setzten sich einander gegenüber an den Schreibtisch und ließen Per Ersson in der Mitte des Zimmers sitzen.

Wo war der Mann die ganze Zeit über gewesen? Seit er den Goldschmied überfallen hatte? Hatte er sich im nordöstlichen Ångermanland herumgetrieben? Und hatte er die Scheune und das Haus von Anselm Mårtensson angezündet? Und den Stall in Örnsköldsvik? Außerdem war dort noch ein Mord geschehen. Morell hatte noch keine Zeit gehabt, wegen dieser Angelegenheit zum Schultheiß zu fahren.

Er stand wieder auf.

»Du hast dich ziemlich lange versteckt gehalten«, sagte er. »Wo bist du die ganze Zeit über gewesen?«

»Ich bin durch die Wälder gegangen«, erklärte Per Ersson.

»Wohin?«

»Nach Nybystrand und Lo und ...«

»Wie lange braucht man dafür?«

»Einen Tag«, sagte Per Ersson.

»Wann bist du dort hingegangen?«

»Gleich nach der Geschichte mit dem Goldschmied …«

Johan war nun auch wieder aufgestanden. »Kennst du Anselm Mårtensson?«, fragte er.

Per Ersson nickte.

»Ich weiß, wer das ist«, fügte er hinzu. »Da war Lisa …«

»Du bist also nicht in Anundsjö gewesen?«, setzte Morell das Verhör fort.

Per Ersson bewegte unruhig Hände und Füße, schien sich aber mittlerweile an seine Fesseln und das leise Klirren gewöhnt zu haben.

»Ich bin durch den Wald heimgegangen, nach Mellansel, aber das war erst vor ein paar Tagen.«

»Anselm Mårtensson ist tot«, sagte Johan. »In seinem Haus verbrannt.«

Morell packte Per Ersson bei den Schultern und schüttelte ihn heftig. Die Fesseln klirrten laut.

»Du hast das Feuer gelegt!«, schrie er. »Du hast die Scheune angezündet und das Wohnhaus und den Stall in Örnsköldsvik auch! Gib es doch zu!«

Er hörte auf, ihn zu schütteln. Per Errson starrte den Länsman verblüfft an.

»Gar nix habe ich angezündet«, flüsterte er.

Morell schüttelte ihn wieder.

»Warum hast du das getan?«, brüllte er. »Anselm hatte dir doch nie etwas getan. War es wegen Lisa? Warum?«

»Ich habe doch überhaupt nichts angezündet …«

Morell ließ von ihm ab und lief ruhelos durchs Zimmer. »Und dann noch einen Mann in Örnsköldsvik«, rief er. »Der wurde auch erschlagen. Warst du das?«

Per Ersson begann plötzlich schwer zu atmen, und zu Morells großer Überraschung fing er an zu schluchzen.

»Die Lisa, die habe ich erschlagen, aus Eifersucht, und das bereue ich sehr, und ich habe den Goldschmied gewürgt, aber der ist nicht gestorben, und da bin ich froh drüber. Und dem da habe ich ein Messer an den Hals gehalten.«

Er nickte zu Johan Anundsson hinüber. »Aber mehr habe ich nicht getan.«

Er hob die Hände, als wollte er sich seine Tränen abtrocknen, was aber mit seinen Handfesseln nicht leicht war. Da ließ er seine Hände wieder sinken.

»Ich habe schon an den Scharfrichter Gyll gedacht, und ich habe große Angst. Aber ich habe ja nun mal die Lisa erschlagen.«

Morell drehte eine weitere erregte Runde durchs Zimmer, riss dann die Tür auf und winkte Johan Anundsson zu sich.

»Ich glaube nicht, dass dieser Mann die Brände gelegt hat«, erklärte er.

»Ich auch nicht«, sagte Johan Anundsson.

Morell hatte vorgeschlagen, dass Johan mitfahren solle. Denn bei der Übergabe von Per Ersson an die zuständigen Behörden in Härnösand müsse ein Verantwortlicher zugegen sein.

41

Also fuhren sie in einem umgebauten Landauer, einem vierrädrigen Wagen mit zwei gegenüberliegenden Sitzbänken zweispännig nach Härnösand. Der hintere Teil des Wagens hatte ein Verdeck. Vorne saßen Johan Anundsson und der Kutscherjunge. Er hatte eine raue Haut und rissige, schmutzige Hände. Die Zügel hielt er in einer Hand, und die andere ließ er auf seinem Oberschenkel ruhen.

Hinten saß der an Händen und Füßen gefesselte Per Ersson. Eine lange Fahrt, die fast einen ganzen Tag dauern würde. Also musste Johan Anundsson in Härnösand übernachten.

Es war ein schöner Herbsttag. Das bunte Laub der Bäume raschelte leise im Wind. Per Ersson war nicht nur an Händen und Füßen gefesselt, man hatte ihn auch noch im Wagen festgebunden, wie ein Stück Vieh im Stall.

Johan konnte trotz der Fahrgeräusche sein Weinen hören. Er wimmerte wie ein verängstigtes Kind.

Beim Verhör war nichts mehr herausgekommen. Der Länsman und er hatten ihn noch ein paar Mal wegen der Brände unter Druck gesetzt, aber mehr als den Totschlag an Lisa Magnusdotter und den Überfall auf den Goldschmied hatte er nicht gestanden.

Doch seine Straftaten würden auch so für eine Verurteilung reichen, hatte Morell gesagt, der keinen Zweifel an dem Schuldspruch des Gerichts hegte. Denn Morell selbst würde die Anklage vertreten.

Doch die Brände hatte man ihm nicht anlasten können.

Noch nie war Johan Anundsson so weit gereist. Noch nie die Küste entlang bis Härnösand gefahren. Und jetzt staunte er über die mächtigen Berge und die großen Hügel. Das war schon etwas anderes als Anundsjö.

Trotz des Knirschens der Räder hörten sie Per Ersson manchmal weinen.

Sie hielten am Nordufer des Flusses, fütterten und tränkten die beiden Pferde und ließen sie ein Weilchen verschnaufen, bis sie sich über den Fluss setzen ließen. Sie kamen nach Veda, und von dort sei es nicht mehr weit, erklärte der Junge. Er habe diesen Landauer schon oft gefahren. Im Frühjahr habe er den wahnsinnigen Pfarrer gefahren und auch den Mann, der seinen Kameraden ermordet und im Schnee begraben hatte. Aber damals sei der Länsman Morell mitgefahren.

»Und jetzt fahren Sie mit«, sagte er.

Sein Gesicht war vernarbt, als hätte er an einer Krankheit gelitten, die seine Haut zerstört hatte.

»Wir müssen im Gefängnis schlafen«, sagte er. »Nicht bei den Gefangenen, aber die haben da ein Zimmer. Da habe ich früher auch schon geschlafen.«

Er erzählte weiter vom Gefängnis, von den Häftlingen, die er dort gesehen hatte. Von Mördern, Sodomiten und Kindsmörderinnen.

»Da war einer, der hatte Vater und Mutter erschlagen und sie in einen leeren Verschlag im Stall gelegt, und da lagen sie dann, und er hat einfach weiter auf dem Hof gearbeitet. Die lagen da, bis nix mehr von ihnen übrig war. Nur das Vieh wurde irgendwann mal unruhig. Dann hat man sie doch gefunden, aber da waren nur noch ein paar Fleischfetzen von ihnen übrig. Der Kerl wurde dann in Kallbäcken geköpft. Aber ich habe ihn vorher gesehen. Ein kleiner Knirps, kaum eine Handbreit groß und so dünn wie ein Stecken.«

Johan Anundsson nickte. Er war froh, dass der Kutscherjunge unablässig weiterschwatzte. So musste er nicht seinen eigenen Gedanken nachhängen.

Während sie am Fuß der Hügelketten entlangfuhren, konnte Johan in der Ferne den Hafen mit seinem Wald aus Schiffsmasten sehen: Sie näherten sich bereits der Stadt. Die Fahrt war zu Ende. Am Ufer drängten sich Häuser bis zu der Stelle, wo die Brücke zur Insel führte. Darüber erhob sich das Kuppeldach einer Kirche.

Vor dem Provinzgefängnis blieben sie stehen. Der Kutscherjunge wusste, was zu tun war. Er öffnete das Verdeck, zerrte den verschreckten, schluchzenden und zitternden Per Ersson aus dem Landauer und klopfte an eine Tür. Als ein älterer Mann öffnete, winkte der Junge Johan herbei. Der übergab das Schreiben, das Morell ihm mitgegeben hatte, und erhielt im Gegenzug ein Schriftstück als Beweis, dass er den verhafteten Per Ersson in Härnösand abgeliefert hatte.

Denn während der Täter auf seinen Prozess wartete, musste er im staatlichen Gefängnis bleiben.

»Wollen Sie sie sehen?«, fragte der Kutscherjunge, während der Wärter den weinenden Häftling an seiner Kette festhielt.

Johan verstand nicht gleich.

»Die Gefangenen«, erklärte der Junge. »Hier gibt's zehn Zellen, in einem sind die Leute, die ihre Schulden nicht bezahlen konnten, und in zwei Zellen sitzen sie bei Wasser und Brot.«

Johan Anundsson erinnerte sich, dass Per Ersson bereits einmal eingesessen hatte. Er wusste also schon, was ihn erwartete.

Der Kutscherjunge wandte sich an den Alten. »Dürfen wir?«, bat er.

Der alte Mann nickte, zog Per Ersson hinter sich her in einen schummrigen Korridor, sperrte die erste Tür auf und zog sie auf.

Hinter der Tür war ein solides Gitter angebracht. Und dahinter gab es eine enge Zelle, voller Menschen, Männer wie Frauen jeden Alters, und auch Kinder, allesamt in Lumpen. Ein paar saßen zusammengesunken und mit finsterem Blick in einer Ecke, andere streckten den Besuchern flehend ihre Hände entgegen. Ganz rechts hatte sich eine junge Frau auf dem Boden zusammengerollt. Sie hielt ein Kleinkind in den Armen.

»Hier haben wir allen möglichen Abschaum«, erläuterte der Alte. »Verbrecher, Untersuchungshäftlinge, Landstreicher, Huren, jedes erdenkliche Pack.«

Johan Anundsson wich zurück.

»Und ganz schön viele haben wir hier!«

Ein derb wirkender Mann mit zerschlissenem Rock und langen Haaren, die sein Gesicht fast ganz verdeckten, kam ein paar Schritte auf sie zu. Er lachte.

»Bleib bloß weg!«, schrie der Alte und drohte ihm mit seinem Knüppel.

Per Ersson war in sich zusammengesunken.

Der Alte schlug die Tür zu und verriegelte sie. »Habt ihr genug gesehen?«, fragte er.

Er zerrte an Per Erssons Kette und ging den dunklen Korridor zurück, öffnete eine andere Tür und verschwand. Das Letzte, was Johan hörte, war Per Erssons Schluchzen.

Er beeilte sich, wieder an die frische Luft hinauszukommen. Der Junge lachte. »Tja, im Provinzgefängnis zu sitzen ist kein Vergnügen«, meinte er.

Man wies den beiden einen Schlafplatz in einem kleinen Zimmer mit zwei Betten zu. Der Kutscherjunge wollte noch in eine Gaststätte gehen – um sich ein Bier zu gönnen, wie er sagte –, aber Johan hatte beschlossen, sich gleich hinzulegen.

Und da, in der Stille, in der Einsamkeit, kamen die Gedanken wieder.

Vor allem ein Wort war es, das ihm nicht aus dem Sinn ging. Vertrauen, daran dachte er. Er wusste, dass er seiner Frau vertrauen sollte. Doch zurzeit vertraute er Annika nicht mehr. Immerzu musste er an sie denken.

Und er dachte: Warum hat sie mir das erzählt? Warum nur? Das Kind wurde doch tot geboren?

Ich war glücklich, weil ich mir eingeredet habe, dass sie mich haben wollte. Deswegen hat sie mir erlaubt, bei ihr zu bleiben, als ich mich eines Nachts zu ihr geschlichen habe. Aber seltsam war es schon, dass sie ausgerechnet mich … Zum Schluss habe ich einfach geglaubt, sie wollte mich haben, weil sie von mir schwanger war.

Doch dieses Kind war zu früh auf die Welt gekommen, und es war nicht meins. Der Vater dieses Kindes war ein anderer Mann gewesen, der jetzt tot war, der sie bedroht hatte und an einem Magenleiden gestorben war. Der war es gewesen.

Und Annika hat es mir erzählt. Warum hat sie es mir erzählt?

Vertrauen, dachte er wieder. Wie soll ich ihr Vertrauen zurückgewinnen? Ich habe sie bewusstlos geschlagen, aber sie will mich nicht anzeigen. Sie wartet jede Nacht auf mich. Dass ich mich wieder an sie schmiege. Und sie will sich mir wieder öffnen …

Er seufzte gequält, stand auf und holte die Wasserflasche, um den faden Geschmack im Mund hinunterzuspülen. Ach, hätte ich nur den Kutscherjungen begleitet und mich sinnlos betrunken.

Plötzlich sah er sie vor sich, wie sie ihr Nachthemd hochzog, und zu seiner Überraschung überkam ihn eine jähe Lust.

Könnte ich zu ihr zurückgehen und alles ist vergessen und vergeben? Vertrauen, dachte er. Ist das möglich?

Hat mein Schmerz nicht schon etwas nachgelassen? Stimmt das? Ich habe sie nie wieder geschlagen. Wir leben zusammen, in der Küche und in der Schlafkammer. Ich schlafe neben ihr und lausche ihren ruhigen Atemzügen. Entspannt und voller Vertrauen liegt sie neben mir, obwohl ich sie doch bewusstlos geschlagen habe.

Johan zog die dünne Decke fester um sich und versuchte, Annika aus seinen Gedanken zu verbannen.

Langsam wird es Zeit, dachte er. Heilt die Zeit nicht alle Wunden? Das sagt Anund immer. Und Annikas körperliche Verletzungen heilten langsam. Aber meine seelischen Verletzungen, heilen die auch?

Er rief sich andere Bilder ins Gedächtnis – die Zelle im Provinzgefängnis. Der überfüllte Raum, in dem sie alle saßen, Menschen, die auf ihren Prozess warteten, andere, die schon verurteilt worden waren und schließlich jene, die nichts anderes getan hatten, als arm und krank zu sein.

Und in einer solchen Zelle saß Per Ersson jetzt. Der Mann hatte wie ein Kind geweint. Johan Anundsson betastete seinen Hals an der Stelle, wo das Messer ihn geritzt hatte.

Jetzt musste nur der Brandstifter noch festgenommen werden.

Morgen würde er nach Anundsjö zurückfahren, zu Morell in den Amtmannshof: Und sie würden über die Brände diskutieren.

Ich bin noch immer der Gehilfe des Polizeiamtmanns. Meine Frau hat für mich gelogen, und sie wird auch weiterhin für mich lügen …

Plötzlich hörte er ein Poltern an der Tür, und im ersten Moment packte ihn die Angst. Aber es war nur der Kutscherjunge, der aus der Kneipe zurückkam. Johan schloss die Augen und tat, als schliefe er.

Er sah Per Ersson. Er sah ihn in der Scheune, wie er mit dem erhobenen Haken über Lisa Magnusdotter stand.

Die scharfen Zacken hatten sich in ihre Brust und in ihre Stirn gebohrt. Und Lisa war verblutet.

Annika aber lebte.

42

»Er wurde in einer der Gassen aufgefunden«, sagte Schultheiß Lans. »Mit völlig zerschmettertem Gesicht. Er war kaum wiederzuerkennen. Aber wir wissen, wer der Ermordete ist: ein Mann namens Edvard Berg, mit dem Spitznamen Der Letzte Walzer.«

Heute hast du deinen Backenbart ja gar nicht gelockt, dachte Morell.

Er saß kerzengerade in dem Sessel, um möglichst groß zu wirken. Heute machst du mich nicht klein ...

Lans saß zusammengesunken in seinem Ledersessel. Auf dem Tisch lag immer noch das Buch über Schwedens Marktflecken. In der Vase steckten frische Rosen.

Morell hatte berichtet, dass Per Ersson ins Gefängnis überstellt worden war. Und dass er sehr wahrscheinlich kein Brandstifter sei. Nun drehte sich das Gespräch um den Mann, der am Morgen erschlagen in Örnsköldsvik aufgefunden worden war.

»Ein Raubmord kann es nicht gewesen sein?«, fragte Morell.

Schultheiß Lans lachte.

»Dem gehörten ja kaum die Kleider, die er am Leibe trug.«

»Wurde er vielleicht getötet, weil er etwas beobachtet hat?«, sagte Morell.

»Es kam sicher zu Unregelmäßigkeiten«, sagte Lans. »Aber zu was für welchen?«

»Es hat also zwei Brände hier gegeben? Ich weiß nur von einem Brand, in einem Stall. Ist daran irgendetwas verdächtig? Als wir uns das letzte Mal sahen, waren Sie der Meinung, das Feuer im Stall könne unmöglich auf Brandstiftung zurückzuführen sein.«

»Ich habe meine Meinung geändert. Gegenüber des Stalls in der dritten Gasse gibt es eine Schmiede. Aber ein Stück weiter die Straße hoch hat neulich ebenfalls ein Wohnhaus gebrannt. Die Vortreppe wurde beschädigt. Die Entstehung dieses Feuers ist wesentlich schwerer zu erklären. Ich habe aber erfahren, dass dort im Hinterhof Laub verbrannt wurde. Gegen alle Vorschriften!«

»Dann hätte es doch hinter dem Haus brennen müssen und nicht an der Vorderseite«, gab Morell zu bedenken.

Schultheiß Lans zuckte mit den Schultern.

»Der Tote war dort«, sagte er.

»Als es brannte?«

»Er kam als Erster zu diesem brennenden Haus, hat der Brandwächter berichtet.«

»Nicht Odd Anselmsson«, sagte Morell. »Der war zu dieser Zeit in Anundsjö.«

»Ja. Aber nun ist Odd ja wieder hier. Was für eine tragische Geschichte. Beide Eltern auf diese Art zu verlieren.«

»Könnte es sein, dass Edvard Berg etwas gesehen hat?«, fing Morell wieder an. »Vielleicht hat er beobachtet, wie jemand das Feuer gelegt hat und wurde deswegen ...«

»Oder vielleicht waren es zwei, Berg und sein Kumpan, und die beiden gerieten in Streit ...«

»Sein Tod muss zwingenderweise nichts mit dem Brand zu tun haben«, sagte Morell. »Du hast doch selbst von gewissen Unregelmäßigkeiten gesprochen.«

»Die Händler haben es bei uns ziemlich schwer«, sagte Schultheiß Lans. »Wer sich hier eine goldene Nase verdienen wollte, als er herzog, ist enttäuscht worden. Der Landhandel blüht nach wie vor. Viele Händler mussten Konkurs anmelden. Ich habe an Unregelmäßigkeiten pekuniärer Art gedacht. Es wird wahrhaftig Zeit, dass wir hier eine Polizeidienststelle bekommen! Wenn sich Örnsköldsvik weiterentwickeln soll, brauchen wir eine Post, eine Zolldienststelle, einen Arzt, sowie die Polizei. Kannst du dir vorstellen, dass ich den Toten bis zum Eintreffen des Provinzarztes in einen meiner Räume bringen lassen musste? Hier sollte ein Arzt praktizieren, nicht in Bjästa!«

»Hast du etwas Bestimmtes im Sinn?«, fragte Morell und genoss es, den Mann zu duzen.

Ja, du, Lans, dachte er. Du bist zwar der Schultheiß, aber ich bin immerhin der Polizeiamtmann von Anundsjö.

Wie heißt du eigentlich mit Vornamen? Bengt? Johan? Er unterdrückte den Impuls, den Schultheiß zu fragen.

»Edvard Berg oder Der Letzte Walzer, wie er auch genannt wurde, hielt sich gerne im Wirtshaus auf. Dort verbrachte er seine Tage, heißt es. Er bekam zu essen und zu trinken und half dem Wirt. Ich fürchte, das war auch alles nicht ganz rechtens …«

»Hast du mit ihm gesprochen?«, fragte Morell.

»Er wird befragt, so viel kann ich sagen.«

»Gibt es nichts, was ich tun kann?«

Schultheiß Lans schüttelte den Kopf.

»Selbstverständlich brauchen wir in einem Ort wie dem unseren auch ein Wirtshaus. Aber vielleicht mit einem anderen Wirt.«

»Es gibt ja noch die Herberge«, sagte Morell, weil er an Per Erssons rothaarigen Halbbruder, den Rotfuchs dachte.

»Aber Örnsköldsvik liegt total am Boden«, sagte Lans und stand aus seinem weichen Ledersessel auf.

»Ich will dir mal ganz ehrlich sagen, was ich glaube. Ich glaube nicht, dass es sich um Brandstiftung handelt. Ein Feuer kann durch die verschiedensten natürlichen Ursachen ausgelöst werden. Ich weiß, dass es in Örnsköldsvik gewisse pekuniäre Unregelmäßigkeiten gegeben hat. Aber ich weiß nicht, wer Edvard Berg erschlagen hat. Und womit, wissen wir auch nicht.«

»Ihr solltet vielleicht nicht nur einen Brandwächter, sondern auch einen Polizisten Streife gehen lassen«, schlug Morell vor.

»Aber wir haben doch keinen!«, rief Lans. »Gar nichts haben wir. Wir haben einen Schultheiß. Das bin ich. Aber ich fürchte, dass der Ort weiterhin unerwünschte Zuwanderer anzieht, wie die Zuckerdose Fliegen.«

Erregt trat er ans Fenster.

»Dabei brauchen wir Händler und Handwerker. Doch kein Pack und Landstreicher. Oder Schwächlinge, die dem Alkohol verfallen sind.«

Er ging zur Sitzgruppe zurück.

»Genauso einen wie er, dieser Edvard Berg, auch Der Letzte Walzer genannt. Dem Alkohol verfallen. Und jetzt – wird er von niemandem vermisst.«

Er hob die Arme in einer ratlosen Geste.

»Aber eines Tages … eines Tages wird es so weit sein. Dann wird Örnsköldsvik wirklich wie eine Zuckerdose sein. Der Ort wird aufblühen. Und dann brauchen wir auch endlich eine Polizeidienststelle.«

Er ging zur Tür, und Morell begriff, dass er jetzt gehen sollte.

»Eines Tages werden wir hier alles haben!«, verkündete Lans. »Eine Hafenstadt mit mehreren tausend Einwohnern. Und die Polizei, nicht nur einen Brandwächter!«

Ich bin für Örnsköldsvik nicht verantwortlich. Sondern der staatliche Beamte in Själevad. Der ist aber zu weit weg. Ich kann nicht auch noch Edvard Bergs Tod aufklären. Ich bin für Anundsjö zuständig. Anundsjö ist ungefähr so groß wie Blekinge. Örnsköldsvik muss alleine zurechtkommen. Oder eine Polizeidienststelle bekommen, wie der Schultheiß hofft. Die Reise dahin dauert mit dem Gig einen halben Tag hin und einen halben Tag zurück. Zu Pferd dauert sie nicht so lange. Es geht nicht. Ich habe Anundsjö. Ich habe einen Mörder dingfest gemacht. Und der sitzt bereits hinter Schloss und Riegel. Und ich muss zwei Brände aufklären, die nichts mit den gefährlichen Geschehnissen in Örnsköldsvik zu tun haben. Auf Per Ersson wartet der Scharfrichter. Der Brandstifter von Anundsjö, der Anselm und seine Frau auf dem Gewissen hat, ist noch immer auf freiem Fuß. Aber wir gehen ja ringsum als Brandwächter. Ich muss die Bevölkerung schützen – aber nicht in Örnsköldsvik.

Der Kutscherjunge drehte sich zu ihm um.

Habe ich etwa laut gedacht?, fragte sich Morell und räusperte sich.

»Ein schöner Herbsttag«, sagte er und ließ sich auf seinen Sitz zurücksinken.

Noch zwei Stunden Fahrt. Er sehnte sich nach seinem Zuhause. Die Dinge hatten sich geändert – seine Arbeit war nicht mehr das Wichtigste, sie war ihm nicht länger Zuflucht vor seinem häuslichen Kummer.

Nun war Helena wieder gesund ... Harald war jedoch vorsichtig. Er wollte nichts überstürzen. So lange hatte er gewartet, er konnte auch noch etwas länger warten. Noch war er nicht in ihr Schlafzimmer gezogen. Nur ab und zu schlief er mit ihr im selben Bett. Und manchmal machte er sich Sorgen. Wenn er meinte, wieder diesen unsteten Blick an ihr zu erkennen. Er folgte ihren Augen, wenn sie ihren Sohn ansah.

Einmal war er auf die Veranda hinausgegangen. Sie

hatte ihren Mann nicht bemerkt. Aber er hatte gesehen, wie sie Gustav betrachtete. Der saß auf dem Boden und war in sein Spiel mit einem Stapel kleiner Holzklötzchen vertieft. Sie hatte ihn intensiv beobachtet, mit kummervollem Blick. Und da hatte diese Angst wieder von Morell Besitz ergriffen. Er war zurückgegangen, ohne von ihr bemerkt zu werden, und hatte dann vernehmlich gehüstelt und erneut die Veranda betreten. Sie hatte ihn angesehen, und zu seiner Freude war aller Kummer aus ihrem Blick verschwunden.

Aber er musste vorsichtig bleiben, er durfte sich nicht zu früh freuen.

Er knöpfte seine Uniformjacke auf und genoss die Wärme der milden Herbstsonne.

Früher war Morell immer sofort ins Erdgeschoss gegangen, wenn er von einer Reise zurückkehrte. Das tat er jetzt nicht mehr. Er ging in die Küche, wo Lisbet wie gewöhnlich am Herd stand. Neben dem Herd stand ein großer Korb voller Brennholz.

Lisbet stand mit dem Rücken zu ihm und bemerkte ihn zunächst nicht. Er ging weiter in die große Stube und hinaus auf die Veranda. Weder Helena noch Gustav saßen da.

Dann stieg er die Treppe hoch, blieb vor Helenas Tür stehen und horchte. Vorsichtig öffnete er die Tür. Helena war angekleidet, lag aber auf dem Bett und schlief. Im Schlaf fand sie immer Ruhe. Früher hatte sie allein im Schlaf ihren inneren Spannungen entkommen können.

Noch immer brauchte sie viel Schlaf.

Ja, schlaf nur, dachte er. Schlaf deine Zerbrechlichkeit aus und träum deine Schwäche weg.

Morell ging in die Küche zurück.

»Wo ist denn Gustav?«, fragte er.

Als Lisbet seine Stimme hörte, drehte sie sich um.

»Anna ist mit ihm rausgegangen«, antwortete sie.

Sie trocknete sich ihre Hände an der Schürze ab. Ihr Gesicht war erhitzt. Morell trat noch einen Schritt auf sie zu. Schon immer hatte er Beschützergefühle für sie gehegt. Auch sie war eine verletzliche Frau.

Einmal hatte er sie berührt, und sie war erschrocken zurückgewichen. Damals im Armenhaus.

Er ging näher auf sie zu, hob seine Hand und legte ihr den Handrücken an die Wange. Sie wich nicht zurück, sondern wandte ihm ihr Gesicht zu und sah ihn an. Ihre Lippen bewegten sich lautlos. Obwohl sie unbeweglich dastand, hatte er den Eindruck, sie wollte sich auf ihn zu bewegen, näher an ihn herantreten. Da zog er so schnell seine Hand zurück, als hätte er sich an ihrer Wange verbrannt.

Lisbet blieb stehen. Ihre Augen waren starr auf ihn gerichtet, ihr Mund stand halb offen.

Verwirrt ging Morell aus der Küche.

43

Morell hielt hartnäckig weiter Wache. Er war mittlerweile der Einzige, der nachts noch seine Runden drehte. Die Gemeindeversammlung hatte dagegen gestimmt, die Bauern waren der Sache überdrüssig geworden, und Lars Antonsson hatte schließlich mit dem Hammer auf den Tisch gehauen und verkündet, dass man nun keinen Brandwächter mehr brauche, weil Per Ersson im Gefängnis in Härnösand sitze.

Aber Harald Morell machte weiterhin seine Rundgänge, wenn auch nicht die ganze Nacht. Die erste Runde ging er gegen elf, schlief dann eine Stunde oder zwei in seinem Zimmer, ging nach eins die nächste Runde und die letzte um vier Uhr früh.

Nach der letzten Runde schlüpfte er dann in ihr Ehebett. Er weckte Helena nicht, sondern legte sich leise neben seine Frau und stand auf, ehe sie aufwachte.

Eine Last war ihm von den Schultern genommen. Per Ersson saß bis zur Gerichtsverhandlung im Gefängnis in Härnösand.

Aber Morell musste noch die Brände aufklären, und so wanderte er allein durchs Dorf, bis nach Näs und zurück, jede Nacht ein paar Mal.

Es ist meine Pflicht, dachte er. Weder Johan noch Anund bat er um Hilfe. Allein ging er durchs herbstliche Dunkel. Und er hoffte, dass es dunkel blieb. Kein Feuer sollte im Dorf auflodern.

Runde um Runde ging er, und zum Schlafen kam er kaum.

Heute Nacht jedoch änderte er seine Gewohnheit ab. Schon nach dem ersten Rundgang schlüpfte er ins Ehebett. Die Uhr in der großen Stube unten hatte halb zwölf angezeigt.

Helena wachte auf, als sich Harald neben sie legte. Oder war sie noch wach? Er fürchtete, sie geweckt zu haben.

Doch das stimmte nicht.

»Ich finde keinen Schlaf«, sagte sie. »Können wir nicht noch ein Weilchen gemeinsam aufbleiben?«

Morell war müde, trotzdem stand er wieder auf, zog sich an und folgte ihr die Treppe hinunter in die Wohnstube.

Am Tag war der Kachelofen beheizt worden, sodass er jetzt noch etwas Wärme ausstrahlte. Morell nahm sich einen Stuhl und stellte ihn neben den Lehnstuhl. Dann breitete er ein Schaffell darüber und bedeutete seiner Frau, sie solle darauf Platz nehmen.

Eine ruhige Nacht. Nur sie und er. Du und ich. Wunderbar.

»Ich habe darüber nachgedacht, wie ich gewesen bin, wie ich … dich vernachlässigt habe. Und Gustav.«

»Pst«, sagte er. »So darfst du nicht denken. Jetzt ist es doch vorbei.«

»Meinst du?«, fragte sie.

Ja, natürlich meinte er das.

Er hob eine Hand und legte sie auf ihr Knie, das bedeutete: ja.

»Aber ich denke trotzdem nach«, fuhr sie fort. »Die ganze Zeit, die darüber vergangen ist, und …«

»Jetzt blicken wir in die Zukunft«, sagte er.

»Erinnerst du dich, wie du mir erzählt hast, was du vorhast? Und von Greta, wie sie im Winter gestorben ist, und …«

»Ja«, sagte er. »Da habe ich gemerkt, dass du wieder gesund wirst. Und jetzt bist du wieder gesund.«

»Erzähl«, forderte sie ihn auf. »Erzähl mir, was du dann gemacht hast.«

Er dachte daran, wie es damals gewesen war. Wie abweisend sie gewesen war, wie sie geweint, getobt, geschlafen hatte … Für niemanden zugänglich. Aber es hatte immer Gelegenheiten gegeben, wo er mit ihr gesprochen hatte. Über seine Arbeit. Über Gewalttaten und Mord. Und sie hatte ihm zugehört. Für eine Weile zumindest.

Und jetzt hielt er es wieder genauso.

Sie saßen auf ihren Stühlen vor dem Kachelofen, und Morell erzählte ihr von Per Ersson, von den Bränden in Anundsjö, von den Bränden in Örnsköldsvik. Und vom Mord an dem Mann, den man Den Letzten Walzer genannt hatte.

Früher hatte Morell immer Angst gehabt, Helena könne sich ihm entziehen, wenn er zu reden anfing, doch heute nicht. Heute war er sich seiner Sache wieder viel sicherer. Und als er fertig erzählt hatte, stand er auf und ging zu ihr. Vorsichtig nahm er sie um die Taille, hob sie hoch und drückte sie an sich, streichelte über ihren Schlafrock und öffnete den Gürtel.

»Wollen wir noch ein Kind machen?«, flüsterte er.

»Hier?«, fragte sie.

Er nickte und breitete das Schaffell auf dem Boden aus.

»Jemand könnte uns hören«, sagte sie.

»Die schlafen doch alle«, sagte er.

Vorsichtig zog er ihr den Schlafrock aus und legte ihn auf das Schaffell. Dann ging er in die Knie und näherte sich mit dem Gesicht ihrem Schoß, woraufhin sie ebenfalls in die Knie ging und sich dann auf den Rücken legte.

Als er sie so sah, drehte sich ihm alles vor Augen. Vorsichtig berührte er ihre Brust. Er kniete noch immer, und als sie ihre Beine spreizte, sah er, wie sie sich für ihn öffnete. Mit geschlossenen Augen lag sie vor ihm. Er zog sich aus. Er hörte ihre heftigen Atemzüge, streichelte ihr Gesicht und ihre Brust, berührte ihren Bauch, die Hüften und die Innenseite ihrer Schenkel, streichelte ihr Geschlecht. Sie war für ihn bereit.

Danach trug Morell seine Frau nach oben in ihr Schlafzimmer; er setzte sich jedoch auf einen Stuhl neben die Tür. Er war noch nackt und verwundert über das, was sie gerade getan hatten. So offen. Wenn Lisbet sie beide gesehen hätte …

Und auf einmal wurde ihm bewusst, dass er deswegen Helena in der Wohnstube geliebt hatte: Er wollte

Lisbet und vielleicht auch sich selbst beweisen, dass er für Lisbets Begehren – wenn es denn Begehren war, was er in ihrem Gesicht gelesen hatte – unempfänglich war.

Morell wurde klar, dass er ständig an sie gedacht hatte, seit er sie in der Küche gesehen hatte. Quälende, aber durchaus auch verführerische Gedanken. Einmal hatte er seine Hand nach ihr ausgestreckt, aus Mitgefühl und Fürsorge. Vor vielen Monaten, im Armenhaus, als er begriffen hatte, dass es stimmte, was sie ihm über den Hilfspfarrer erzählt hatte. Aber sie war zurückgewichen. So hatte ich es nicht gemeint, hatte er damals gedacht. Doch nicht so. Auch diesmal nicht, aber … ja, er hatte es ihr ganz deutlich angesehen. So deutlich, als hätte sie es ausgesprochen.

Deshalb hatte er mit seinen Gewohnheiten gebrochen und war zu seiner Frau gegangen. Deswegen hatte er …

Denn der Wunsch, den Lisbet ihm zu verstehen gegeben hatte, war unerfüllbar.

Er stand auf und betrachtete seine schlafende Frau.

Als sich Morell wieder setzte, kam ihm plötzlich ein zweiter Gedanke. Und der hatte nun gar nichts mit seiner Frau oder seinem Dienstmädchen zu tun.

Dieser Gedanke war so naheliegend, dass er sich wunderte, warum weder Johan noch er bis jetzt darauf gekommen waren.

Denn es gab einen Zusammenhang zwischen dem Geschehenen. Einen offensichtlichen Zusammenhang.

Und als Morell das erkannte, wusste er im selben Moment, dass er sofort handeln musste.

Heute Nacht würde er kein Auge mehr zutun.

Doch er war nicht müde. Sondern voller Elan.

Das Bett war schmal und das Stroh nicht frisch. Annika lag auf dem Rücken und fühlte Johan neben sich. Er schlief nicht, das konnte sie an seinem Atmen hören. Er lag reglos da, als würde er sich an die Matratze klammern, um den Körper seiner Frau nicht berühren zu müssen.

Ganz ruhig lag sie auf dem Rücken. Angst hatte sie nicht vor ihm, denn sie wusste, dass er sie nie wieder schlagen würde.

Ich muss Geduld haben. Ich habe es ihm erzählt, wenn auch nicht alles. Doch die Schlange in meinem Mund, die habe ich ausgespien. Ich habe es getan. Damit mich die drei Brüder nicht mehr erpressen können.

Jetzt mussten sie noch viele Hindernisse überwinden.

Sie spürte seinen Körper neben sich. Er lag neben ihr, obwohl er … Ihr fiel das Bild eines voll geladenen Heuwagens ein. Wenn man ganz oben auf dem Heu liegt, und wenn die Pferde um eine Ecke biegen, muss man sich festklammern, um nicht vom Wagen zu fallen.

Sie atmete tief ein. Jetzt würde sie es wieder sagen. Wie oft sie es noch sagen musste, wusste sie nicht, aber das war ihr egal. Jetzt verschlossen Lügen ihr nicht mehr den Mund.

Sie sagte es wieder:

»Verzeih mir, was ich getan habe. Ich habe dich so lieb. Ich habe niemals einen Menschen so lieb gehabt wie dich.«

44

Länsman trabte dahin. Schwaches Mondlicht beleuchtete die Landstraße so weit, dass er sich traute, Abed-Nego galoppieren zu lassen. Zwar waren seit dem ersten Brand bereits Wochen vergangen, doch er hatte es eilig, es war wichtig, Örnsköldsvik vor Tagesanbruch zu erreichen. Er wusste nicht, wie spät es war, doch noch war die Sonne nicht aufgegangen, als er auf die Küstenstraße einbog und sich dem Meer und dem Marktflecken näherte.

Der Mond schien nun schon schwächer, aber sein Licht reichte aus. Morell stieg vom Pferd, als er den Anfang der Storgata erreichte und führte es zur Herberge, die er vor nicht allzu langer Zeit aufgesucht hatte. Er band das Tier vor dem Stall an und trat wieder auf die Straße.

Sie fiel ziemlich steil nach unten ab. Er konnte die Häuserfronten erahnen. Licht brannte nirgends. Die Häuser lagen im Dunkeln da.

Er hielt nach dem Brandwächter Ausschau. Vergeblich.

Dann begann er die Straße hinunterzugehen. Er hatte keine Uhr – sicher dämmerte bald der Morgen. Hatte Odd heute Nacht schon seine letzte Runde gedreht?

Er blieb stehen, lauschte und spähte in Richtung Marktplatz hinunter. Totenstille. Vielleicht war es schon fünf Uhr, und Odd war in sein Zimmer zurückgekehrt. Er glaubte zu wissen, dass der Junge in dem weißen Haus wohnte, in dem auch Schultheiß Lans seine Wohnung und seine Arbeitsräume hatte.

Der Gedanke an Helena wärmte sein Herz. In diesem Moment schlief sie wohl, völlig sorglos. Das Bild, wie sie vor ihm am Boden auf dem Fell gelegen hatte, ging ihm immer wieder durch den Kopf.

Er ging weiter die Straße entlang. Ein paar Schritte weiter hörte er den Ruf vom Marktplatz her: »Hört, ihr Herrn und lasst euch sagen, uns're Uhr hat fünf geschlagen! Möge Gottes mächt'ge Hand uns bewahr'n vor Schad und Brand.«

Morell blieb stehen. Da er sich nicht zu erkennen geben wollte, zog er sich in eine Seitengasse zurück und drückte sich an eine Hauswand. Auf der anderen Straßenseite gab es eine offene Hofeinfahrt. Morell trat in den Hof und öffnete vorsichtig die Tür eines Schuppens, in dem Brennholz lagerte. Ein Pferd wieherte kurz. Schließlich entdeckte er vor dem Stall einen Abort – die Aufregung war ihm auf den Magen geschlagen.

Schnell erledigte er sein Geschäft und trat wieder auf die Gasse hinaus. Der Ruf des Brandwächters war dieses Mal bereits aus der nächstgelegenen Gasse zu hören. Morell versuchte, mit der Hauswand zu verschmelzen.

Er hörte Odd Anselmssons Schritte, dann konnte er ihn an einer Straßenecke erkennen, wo der junge Mann stehen blieb und seine Laterne hob, als würde er sein Gesicht beleuchten. Dann verkündete er wieder die Stunde.

»Uns're Uhr hat fünf geschlagen!«

Als Odd weiterging, folgte Morell ihm. Ganz leise ging er hinter ihm her. Wahrscheinlich wollte der Wächter bis zur Küstenstraße und dann wieder umkehren. Und dann würde sein Dienst vorbei sein.

Als der Brandwächter die Herberge erreichte, drückte sich Morell wieder in eine Seitengasse und wartete. Erst, als Odd zurückkam, folgte ihm Morell mit gebührendem Abstand. An jeder einmündenden Gasse blieb Odd stehen. Er verrichtete seine Arbeit wahrhaftig vorschriftsmäßig. Erst als Odd den Marktplatz erreichte, schritt Morell schneller aus, um ihn wieder einzuholen. Er wollte den jungen Mann nicht erschrecken. Deshalb rief er leise: »Odd! Ich bin es, Länsman Morell.«

Odd blieb stehen, drehte sich um, hob die Laterne und starrte ins Dunkel.

»Wer da?«, rief er angestrengt und ängstlich.

»Ich bin es, Morell«, sagte der Polizeiamtmann, und dann stand er auch schon vor dem Wächter.

Odd hielt seine Laterne hoch und erkannte ihn.

»Länsman«, sagte er. »Was machen Sie denn hier?«

»Ich begleite dich nach Hause«, erklärte Morell. »Zu deinem Zimmer.«

Morell saß auf dem Stuhl. Odd hatte sich auf sein Bett gesetzt, seine Stiefel ausgezogen und sich die Füße warmgerieben.

»Diese Nächte vergehen sehr langsam«, sagte Morell.

»Es geht«, meinte Odd. »Dafür muss ich jede Nacht nur sieben Stunden arbeiten. Das ist schon was anderes als zwölf Stunden. Mir gefällt die Arbeit als Brandwächter.«

Morell wusste nicht recht, was er sagen sollte. Wo sollte er anfangen? Wie viel sollte er überhaupt sagen?

»Wer hat deinen Dienst übernommen, als du zu Hause in Anundsjö warst?«, begann er.

Odd war mit seinen Füßen fertig und stellte sie mit einem leichten Bums auf den Fußboden.

»Das war der Sohn des ehemaligen Schultheiß'«, erklärte er. »Als der Wache hielt, hat es auch einmal gebrannt.«

»Ich weiß«, sagte Morell. »Wohnt der Mann hier, in Örnsköldsvik?«

Odd zuckte mit den Schultern.

»Und der alte Schultheiß?«

»Ja, der wohnt schon hier. Der musste gehen«, erzählte Odd. »Jetzt ist es ja Lans.«

Morell schwieg. Nein, mehr würde er nicht sagen. Er stand auf.

»Ich gehe jetzt«, verkündete er. »Ich reite nach Anundsjö zurück.«

»Wollten Sie etwas von mir?«, fragte Odd.

Morell schüttelte den Kopf. »Ich war nur gerade in der Gegend«, behauptete er.

Odd sah Morell verwundert an. »Ich dachte …«, begann er. »Dass es irgendwas mit Mutter und Vater zu tun hat. Dass Sie wüssten, wer …«

»Nein, darum ging es nicht«, sagte Morell. »Ich war nur gerade in der …« Er brach ab. Es war fünf Uhr morgens. »Ich bin auf dem Heimweg. Gehst du jetzt schlafen?«

»Bis zwölf«, erklärte Odd. »Danach habe ich den ganzen Tag frei.«

»Ja, dann auf Wiedersehen«, sagte Morell.

Odd war aufgestanden und sah noch immer verblüfft aus, als Morell die Tür hinter sich zumachte.

Er ritt nicht nach Hause. Stattdessen ging er die Storgata hoch und bog in die letzte Gasse ein. Dort lag die Herberge. Er klopfte so heftig an die Tür, als wollte er sie einschlagen. Schließlich hörte er ein langsames Schlurfen, die Tür wurde einen Spaltbreit geöffnet, und ein Talglicht beleuchtete einen roten Haarschopf.

»Ich brauche ein Zimmer«, erklärte Morell. »Für ein paar Tage.«

»Das ist aber eine unchristliche Zeit«, meinte Alarik Ersson und öffnete die Tür ganz.

»Ich weiß«, sagte Morell. »Zigeuner und übles Gesindel.«

Er musste an den Abdecker Israel Brolin denken. Seit der Länsman vor geraumer Zeit dessen Dienste in Anspruch genommen hatte, hatte er nichts mehr von dem Mann gehört. Ob er wohl noch in der Gegend wohnte, in Yttersel? Er und alle seine Kinder? Und seine schöne Frau Antonetta? Morell wusste es nicht. Das jüngste Kind hieß Lorens und war so alt wie Gustav. Antonetta war Gustavs Amme gewesen, weil Helena nach der Entbindung unter Schwermut litt. Er klatschte in die Hände.

»Also«, sagte er. »Hast du ein Zimmer für mich?«

»Natürlich habe ich ein Zimmer«, antwortete Alarik Ersson. »Selbstverständlich habe ich ein Zimmer für den Polizeiamtmann von Anundsjö.«

Der Eingang des Hauses in der fünften Gasse ging nicht auf die Straße, sondern auf den Hof hinaus. Eine schlichte hölzerne Vortreppe vor einer rot gestrichenen Tür. Der Rest des Hauses war nicht gestrichen.

Morell ging die Stufen hoch und klopfte. Als trotz mehrmaligem Klopfen niemand antwortete, zog er die Tür einfach auf und stand in einem Flur mit einer weiteren Tür, die nun von innen geöffnet wurde. Die Frau war alt und gebeugt, ihr Haar war schlohweiß, aber ihre weiße Schürze verriet, dass sie hier die Dienstbotin war.

Morell stellte sich vor.

»Ich suche Herrn Lundmark«, erklärte er. »Arvid Lundmark. Mir wurde gesagt, dass er hier wohnt.«

Die alte Frau nickte, drehte mühsam ihren Körper zur Seite und deutete in das Zimmer.

Morell trat ein. Es war ein großes Zimmer, mit einem Kachelofen in der Ecke und einem großen Tisch mit vier Stühlen in der Mitte. An der einen Wand stand ein hohes, volles Bücherregal. In der Ecke vor dem Kachelofen saß ein nicht besonders alter Mann in einem Schaukelstuhl. Über die Knie hatte er ein Schaffell gebreitet. Neben ihm stand ein kleinerer Tisch mit einer Wasserkaraffe und einem Stapel Papier.

»Der Polizeiamtmann Morell möchte den Schultheiß Lundmark sprechen«, sagte die Frau und schleppte sich wieder aus dem Zimmer.

Lundmark legte das Fell beiseite und stand auf.

»Geht es um meine Rehabilitierung?«, fragte er.

Darauf wusste Morell keine Antwort, und deshalb schwieg er. Lundmark ging zum Schreibtisch am Fenster. Auch dort stapelten sich Papiere. Der alte Schultheiß zog eines davon hervor und wedelte damit herum.

»Hier ist mein letztes Schreiben in dieser Angelegenheit«, sagte er. »Lesen Sie das!«

»Darum geht es nicht«, erklärte Morell. »Ich weiß von dieser Sache gar nichts. Ich bin aus Anundsjö. Mit Örnsköldsvik habe ich nichts zu tun. Das ist Sache des Staats …«

»Die sind doch alle inkompetent! Völlig inkompetent!«

Lundmark stand vor dem Schreibtisch. Sein Gesicht war rot angelaufen. Morell befürchtete schon, dass der Mann zusammenbrechen könnte. Zitternd schwenkte er das Papier in der Luft.

Aber dann hielt er inne, und seine ganze Erregung schien in sich zusammenzufallen. Er legte das Papier auf den Tisch zurück, richtete sich auf und ging zu seinem Schaukelstuhl, wo er sich die Decke wieder über die Knie legte, die Augen schloss und zu schaukeln begann.

Morell holte sich einen der Stühle vom Tisch und stellte ihn neben Arvid Lundmark.

»Wie gesagt, mit dieser Angelegenheit habe ich nichts zu tun«, sagte er.

Lundmark hielt seine Augen eine ganze Weile geschlossen. Als er sie wieder aufschlug, musterte er Harald Morell.

»Ich war Schultheiß«, begann er. »Ein Schultheiß ist der Provinzialregierung unterstellt. Ein Jahr lang habe ich dieses Amt ausgeübt. Ich kümmerte mich um den Brandschutz. Ich habe die Brandwächter bezahlt. Ich sorgte dafür, dass die Eislöcher offen blieben, aus denen im Notfall das Wasser geholt wird. Ich ... Ich wurde verleumdet. Es wurde behauptet, ich hätte städtische Mittel unterschlagen. Nichts davon ist wahr. Aber ich musste mein Amt niederlegen. Das hier ist das Einzige, was mir von diesem Haus gehört. Ein großes Zimmer. Mein Unternehmen ist Pleite gegangen. Und jetzt sitze ich hier, als hätte ich mich schon aufs Altenteil zurückgezogen.«

Morell wusste nicht, was er sagen sollte.

»Ein Komplott!«, rief Arvid Lundmark. »Jawohl, ein Komplott! Mein Gewissen ist rein, aber alle diese inkompetenten ...«

Er verstummte, und Morell warf schnell seine Frage ein.

»Sie haben einen Sohn?«

Lundmark betrachtete Morell nachdenklich. Er kratzte sich am Bart. Seine Haut war schuppig und leuchtete stellenweise kreideweiß.

»Meine Frau ist gestorben. Letztes Jahr. Dieses Misstrauen gegen mich war zu viel für sie. Sie war schon recht schwächlich, aber dann wurde es endgültig zu viel ...«

»Und Sie haben einen Sohn?«

»Per Daniel, ja.«

»Per Daniel Lundmark?«

»Ja, Per Daniel, wie der Dichter.«

»Atterbom?«, fragte Morell.

Lundmark zuckte zusammen, bedachte Morell dann mit einem anerkennenden Blick, legte sein Fell abermals beiseite und stand auf. Er trat ans Bücherregal, fuhr mit ausgestrecktem Zeigefinger über die Buchrücken und fand schließlich, wonach er suchte.

Mit dem Buch in der Hand trat er neben Morell.

»Die Insel der Glückseligkeit«, sagte er. »Kennen Sie das Buch?«

Morell gab zu, dass er es nicht kannte.

»Große Dichtung!«, schwärmte Lundmark. »Große Dichtung. Aber versteht man so etwas hier in dieser Wildnis? Nur inkompetente Dummköpfe!«

Er ging zum Regal zurück und schob das Buch behutsam wieder an seinen Platz.

»Per Daniel Lundmark«, wiederholte Morell. »Ist er hier? Wohnt er bei Ihnen?«

Lundmark machte eine ausladende Geste mit der

Hand. »Ein großes Zimmer, ein winziger Schlafplatz. Küche und Mädchenkammer. Und eine Dienstbotin. Nein, er wohnt nicht hier.«

»Wohnt er in Örnsköldsvik?«

Lundmark kehrte zu seinem Schaukelstuhl zurück, setzte sich, zog sich das Fell wieder über die Knie und begann mit geschlossenen Augen zu schaukeln.

»Wenn ich das nur wüsste«, sagte er schließlich.

45

Nacht für Nacht ging Harald Morell seine Runden, tagsüber schlief er in der Herberge. Er tat dasselbe wie ein Brandwächter, aber statt nach einem Feuer Ausschau zu halten, bewachte er den Brandwächter. Er folgte ihm, ohne dass Odd etwas davon ahnte.

Morell war allein. Er hatte beschlossen, dem jungen Mann so lange zu folgen, bis er herausgefunden hatte, ob sich seine Vermutungen bestätigten. Niemanden hatte er über sein Vorhaben informiert, sondern Anundsjö einfach verlassen, um sich Nacht für Nacht in Örnsköldsvik an die Fersen des Brandwächters zu heften.

Am Morgen der vierten Nacht – noch immer war nichts passiert – und ihm schon Zweifel kamen –, ritt er nach Hause.

Er war lange fort gewesen. Niemand hatte gewusst, wo er sich aufhielt, weder seine Frau noch Johan. Niemand. Aber er ritt im Morgengrauen nach Hause, als er gesehen hatte, dass Odd Anselmsson in das weiße Haus am Marktplatz ging, wo er in der Dachkammer wohnte.

Der Tag war angebrochen, ein warmer Septembertag, dessen goldenes Licht über die Felder fiel. Morell brachte sein Pferd in den Stall und ging sofort ins

Schlafzimmer. Helena lag noch im Bett, den Jungen neben sich. Der Kleine war schon angezogen und hüpfte auf dem Bett auf und ab, als wollte er seine Mutter zum Aufstehen bewegen.

Er lachte fröhlich, als er seinen Vater sah, und zeigte auf seine Mutter.

»Möchtest du, dass sie aufsteht?«, fragte Morell.

Gustav nickte und sagte etwas, was für Morells Ohren klang wie »nicht schlafen«.

Helena setzte sich auf, als ihr Mann ans Bett trat.

»Ich war in Örnsköldsvik«, sagte er. »Da gab es etwas, was ich …«

»Ich habe mir Sorgen gemacht«, unterbrach sie ihren Mann. »Ich hatte Angst, dir könnte etwas zugestoßen sein.«

»Ich musste dort bleiben«, erklärte Morell.

»Gibt es in Själevad denn keinen Polizeiamtmann?«

»Doch, aber diese Angelegenheit … sie übersteigt die Verpflichtungen eines Polizeiamtmanns.«

»Ich bin froh, dass dir nichts passiert ist.«

Morell setzte sich neben seine Frau. Es kam ihm vor, als habe sie zugenommen. Er streckte sich über sie hinweg nach seinem Jungen aus. Als Gustav vom Bett klettern wollte, hielt Morell ihn fest.

»Na, und du?«, sagte er und kitzelte ihm den Bauch, bis der Kleine vor Vergnügen quietschte.

Er bettete seinen Kopf neben ihren aufs Kissen, drückte Gustav an seine Brust und schloss die Augen. Er war müde, aber er musste zu Johan hinuntergehen. Während er noch ein Weilchen neben Helena liegen blieb, dachte er: Wenn es doch immer so bliebe!

»Erinnerst du dich?«, flüsterte sie. »Das Fell am Boden …«

Er lächelte mit geschlossenen Augen, aber dann stand er auf und hob seinen lachenden Sohn mit einer Hand hoch in die Luft.

»Ich muss jetzt runtergehen«, erklärte er und legte Gustav neben seine Frau.

Johan saß im Arbeitszimmer und begrüßte Morell mit einem: »Wo haben Sie denn gesteckt?«

»Wir müssen uns beide etwas aus dem Geschehen zurückziehen«, antwortete der Länsman. »Wenn auch aus unterschiedlichen Gründen. Setz dich hin und hör zu, was ich zu erzählen habe.«

Und dann erklärte er, welche Hypothese er für die Erklärung der Brandstiftungen habe. Dass der Schlüssel des Geschehens Odd Anselmsson sei, der Brandwächter.

Johann wirkte skeptisch.

»Vielleicht ist das nur eine Idee von mir«, sagte Morell. »Aber ich muss sie weiterverfolgen. Heute Nacht reite ich nach Örnsköldsvik zurück. Und du? Was kannst du tun?«

»Soll ich mitkommen?«, bot Johan an.

»Nein. Aber da wären ein paar Schreibarbeiten zu erledigen. Und außerdem musst du auf meine Familie aufpassen.«

Ihm kam ein Gedanke.

»Und nachts Wache halten, hier in Bredbyn. Ich habe zwar die letzten Wochen gewacht, doch jetzt ... Nicht die ganze Nacht, aber vielleicht jede zweite oder dritte Stunde. Kannst du das übernehmen?«

»Und die Bauern ...«, fing Johan an.

»Ich war zum Schluss der Einzige, der noch gegangen ist«, schnitt Morell ihm das Wort ab und musterte seinen Gehilfen, als wäre der nur ein Stück Vieh auf dem Markt.

»Wie geht es denn jetzt so?«, erkundigte er sich. »Mit deiner Frau, meine ich?«

Johan betupfte ein Auge. »Besser«, antwortete er.

»Ich bade erst mal. Und danach schlafe ich etwas.«

Er wusste, er konnte Lisbet nicht bitten, ihm das Wasser für sein Bad heiß zu machen. Er musste Anna fragen. In der Küche traf er beide Dienstmädchen an.

Morell wandte sich mit seinem Wunsch an Anna und bemühte sich, Lisbet zu ignorieren.

»Ich brauche Wasser«, sagte er, »weil ich baden möchte.«

Am Abend ritt Morell den langen Weg nach Örnsköldsvik zurück. Diesmal war es noch dunkler, sehr unangenehm für einen Ritt, aber Abed-Nego kannte die Landstraße inzwischen und trabte flott dahin. Ab und zu stieß Morell einen lauten Ruf aus, um andere Reiter oder Wagen zu warnen. Doch Reisende begegneten ihm nur selten.

Nachdem er sein Pferd in den Stall der Herberge gebracht hatte, begann er seine Überwachung.

Er hörte Odds Ruf an jeder Straßenecke und folgte ihm, behielt ihn immer im Auge, obwohl er keine Laterne hatte. Aber er konnte Odds Laterne sehen, die beim Gehen hin und her schwankte. Er hörte die Schritte des Brandwächters und seine Rufe.

Vielleicht muss ich das noch den ganzen Herbst machen, dachte Morell. Vielleicht ist meine Hypothese völlig aus der Luft gegriffen? Aber andere Anhaltspunkte habe ich nicht ...

Zweimal hat es schon im Ort gebrannt, dachte er. Den ersten Brand hat Odd entdeckt, den zweiten sein Stellvertreter.

Doch Odds Stellvertreter, der Sohn des ehemaligen Schultheiß', hatte diesen Brand selbst gelegt. Das vermutete Morell. Der Letzte Walzer war hinter dieses Geheimnis gekommen und deshalb ermordet worden.

Irgendjemand hatte ebenfalls Anselm Mårtenssons Scheune und sein Haus angezündet. Das hing auch mit Odd zusammen. Aber wie? Odd hatte er kein Wort davon gesagt. Und auch nicht seinem Bruder.

Morell wünschte, er hätte sein Schreibzeug dabei, um seine Überlegungen schriftlich festzuhalten. Aber jetzt saß er nicht in seinem Arbeitszimmer, sondern musste sich die Nächte um die Ohren schlagen. Johan hatte skeptisch ausgesehen, als er seinem Gehilfen von seinen Gedanken erzählt hatte, und das vielleicht zu Recht.

Noch zwei Nächte, dachte Morell. Dann rede ich mit Odd. Noch zwei Nächte.

Er schlich durch die Seitengassen, versuchte, ganz

leise zu gehen und den Brandwächter trotzdem nicht aus dem Auge zu verlieren. Er hörte die Rufe des Mannes, das Geräusch seiner Schritte, und so verging die Nacht. Stunde um Stunde. Kein Mensch war auf der Straße. Alles lag ganz still und dunkel da.

Eines Tages würde es hier vielleicht eine Polizeidienststelle und eine Apotheke und eine Post geben. Das war Schultheiß Lans' großer Traum. Was hatte er gesagt? Tausend Einwohner.

Und mich geht dieser Ort eigentlich nichts an, dachte Morell. Meine Arbeit in Anundsjö, die reicht mir wahrhaftig. Aber Odd war der Schlüssel zur Aufklärung der Brände, und bei dem einen waren seine Eltern ums Leben gekommen: Anselm Mårtensson und seine Frau Helga. Auf dessen Anwesen hatte einmal ein Lappe gewohnt, den der Bauer für ein von ihm gepachtetes Stück Ackerland bezahlt hatte. Und Gustaf Hansson. Ob der Mann seine Besuche bei Anna Stacke wirklich eingestellt hatte? In Anundsjö sorge ich für Ordnung. Da gibt es keine Spelunken, in denen Unzucht und Verbrechen gedeihen!

Morell merkte, dass er seine Gedanken ziellos schweifen ließ. Er versuchte herauszufinden, wie viele Stunden bereits vergangen waren. Der Morgen müsste bald anbrechen und Odd seine letzte Runde gehen.

»Uns're Uhr hat vier geschlagen!«, hörte er da den Wächter rufen.

Odd stand an einer Straßenecke, eine schattenhafte Gestalt irgendwo in der Nacht. Nur das Licht seiner Laterne war deutlich zu sehen.

Und in diesem Moment entdeckte Morell die zweite schattenhafte Gestalt. Dort, wo die Storgata in die Küstenstraße mündete. Er war vielleicht fünfzig Meter von Odd entfernt, als die Gestalt auf den Brandwächter zuschlich. Der lange erhoffte Augenblick war gekommen.

Schaffe ich es?, fragte sich der Länsman.

Hastig zog er seine Stiefel aus und lief auf Socken die Straße hoch, nahe am Straßenrand und so leise wie möglich.

Da war das Licht. Und da ging Odd. Und hinter ihm eine bedrohliche Gestalt!

Odd schien die Bedrohung gespürt zu haben, denn er war stehen geblieben, ließ die Arme sinken, und seine Laterne fiel zu Boden. Doch Morell war schon an ihm vorbeigelaufen. Die Gestalt wollte fliehen, aber Morell rannte sie einfach um. Er beugte sich über den Gestürzten und riss ihn grob wieder auf die Füße.

Ein Junge, dachte er. Nicht mal ein erwachsener Mann – nur ein Junge!

Er hielt das Bürschchen am Kragen fest.

»Odd!«, rief er. »Komm her!«

Odd kam und beleuchtete mit seiner Laterne das Gesicht des Jungen. Ja, das war tatsächlich noch ein Junge.

»Leer seine Taschen aus!«, befahl Morell.

Das Bürschchen zitterte unter seinen Händen.

Odd klopfte ihm die Taschen ab. Er fand einen Beutel und öffnete ihn. Darin lagen ein Feuerstein und

Zunder. Sorgfältig eingewickelt entdeckte er noch eine Hand voll Streichhölzer.

»Schwefelhölzer!«, rief Morell empört.

»Und ein Feuerstein! Du wolltest wohl wieder Feuer legen!«

»Sonst sind seine Taschen leer«, sagte Odd.

Morell hatte am Hosenbund des Jungen eine Ausbuchtung bemerkt und förderte ein zwanzig Zentimeter langes Werkzeug zutage, das auch als Waffe dienen konnte. Auf der einen Seite des Stiels war ein Hammerkopf befestigt, auf der anderen eine Axtklinge. Und am Ende des Stiels eine Kneifzange.

Während Morell mit einer Hand das vor Schreck erstarrte Bürschchen festhielt, musterte er das bizarre Werkzeug im Schein der Laterne.

Er hatte die Waffe gefunden, mit der Der Letzte Walzer ermordet worden war!

Ein unbändiger Zorn ergriff ihn, und er versetzte seinem Gefangenen mit seinem Schlagstock einen Hieb quer über die Wange. Blut quoll hervor.

»Was treibst du dich nachts hier draußen mit Streichhölzern, Feuerstein und Zunder in der Hosentasche herum? Und mit einer tödlichen Waffe!«, schrie er den Burschen an und schleuderte ihn zu Boden.

»Leuchte mir!«, befahl er, und Odd gehorchte.

Morell hielt den Jungen mit einem Fuß am Boden fest. Dann nahm er ein Streichholz, riss es an und hielt es an das untere Ende des Hosenbeins des jugendlichen Brandstifters. Schnell begann der Stoff zu qualmen und gleich darauf zu brennen.

»Wir zünden den Kerl an!«, schrie Morell.

Das Bürschchen wand sich wie ein Wurm und begann zu schreien.

»Ausmachen«, wimmerte er. »Bitte, ausmachen!«

»Hast du die Brände in Örnsköldsvik und in Bredbyn gelegt?«, fragte Morell. »Bist du das gewesen?«

Der Bursche schrie immer noch. Mittlerweile hatte sich das Feuer sein Hosenbein hinaufgefressen.

»Warst du das?«, schrie Morell.

»Ja, ja, ich war's«, stöhnte der Junge, und Morell bückte sich, zog seinen Mantel aus und löschte die Flammen.

Dann zerrte er den Burschen wieder auf die Füße. »Per Daniel Lundmark? Ist das dein Name?«

Odd hielt ihm die Laterne vors Gesicht. Der Junge blinzelte verwirrt. Tränen liefen ihm übers Gesicht.

»Ist er das? Der dich vertreten hat?«, wandte sich Morell an Odd.

Doch der Wächter schüttelte den Kopf.

»Das ist nicht Lundmarks Sohn. Den habe ich hier noch nie gesehen.«

46

»Raus mit dir!«, schrie der kräftige Mann. »Verschwinde! Ich will dich hier nie wieder sehen!«

Der Rausschmeißer des Wirtshauses hatte ihn mit festem Griff am Hosenbund gepackt und zur Tür hinausgeworfen. Er war mit dem Kopf voran auf die Straße geflogen und auf allen vieren gelandet. Beim Versuch aufzustehen, fiel er wieder hin. Schließlich stand er, mehr oder weniger aufrecht. Schwankend tat er einen Schritt, stolperte sofort und fiel noch mal zu Boden.

Dieser verdammte Wirt, dachte er, als er wieder auf die Füße gekommen war. Dieser verdammte Wirt. Dann gehe ich eben nach Själevad. Zu Anna. Jawohl, da gehe ich hin.

»Fahr doch zur Hölle, du Hund!«, rief er der geschlossenen Tür zu.

Er setzte unsicher einen Fuß vor den anderen.

Dort oben ist der Marktplatz. Aber ich gehe in die andere Richtung, zum Hafen, ans Wasser, weg aus der Stadt. Jawohl, weg aus dieser verdammten Stadt und von diesem elenden Wirt und allen anderen Schuften hier, dachte er.

Wenn ich immer am Wasser entlanggehe, ist es vielleicht ein bisschen näher. Ich gehe jetzt zu Anna.

Die schmeißt mich nicht mitten in der Nacht auf die Straße. Nein, bei der bin ich willkommen. Und außerdem habe ich noch ein bisschen Kleingeld in der Tasche.

Ganz schön weit ist es bis dahin.

Er setzte sich auf die Landungsbrücke, starrte auf das dunkle Wasser hinaus und legte sich dann hin.

Nur etwas ausruhen, dachte er. Dann gehe ich nach Själevad. Einfach die Bucht entlang, das ist der kürzeste Weg, oder? Nur etwas ausruhen. Dieser verdammte Wirt.

Nie wieder lasse ich mich in Örnsköldsvik blicken.

Anna Stacke, die kümmert sich um einen, jawohl, das tut sie.

Er hatte Mühe, die Augen länger offen zu halten und wälzte sich auf die Seite. Einen Moment hatte er Angst, vielleicht ins Wasser zu fallen, aber die Landungsbrücke war ja breit genug ... Nur etwas ausruhen, ehe ich ... Es ist noch so weit.

Eine Stimme weckte ihn. Als er die Augen aufschlug, sah er den Mann über sich aufragen. Es war noch dunkel, trotzdem erkannte er der Mann. Hastig stand er auf, sah sich schlaftrunken um und dachte: Ich bin auf der Landungsbrücke eingeschlafen.

»Ich gehe gleich weiter«, sagte er. »Nach Själevad. Sofort.«

»Mene mene tekel u-farsin«, sagte der Mann.

»Was?«, fragte er. »Was sagen Sie?«

»Mene mene tekel u-farsin«, wiederholte der Mann.

»Meine was?«, fragte er.

»Tekel«, sagte der Mann. »Tekel.«

»Theke?«, fragte er.

»Tekel«, sagte der Mann. »Weißt du, was das bedeutet?«

»Tekel?«, fragte er.

»Du wurdest gewogen und für zu leicht befunden«, sagte der Mann.

Da sah er, dass der Mann einen auf- und abschwingenden Gegenstand in der Hand hielt. Eine Handwaage, dachte er. Der Mann hielt sie oben fest. Er sah das verschiebbare Gewicht und den Haken, an dem die zu wiegende Ware aufgehängt wird. Sie müssen im Gleichgewicht sein, dachte er. Das ist Wiegen, dachte er. Mit einer Waage, dachte er.

Und er sah, wie der Mann die Waage hochhob und sie am Haken festhielt. Er sah sie über sich schweben, aber er begriff nicht, was geschah. Dann traf ihn ein Schlag auf den Kopf.

Er spürte nicht einmal mehr, wie er von der Landungsbrücke rollte und ins Wasser fiel.

47

Morell hatte bis dahin an seine Hypothese geglaubt. Dass der nach dem Dichter benannte Per Daniel Lundmark der Brandstifter sein müsse. Es hätte gepasst. Der Sohn des verbitterten ehemaligen Schultheiß', der Odd während seines Aufenthalts in Anundsjö vertreten hatte. Wie sich herausstellte, war der Bursche erst siebzehn, sein Name war Ivar Olsson. Das war nicht der Name eines Dichters.

Mehr wollte Morell vorerst gar nicht wissen. Er würde Ivar Olsson nach Anundsjö bringen.

Odd hatte seinen Rundgang fortgesetzt, denn es war noch nicht fünf Uhr.

»Weitere Brände wird es heute Nacht wohl nicht geben«, hatte Morell ihm zum Abschied gesagt.

Dann schleifte er Ivar Olsson zu Abed-Nego. Er hatte Hand- und Fußfesseln dabei, begnügte sich aber mit den Handfesseln. Der festgenommene Brandstifter – zwei Menschen hatte er überdies auf dem Gewissen – war ein mageres Bürschchen, der jünger als siebzehn aussah.

Morell weckte den Rotfuchs mit heftigem Klopfen. Als Alarik Ersson mit zu Berge stehenden Haaren aus der Tür seiner Kammer trat, fragte er: »Was ist denn jetzt schon wieder los?«

»Kennst du den hier?«, fragte Morell und deutete auf Ivar Olsson.

Alarik Ersson glotzte den Gefangenen an. Es schien, als würde er ihm gleich unters Kinn fassen, um dem Burschen besser ins Gesicht sehen zu können.

»Ich glaube, das ist der Sohn von einem Schneider hier«, antwortete er schließlich.

»Stimmt das?«, fragte Morell. »Bist du der Sohn eines Schneiders?«

Der Bursche wirkte völlig apathisch, aber er nickte.

»Hat er sich verbrannt?«, fragte Alarik und zeigte auf Ivars Hosenbein, das bis zum Oberschenkel angesengt war. Der Unterschenkel war knallrot.

»Nein, er hat jemanden verbrannt«, korrigierte Morell. »Ich muss mir einen Wagen von dir leihen.«

»Ich habe nur einen«, sagte Ersson.

»Dann nehme ich den eben«, erklärte Morell.

Als Morell in Bredbyn ankam, war es bereits heller Tag, denn Abed-Nego hatte auch als Zugpferd ein flottes Tempo hingelegt. Der Junge hatte kein Wort gesagt. Er schien eingeschlafen zu sein.

Ein Knecht stand auf dem Hof und kümmerte sich um Pferd und Wagen, während Morell seinen Gefangenen vor sich her gehen ließ.

Johan Anundsson saß bereits am Schreibtisch. »Ich habe Wache gehal…«, begann er.

»Damit kannst du jetzt wieder aufhören«, unterbrach Morell seinen Gehilfen. »Hier haben wir den, den wir die ganze Zeit gesucht haben.«

Er öffnete die Tür der Arrestzelle, stieß Ivar Olsson hinein und schloss ab.

»Wir verhören ihn später«, sagte er. »Ich gehe jetzt erst mal ein Weilchen nach oben.«

Er ging an der Küchentür vorbei und gleich die Treppe hinauf ins Obergeschoss. Im Schlafzimmer war niemand. Weder seine Frau noch sein Sohn.

Er ging in die Küche. Lisbet stand am Herd.

Morell räusperte sich. »Wo sind die anderen denn?«, fragte er.

»Draußen, alle miteinander«, antwortete sie. »Anna und die Frau und der Junge.«

Sie trocknete sich die Hände an ihrer Schürze ab. »Ich will aufhören«, verkündete sie. »Im November. Ich glaube, ich möchte nach Örnsköldsvik. Ich will kündigen.«

Morell sah die junge Frau verständnislos an. Hatte er richtig vermutet? Handelte sie deswegen so? Aber warum wollte sie dann gleich …

»Können wir später darüber reden?«, bat er.

Er hob die Hand und hätte beinahe wieder ihre Wange gestreichelt, doch dann hielt er sich im letzten Moment zurück.

»Sie sind also alle draußen?«, fragte er. »Einfach so – spazieren?«

Lisbet nickte und senkte den Kopf, als wollte sie vermeiden, dem Polizeiamtmann in die Augen zu sehen.

»Wir reden später darüber«, vertröstete er sie. »Aber du brauchst nicht …«

Er verstummte, drehte sich um und ging aus der Küche.

»Dein vollständiger Name?«

»Olof Ivar Olsson.«

»Wann bist du geboren?«

»Am fünften Februar achtzehnhundertundzweiunddreißig.«

»Deine Eltern?«

»Mein Vater ist Olof Markusson, Schneider.«

»In Örnsköldsvik?«

»Ja.«

»Deine Mutter?«

»Margareta Larsdotter.«

»Hast du Geschwister?«

»Ja, fünf.«

»Weißt du, warum du hier bist?«

»Ja.«

Das war ganz einfach. Fakten waren ihnen immer leicht zu entlocken. Ein Junge von siebzehn Jahren, mit Eltern. Wohnhaft in Örnsköldsvik. Das war einfach.

Sie waren zu dritt. Johan Anundsson, Anund Persson und Harald Morell.

Der Junge saß in der Arrestzelle auf dem Boden. Morell hatte drei Stühle für die Verhörenden hereingebracht. Der Verhörte bekam keinen Stuhl.

Zwei gerade noch rechtzeitig gelöschte Brände in Örnsköldsvik, zwei Brände in Anundsjö. Zwei Tote. Er würde mit den Bränden anfangen. Das andere Verbrechen, der Mord an Edvard Berg, ging ihn eigentlich nichts an. Aber auf dem Tisch im Arbeitszimmer lag dieses seltsame Werkzeug.

»Axt, Hammer und Kneifzange in einem«, hatte Anund gestaunt und es gründlich betrachtet. »Nicht schlecht.«

»Vielleicht eine Mordwaffe«, hatte Morell gemeint.

Also, die Brände zuerst.

»Es gibt einen Goldschmied in Örnsköldsvik«, begann Morell. »Er heißt Aron Lindberg. Kennst du ihn?«

Der Junge warf ihm einen scheelen Blick zu. »Ich weiß, wer das ist.«

»Warum hast du seinen Stall angezündet? Ausgerechnet seinen?«

»Keine Ahnung.«

»Hat er dir irgendwas getan?«, mischte sich Johan ein. »Sodass du vielleicht Rache nehmen wolltest?«

»Ich kenne ihn doch gar nicht«, sagte der Bursche.

»Ein paar Häuser weiter hast du Feuer an eine Vortreppe gelegt«, fuhr Anund fort.

»Da war ein anderer Brandwächter unterwegs«, sagte Ivar Olsson. »Das war nicht der von hier.«

»Was hat das denn damit zu tun?«, fragte Morell erbost mit lauter Stimme.

»Es war doch wegen des Brandwächters«, erklärte der Junge.

»Wegen des Brandwächters?«

»Er hat es mir versprochen.«

»Wer hat dir was versprochen?«

»Lans, der Schultheiß. Er hat mir versprochen, dass ich Brandwächter werden darf. Aber dann hat er Odd Anselmsson genommen.«

Der Bursche verstummte, schien kurz zu überlegen und sagte dann: »Deswegen.«

»Was meinst du mit ›deswegen‹?«, fragte Morell.

»Ich dachte, wenn der nicht richtig klarkommt, wenn's brennt, darf ich doch noch Brandwächter werden.«

»Und deswegen hat du die Brände gelegt?«, fragte Johan.

»Ja, aber er ist dann doch damit zurechtgekommen.«

»Du wusstest, wer Odd Anselmsson war? Du wusstest, dass er aus Anundsjö stammte …«

Anund Persson stellte diese Frage.

»Mein Vater kannte ihn.«

»Und dann hast du also beschlossen, hier auch ein Feuer zu legen?«, fragte Johan weiter.

»Die Scheune. Ich habe die Scheune angezündet und dachte, dann fährt er bestimmt heim, aber das hat er nicht getan.«

»Schließlich ist er dann doch nach Hause gefahren!«, sagte Morell wütend. »Als du das Wohnhaus angezündet hast. Da ist er heimgekommen. Aber bei diesem Brand sind zwei Menschen gestorben. Odds Vater und seine Mutter!«

»Das wollte ich nicht. Ich wollte nur das Haus …«

Morell stand auf und ging in der Zelle auf und ab.

Ganz ruhig, dachte er. Bleib ganz ruhig. Keine Wutausbrüche. Keine Schläge. Er erzählt alles, was er weiß. Ist er etwa geistig zurückgeblieben? Stimmt irgendwas nicht mit ihm?

»Aber es hat trotzdem nix geholfen. Ich durfte nicht Brandwächter werden. Das ist ein anderer geworden.«

»Und da hast du in Örnsköldsvik wieder ein Feuer gelegt?«, fragte Johan.

»Damit ist er auch klargekommen«, sagte der Junge.

»Schluss! Wir brechen hier ab!«, brüllte Morell, riss die Tür auf und machte den anderen wütend wedelnde Handzeichen, dass sie die Zelle verlassen sollten. Er warf die Tür zu und verriegelte sie. Dann schlug er mit der Faust gegen die Wand, bis seine Knöchel bluteten.

»Wegen der Stelle als Brandwächter!«, schrie er außer sich. »Wegen der Stelle als Brandwächter hat er es getan! Er hat zwei Menschen getötet, weil er die Stelle nicht bekommen hat!«

»Hat er diesen Mann auch umgebracht?«, fragte Johan.

»Mit diesem Werkzeug?«, sagte Anund.

»Ich weiß es nicht!«, schrie Morell. »Ich will nichts mehr hören! Ich denke die ganze Zeit an Anselm. Wegen der Stelle! Es ist doch egal. Kümmert euch um den Rest. Verhört ihn, fragt ihn! Soll sich doch der Polizeiamtmann von Själevad … Das geht uns nichts an! Uns geht es nur um die Brandstiftung. Großer Gott, wegen der Stelle als Brandwächter!«

Wieder schlug er gegen die Wand, dann hielt er plötzlich inne und lief die Treppe hoch.

»Ich muss nach Örnsköldsvik!«, rief er. »Macht ihr alleine weiter!«

48

Im Gig konnte Morell sich abkühlen und sammeln. Wieder hatte er eine lange Fahrt vor sich. Seine Wut war verraucht, und er brachte Ordnung in seine Überlegungen.

Es gab vieles, das er noch nicht verstand, vor allem aber eines: Warum hatte Ivar Olsson immer mehr Häuser angezündet, wenn er die Stelle von Odd Anselmsson als Brandwächter hatte haben wollen? Nicht nur in Örnsköldsvik, sondern auch in Bredbyn hatte er Feuer gelegt. Es hatte lange gedauert, bis er den Täter gefunden hatte. Und seine Vermutung, dass die Brände mit Odd Anselmsson zu tun haben müssten, hatte sich bestätigt.

Aber hätte es keinen einfacheren Weg für Ivar Olsson gegeben, um zu seinem Ziel zu gelangen?

Der Bursche hätte Odd erschlagen können. Eine Waffe besaß er, dieses seltsame Werkzeug. Aber vielleicht hatte er getötet. Hatte er Den Letzten Walzer erschlagen? Morell wusste es nicht. Doch Johan und Anund würden es herausfinden.

Stattdessen hatte der Kerl Feuer gelegt, und zwar weil er selbst Brandwächter werden wollte.

Ein solcher Mensch konnte doch nicht zurechnungsfähig sein, oder?

Oder …

Ivar Olsson war ein schmächtiges und mageres Bürschchen. Vielleicht war er gar kein Gewalttäter? Der Letzte Walzer war ganz in der Nähe gewesen, als der letzte Brand in Örnsköldsvik ausgebrochen war. Das hatte Lans behauptet. Hatte Der Letzte Walzer gesehen, wer das Feuer gelegt hatte? Hatte er Ivar Olsson gesehen? Und war er deswegen ermordet worden? Aber wenn Ivar Olsson nun kein Gewalttäter war? Andererseits war er im Besitz dieser Waffe.

Ich muss ihn danach fragen … Ob er Edvard Berg in jener Nacht gesehen hat. Was werden Johan und Anund herausfinden? Ich war auf der richtigen Spur, als ich mit Odds Überwachung begann. Aber was hat Ivar Olsson vorgehabt? Wollte er Odd töten? Oder wieder ein Feuer legen? Aber die Waffe …

So viele unbeantwortete Fragen.

Morell hatte inzwischen die Küstenstraße erreicht. Es war bereits Abend. Vor morgen Früh würde er nicht nach Hause kommen. Aber bald war es ja vorbei mit diesen beschwerlichen Fahrten nach Örnskölds-vik. Dies war seine letzte.

Und um den Mord an Edvard Berg musste sich der Polizeiamtmann von Själevad kümmern. Das ging den Länsman von Anundsjö nichts an. Und wenn Johan und Anund nun nichts weiter herausfanden?

Wieder saßen die beiden in den weichen Ledersesseln. Lans hatte zwei Gläser Punsch eingeschenkt, an denen sie jetzt nippten. Und Morell hatte dem Schultheiß berichtet. Jetzt fühlte er sich nicht mehr klein in Lans' Gegenwart und hatte es nicht mehr nötig, sich aufzurichten, um größer zu erscheinen.

»Also handelt es sich hier bei uns auch um Brandstiftung«, sagte Schultheiß Lans. »Ich konnte es nicht glauben, aber wie ich schon sagte: Wir brauchen eine Polizeidienststelle. Ein Überfall, zwei Brände, ein Mord. Das alles ist sehr tragisch, unterstreicht aber auch die Berechtigung meiner Forderungen.«

»Die Brände sind geklärt«, sagte Morell. »Ivar Olsson hat sie gestanden. Doch was den Mord an Edvard Berg angeht ... Darüber habe ich noch nicht mit ihm gesprochen.«

»Es hat einen weiteren Todesfall gegeben«, sagte Schultheiß Lans. »Kein Verbrechen, aber ...«

»Vor kurzem?«, wollte Morell wissen.

»Heute Morgen. Ein Mann ist ertrunken. Ins Hafenbecken gefallen. Betrunken natürlich. Nicht weit vom Wirtshaus entfernt.«

Das geht mich nichts an, dachte Morell. Er leerte sein Glas und erhob sich.

»Tja, ich dachte, du solltest wissen, dass wir ein Geständnis haben«, sagte er. »Deswegen bin ich gekommen. Und außerdem musste ich den Gig zurückbringen, den ich mir vom Herbergs...«

»Aber der Brandwächter wird weiterhin Dienst tun«, schnitt Lans ihm das Wort ab. »Odd Anselmsson macht seine Arbeit sehr gut.«

Morell fiel etwas ein, deshalb sagte er: »Er behauptet, du hättest ihm die Stelle als Brandwächter versprochen.«

»Wer hat das gesagt?«

»Ivar Olsson. Er hat gesagt, deswegen habe er es getan, deswegen habe er die Brände gelegt, weil er Brandwächter werden wollte.«

»Für diese Stelle haben sich mehrere Leute interessiert. Sie war sehr begehrt. Auch Lundmarks Sohn hat sich beworben.«

»Per Daniel.«

»Odd hat sie bekommen. Ich habe es für Anselm Mårtensson getan. Er hat mich darum gebeten, und ich habe meine Entscheidung nie bereut. Es war eine gute Wahl.«

»Hoffen wir, dass es vorerst keine Brände mehr gibt«, sagte Morell.

»Wir sind gerüstet«, sagte Schultheiß Lans. »Wir haben einen Brandwächter. Wir haben Spritzen, eine große und zwei kleinere. Wir haben einen Plan, was jeder Einwohner im Falle eines Brandes zu tun hat. Meine Aufgabe als Schultheiß ist es, mich darum zu kümmern. Das ist natürlich nur eine meiner Aufgaben, ich habe ja auch noch andere.«

Er leerte sein Glas.

»Vielleicht sollten wir besser noch einen Brandwächter einstellen. Ich habe auch darüber nachgedacht, sie mit Halsfesseln auszurüsten. Denn die kann man einem Störenfried im Handumdrehen anlegen und ihn so problemlos ins Gefängnis abführen. Aber ich habe noch keinen Entschluss gefasst. Noch ist es ja recht ruhig hier. Und es wird noch ruhiger werden.«

Schultheiß Lans stand auf.

»Die einzige wirkliche Sorge derzeit ist ein Mangel an Dienstboten. Mein Dienstmädchen wird demnächst heiraten. Wüsstest du nicht jemanden in Anundsjö?«

Morell hatte seinen Hut aufgesetzt und zog ihn sich tief in die Stirn.

»Ich höre mich mal um«, versprach er.

Ivar Olsson lag zusammengerollt auf dem Boden der Arrestzelle und schlief. Morell betrachtete ihn. Ein Junge. Aber verantwortlich für den Tod von Anselm Mårtensson und Helga Markusdotter. Hatte er auch Edvard Berg erschlagen?

Es war noch früh am Morgen, aber Johan und Anund saßen bereits im Arbeitszimmer.

Morell streckte sich und gähnte.

»Na«, sagte er. »Macht den Mund auf. Hat er gestanden? Den Mord?«

Johan warf seinem Vater einen Blick zu.

»Ich glaube nicht, dass er es getan hat«, erklärte Anund. »Wir haben ihn verhört. Wir haben stundenlang mit ihm geredet. Über die Brände erzählt er alles, aber sobald wir die Rede auf Den Letzten Walzer bringen, sieht er nur noch verwirrt und verzweifelt aus. Ich glaube nicht, dass er den Mann umgebracht hat.«

»Ich auch nicht«, sagte Johan.

»Mit diesem Mord müssen wir uns nicht länger beschäftigen«, sagte Morell. »Sondern der Polizeiamtmann in Själevad. Wir haben gute Arbeit geleistet. Dann werden wir sehen, ob er auch noch wegen Mordes angeklagt wird. Wer bringt ihn nach Härnösand?«

»Ich nicht«, wehrte Johan ab. »Ich bin schon mit Per Ersson hingefahren. Der hat die ganze Fahrt über gejammert und geweint.«

»Das kann ich übernehmen«, bot Anund an. »Die Gerste haben wir bereits in die Scheune gebracht.«

Morell ging ruhelos im Arbeitszimmer auf und ab.

»Mittlerweile erwartet schon ein paar Bösewichte das Beil«, sagte er. »Ich frage mich, ob die Hinrichtungen in Galasjö stattfinden. Wie bei Sven Svensson. Der war der Letzte.«

»Da bekommt der alte Gyll einiges zu tun«, sagte Johan.

»Und Israel Brolin auch«, fügte Morell hinzu. »Der Henkersknecht.«

Morell ging zu seinem Sohn. Gustav lag schlafend im Bett. Er strich dem Jungen übers Haar, beugte sich zu ihm hinab und roch an ihm. Er sog den warmen Duft ein und genoss die Wärme, die der Körper seines Sohns ausstrahlte.

Würde Gustav ein Geschwisterchen bekommen? Vielleicht eine Schwester?

Es war schon Anfang Oktober.

In einem Monat wird Lisbet wahrscheinlich gehen, überlegte er, wenn ich sie nicht zum Bleiben überreden kann. Aber wie soll ich das anstellen? Es würde nur bedeuten, dass ich ihrem Begehren nachgebe … Das kann ich nicht tun, oder …

Am besten, ich erwähne wie nebenbei, dass Schultheiß Lans ein Dienstmädchen braucht. Sie hatte doch gesagt, dass sie nach Örnsköldsvik gehen wolle, oder nicht?

Er öffnete die Tür zum Schlafzimmer. Helena schlief friedlich. Sie war wieder gesund, aber wenn sie nun wieder schwanger wurde … würde das Kind in ihr heranwachsen oder wieder zu früh zur Welt kommen? Und wenn es lebte, würde sich dann alles wiederholen? Würde sie sich wieder völlig in sich zurückziehen?

Im Dunkeln zog er sich leise aus und schlüpfte unter die Decke. Er wollte seine Frau nicht wecken, nur eine Weile ausruhen. Doch dann griff er nach ihrer Hand und blieb so liegen, während er seine Gedanken schweifen ließ.

Es war vorbei. Vorerst.

Heute Nacht werde ich schlafen und keine Runden als Brandwächter gehen.

Und morgen wird Ivar Olsson nach Härnösand gebracht, ins staatliche Gefängnis. Das alles hat er wegen der Stelle als Brandwächter angerichtet. Er hat Anselm und Helga umgebracht und vielleicht auch Den Letzten Walzer, weil er nicht Brandwächter werden konnte. Ein solcher Mensch kann doch nicht ganz richtig im Kopf sein.

Hoffentlich bleibt es eine Weile so ruhig, dachte Morell.

Und als Helena ihre Hand bewegte, ließ er sie los und schloss die Augen.

Johan Anundsson lag auf dem Rücken im Ehebett. Er fürchtete, gleich in die Kuhle in der Mitte zu fallen. Er hörte die leisen Atemzüge Annikas neben sich.

Er atmete tief ein und versuchte, möglichst ruhig dazuliegen. Er spürte ihre Nähe. Zwar hatte sie ihn verraten, aber sie war ganz nah bei ihm.

Und als er seinen Körper näher an ihren rollte, ließ er es geschehen.

49

Odd Anselmsson begann mit seinem Rundgang am Marktplatz. Da er eine Uhr hatte, wusste er, wann er losgehen musste: um zehn Uhr abends. Die Storgata hoch bis zur Küstenstraße und wieder zurück, bis fünf Uhr früh. Eine Runde nach der anderen. Mittlerweile, im Oktober, war es schon um einiges kühler geworden, doch im Winter würde man ihm einen kleinen Raum zur Verfügung stellen, wo er sich zwischen seinen Rundgängen kurz ausruhen und wieder aufwärmen konnte.

Aber noch war Oktober. Und auch diese Nacht war wieder schnell vergangen.

Er wusste, dass der Mörder seiner Eltern bald im Gefängnis sitzen würde, und das stimmte ihn froh. Ein kleiner Funke Freude in all seiner Trauer.

Es hatte ihm auch gut getan, dass Polizeiamtmann Morell so zornig gewesen war.

Bald würde er erfahren, warum der Junge die Brände gelegt hatte. Er würde sicherlich ebenfalls vor Gericht aussagen müssen.

Obwohl der Brandstifter gefasst war, wurde weiterhin ein Brandwächter gebraucht.

Ich werde gebraucht, dachte er. Er hob seine Laterne hoch und holte seine Uhr aus der Hosentasche. Ja, es war Zeit für die letzte Runde.

»Hört, ihr Herrn und lasst euch sagen, uns're Uhr hat fünf geschlagen! Möge Gottes mächt'ge Hand uns bewahr'n vor Schad und Brand.«

Eines Tages wird dieser kleine Ort an der Küste aufblühen. Eines Tages wird es hier viele Straßen geben, und aus Gassen werden richtige Seitenstraßen, alle gepflastert sein. Und östlich von der Storgata wird es noch mehr Straßen geben. Der Hafen wird ausgebaut, und eine Krankenstation wird eingerichtet. Und dazu eine Apotheke! Eine Post! Eine Zoll- und eine Polizeidienststelle!

Schultheiß Lans setzte sich an seinen Schreibtisch. Es war mitten in der Nacht, aber er war hellwach. Vor ihm lagen Zeichnungen, auf denen er die geplanten Straßen eingezeichnet hatte. Nygata könnte vielleicht ein passender Name sein. Und hier drüben eine Esplanade.

Ja, so soll das werden.

Und Örnsköldsvik wird neue Händler und Handwerker anlocken. Der Landhandel wird langsam abnehmen. Zugezogene werden den Ort aufbauen helfen. Tatkräftige Menschen sind erwünscht, dachte er. Die brauchen wir hier. Damit sie diesem Ort zur Blüte verhelfen.

Und ich werde höchstpersönlich dafür sorgen. Ich werde für Ordnung sorgen, denn ich bin der Schultheiß.

Er warf einen Blick auf seine Uhr. Bald war es wieder so weit.

Er stand auf, ging zum Kleiderständer, zog den langen, schwarzen Rock an, knöpfte ihn sorgfältig zu und strich die Falten glatt. Dann stellte er sich vor den Spiegel, zupfte seinen Backenbart zurecht, kämmte sich die Haare und setzte die schwarze Pelzmütze auf, die er sich bis zu den Augenbrauen in die Stirn zog.

Er öffnete die Schranktür und nahm die Handwaage heraus. Nachdenklich hielt er sie in der Hand, verschob dann das Gewicht, sodass die Waage im Gleichgewicht war. Das Gewicht und der Haken pendelten langsam hin und her, bis sie zum Stillstand kamen.

Schultheiß Lans warf einen letzten Blick in den Spiegel, ehe er verstohlen aus seinem Arbeitszimmer schlich.

VIERTER TEIL

50

Als Polizeiamtmann Morell nach langem Schlaf erwachte, lag er allein im Bett. Helena war bereits aufgestanden – das erste Mal seit ihrer Hochzeit, dass sie vor ihm aufgestanden war.

Er hatte länger als den halben Tag geschlafen, trotzdem fühlte er sich nicht ausgeruht. Und die Zufriedenheit, die er immer nach der Aufklärung eines Falls verspürte, wollte sich nicht einstellen.

Der Fall ist doch geklärt, oder?, fragte er sich. Per Ersson sitzt im Gefängnis in Härnösand und wartet dort auf seinen Prozess. Und Ivar Olsson ist bereits auf dem Weg dorthin. Anund war sicher schon losgefahren.

Alles hat einen Anfang und ein Ende, dachte er. Oder fängt alles immer wieder von vorne an? Wo ist der Anfang, und wo ist das Ende?

Ein Menschenleben – die Spanne zwischen Geburt und Tod – ist angefüllt mit Arbeit, Sorgen, Leid und hoffentlich auch Freude und viel Liebe.

Wann ist Helena krank geworden?, überlegte er weiter. Ja, nach Gustavs Geburt. Doch ist sie jetzt gesund geworden?

Und meine Ermittlungen. Sie sind abgeschlossen. Beide. Der Mörder und der Brandstifter haben Geständnisse abgelegt. Also müsste ich doch eigentlich ausgeruht und zufrieden sein. Oder nicht?

Aber ich bin nicht zufrieden.

Denn es gibt noch Fragen, auf die ich keine Antwort habe. Und ich will eine Antwort darauf haben!

Also stand er auf, und ein Blick auf die Uhr verriet ihm, dass es bereits zehn Uhr vormittags war.

Er zog sich an, die Hose, das Hemd und die Uniformjacke, knöpfte sie sorgfältig zu und schlüpfte zum Schluss in seine Stiefel. Nur die Mütze fehlte noch, dann war er wieder der Länsman Harald Morell von Anundsjö.

Er ging die Treppe hinunter, die in die Küche, ins Esszimmer und in die Wohnstube führte.

Die beiden Dienstmädchen standen in der Küche. Bald würde nur noch Anna bei ihnen arbeiten, weil Lisbet gekündigt hatte.

Ihr Schicksal würde ihn dann nichts mehr angehen. Seinetwegen hätte sie bei ihm bleiben können, doch sie hatte den Wunsch geäußert, anderswo ein neues Leben beginnen zu wollen.

Die Frauen drehten sich um, als er die Küche betrat, und Anna sagte ihm, dass Helena mit dem Jungen ausgegangen sei. Sie habe den Kleinen im Tragesack des Polizeiamtmanns auf einen Spaziergang mitgenommen.

»Ist ja recht warm, der Altweibersommer«, sagte sie.

Morell trat ans Fenster und blickte hinaus. Die Sonne schien, und die mächtige Birke an der Ausfahrt war bereits fast kahl. Die wenigen gelben Blätter an den Ästen flatterten in der leichten Brise.

Es gibt keinen Anfang und kein Ende, dachte Morell, schüttelte den Kopf und ging in sein Arbeitszimmer.

Johan Anundsson erwartete ihn bereits. Was war für seinen Gehilfen zu Ende gegangen? Nun, die Ermittlungen natürlich – und vielleicht auch seine Ehe.

»Mir scheint, als wäre die ganze Sache noch nicht zu Ende«, verkündete Morell. »Das quält mich.«

Johan Anundsson blinzelte seinen Vorgesetzten aus wässrigen Augen an. Auch er wirkte nicht ausgeruht.

Morell zog sich einen Stuhl heran und setzte sich seinem Gehilfen gegenüber.

»Ich möchte, dass du mir genau zuhörst. Du darfst mich unterbrechen, du darfst Bemerkungen machen, aber du musst mir aufmerksam zuhören.«

»Worum geht es denn?«, fragte Johan.

»Um den Mord«, erklärte Morell. »Den Mord an Edvard Berg, dem Mann, der *Der Letzte Walzer* genannt wurde.«

Er rieb sich die Augen und fuhr fort: »Ich dachte, dieser Mord müsse mit den Bränden zu tun haben. Die Auskunft des Schultheiß', dass Der Letzte Walzer in der Nähe gewesen sei, als es in Örnsköldsvik zum zweiten Mal brannte, bestärkte mich in dieser Annahme. Mir kam auch kurz der Gedanke, dass Per Ersson der Mörder sein könnte, aber den verwarf ich schnell wieder. Und Ivar Olsson streitet hartnäckig ab, Den Letzten Walzer getötet zu haben. Wichtig ist: Dieser Mann war ein versoffener armer Teufel, der nicht einmal ein Dach über dem Kopf hatte. Um einen Raubmord kann es sich also nicht handeln. Irgendjemand wollte Edvard Berg zum Schweigen bringen. Der Brandstifter, dachte ich. Aber es war nicht der Brandstifter. Der Schultheiß erwähnte, es habe Unregelmäßigkeiten in Örnsköldsvik gegeben. Aber niemand weiß, was für welche. Unregelmäßigkeiten – da fällt mir nur der ehemalige Schultheiß ein, Arvid Lundmark. Er musste von seinem Amt zurücktreten, weil er angeblich Gelder veruntreut hat. Woher stammt diese Behauptung? Vom jetzigen Schultheiß? Ich weiß es nicht, denn Örnsköldsvik liegt außerhalb meines Amtsbereichs. Es ist zwar verständlich, dass sich der Schultheiß wegen des Mordes mit mir in Verbindung setzt, da er annimmt, die Tat könnte mit den Bränden und Per Ersson in Zusammenhang stehen. Aber das glaubt er nicht. Denn er war der Meinung, dass die Brände nicht gelegt worden seien. Genauso wenig glaubte er – und damit hatte er ja auch Recht –, dass Per Ersson etwas damit zu tun hatte. Trotzdem setzt er sich mit mir in Verbindung. Warum tut er das? Warum nicht mit dem staatlichen Beamten in Själevad oder dem dortigen Polizeiamtmann? Nein, er will mich. Warum? In Örnskäldsvik ist noch ein Mann ums Leben gekommen. Der Schultheiß behauptet, dieser Mann sei ertrunken. Wer war der Mann? War das auch einer dieser Landstreicher, die sich immer in Wirtshäusern herumtreiben? Ich habe die beiden Toten nicht gesehen. Was für Verletzungen hatten sie?«

Morell warf Johan Anundsson einen liebevoll besorgten Blick zu. Er fragte sich, ob sein Gehilfe mit seiner Frau Annika wieder Frieden geschlossen habe. Aber er sprach seinen Gedanken nicht aus.

»Nun, was meinst du dazu?«, meinte er abschließend.

»Wie heißt er nochmal?«

»Wer?«

»Der Schultheiß.«

»Lans«, sagte Morell.

»In der Geschichte, die Sie mir gerade erzählt haben, spielt er eine ziemlich große Rolle.«

»Richtig«, pflichtete Morell ihm bei.

Morell ritt alleine nach Örnsköldsvik. Es war ein herrlicher Altweibersommertag, warm und golden. Ein leichter Wind wehte.

In einer seiner Satteltaschen hatte er seinen Schlagstock und seinen Dienstrevolver.

Er hatte nicht geglaubt, so schnell wieder nach Örnsköldsvik reiten zu müssen, aber nun war er wieder auf dem Weg dorthin.

Eigentlich geht mich das Ganze nichts an, dachte Morell, aber ich muss es tun.

Oktober, Anfang Oktober. An einem Oktobertag hatte auch Sven Svensson in Galasjö seinen Kopf auf den Block legen müssen, aber das war an einem regnerischen Tag gewesen, an einem Tag wie ein Vorbote des Winters. Vier Jahre ist das schon her, dachte er. Und in diesen vier Jahren ist seine Frau die meiste Zeit geistig abwesend gewesen. Vielleicht ist das nun auch zu Ende, so wie die Ermittlungen in Örnsköldsvik und in Anundsjö. Das hoffe ich. Mehr noch, ich wünsche es mir.

Die alte weißhaarige Frau öffnete ihm wieder die Tür und geleitete ihn hinkend in das große Zimmer.

Arvid Lundmark saß wie bei Morells erstem Besuch in seinem Schaukelstuhl mit dem Schaffell über den Knien. Er schien den Länsman wiederzuerkennen, stand aber nicht auf.

»Ich habe noch ein paar Fragen«, begann Morell nach der Begrüßung.

Der Alte wirkte diesmal noch phlegmatischer. Kein Funken Leben schien mehr in ihm zu sein.

»Sie haben Ihr Amt niederlegen müssen. Sie wurden angeklagt, Geld unterschlagen zu haben. Wer hat Sie angeklagt?«

Arvid Lundmark blickte auf, und in seinen Augen blitzte es auf.

»Lans«, zischte er. »Lans war es.«

»Ohne Grund?«, fragte Morell.

Jetzt stand Arvid Lundmark hastig auf. Er warf das Fell auf den Boden und eilte an seinen Schreibtisch, wo er in den Papierstapeln zu suchen begann.

»Ich brauche keine Einzelheiten«, wehrte Morell ab. »Was Sie mir erzählen, reicht. Es war also Lans selbst.«

Arvid Lundmark hatte etwas gefunden und wedelte mit dem Papier in der Luft herum.

»Hier ist meine Entlassungsurkunde. Er hat die anderen alle auf seine Seite gezogen …«

»… um dann selbst Schultheiß zu werden«, ergänzte Morell.

Arvid Lundmark wedelte noch immer mit dem Schriftstück herum. »Genau«, sagte er. »Genau so war es.«

»Und Ihr Sohn?«, fragte Morell. »Per Daniel Lundmark. Wissen Sie, wo er sich aufhält?«

Lundmark ging zu seinem Stuhl zurück und setzte sich. »Er ist nach Härnösand gezogen und hat versucht, sich dort etwas aufzubauen. Mit Erfolg. Jetzt möchte er, dass ich mit ihm dorthin gehe.«

»Tun Sie das«, sagte Morell. »Ist er momentan dort?«

»Er ist hier«, antwortete Lundmark. »Er ist in Örnsköldsvik, wo er sich für ein paar Tage im Gasthaus einquartiert hat. Bei mir kann er ja schlecht wohnen.«

Er machte eine ausholende Geste, die den ganzen Raum, den Tisch, die Stühle, die Bücherregale einschloss. »Ich habe alles verloren. Das hier ist das Einzige, was mir noch geblieben ist.«

»Das ist doch gar nicht so wenig«, sagte Morell. Er bereute seine Worte sofort, drehte sich hastig um und ging zur Tür.

Dieser Wirt war das genaue Gegenteil des rothaarigen Herbergswirts. Der klein gewachsene Mann bewegte sich mit schnellen Schritten und gestikulierte beim Reden ununterbrochen. Statt roter Haare hatte er kein Härchen mehr auf dem Kopf. Außerdem sprach er einen fremden Dialekt.

Er ist einer von den Zugezogenen, dachte Morell. Den erwünschten?

»Wenn Sie meine ehrliche Meinung hören wollen«, sagte der Wirt, »muss ich sagen, der Mann ist nicht ertrunken. Ich glaube, dass jemand ihn ertränkt hat. Und ich glaube, das war derselbe Täter, der auch Edvard erschlagen hat. Der Mann war in jener Nacht hier. Er führte sich aber so ungebührlich auf, dass wir ihn hinauswerfen mussten.«

»Wie hieß er?«, fragte Morell.

»Niemand weiß es. Auch ich nicht. Aber die Leute nannten ihn den Västerseler. Er stammte wohl aus Västersel in Anundsjö.«

»Wo wohnte er?«

»Er war völlig runtergekommen. Sie verstehen, der Alkohol. Er lebte von Luft und Branntwein. Aber jemand hat ihn ertränkt. Das ist so sicher wie das Amen in der Kirche.«

Ich bekomme immer mehr Fakten zusammen, dachte Morell. Aber das sind alles nur Anhaltspunkte für meinen Verdacht, Beweise habe ich noch nicht. Was hatte Lans noch gesagt? Genau, der Marktflecken. Örnsköldsvik solle für Auswärtige attraktiv werden. Aber nur für »erwünschte«.

»Wohnt hier ein gewisser Lundmark?«

Der Wirt nickte in Richtung einer Tür auf der linken Seite.

»Er ist in seinem Zimmer, glaube ich«, sagte er, verließ die Theke, ging mit raschen Schritten zu der bezeichneten Tür, klopfte und bekam eine Antwort.

»Ja, er ist da«, sagte er.

»Ich bin nur eine gute Woche Brandwächter gewesen«, erklärte Daniel Lundmark.

»In der Zeit hat es auch einmal gebrannt«, sagte Morell.

»Ja, aber damit kam ich klar. Ich war rechtzeitig am Brandherd, und wir haben das Feuer gelöscht.«

Das Zimmer war klein, doch es passte zu Per Daniel Lundmark. Er war klein und schmal, hatte ein bartloses Gesicht und kleine Hände, die Morell an die Hände seines Kollegen Viberg in Arnäs erinnerten.

»Es kamen dir also die Hausbewohner zu Hilfe?«

»Ja, und die Nachbarn auch.«

»Erinnerst du dich an einen Mann, der *Der Letzte Walzer* genannt wurde?«

Per Daniel nickte. »Er war betrunken und kam in jener Nacht die Straße hochgetaumelt. Ich glaube, er war als Erster an der Brandstätte.«

»Du weißt, dass er erschlagen wurde.«

»Ja, ich habe davon gehört. Er ist in der Nähe des brennenden Hauses eingeschlafen, so betrunken war er.«

»Hast du den Schultheiß gerufen?«

»Dafür war in dem Moment keine Zeit.«

»Aber eigentlich ist das Vorschrift, nicht wahr?«

»Ja, erst muss man die Anwohner wecken und dann den Schultheiß rufen. Doch das war dann nicht mehr nötig.«

»Was willst du damit sagen?«

»Er ist trotzdem gekommen. Er war einer der Ersten vor Ort. Er kam, ohne dass ich ihn rufen musste.«

»Wann?«

»Ich hatte gerade ein Uhr ausgerufen. Ein Uhr früh war es.«

»Und er war draußen unterwegs? Der Schultheiß?«

Per Daniel zuckte mit den Schultern. »Das nehme ich an. Er ist jedenfalls gekommen. Ich kann mich erinnern, dass er an dem schlafenden Betrunkenen Anstoß nahm.«

»Dem Letzten Walzer?«

»Ich glaube, er hat ihm einen Tritt versetzt, um ihn zu wecken.«

Ich bekomme immer mehr Fakten zusammen, dachte Morell.

»Aber dann musstest du wieder aufhören, weil Odd Anselmsson zurückgekommen ist?«

Per Daniel nickte und lächelte breit. »Jetzt bin ich Spritzenmeister in Härnösand. Und Vater wird mit mir dorthin ziehen.«

»Das habe ich schon gehört«, sagte Morell.

»Die Stelle ist noch besser als die eines Brandwächters«, erklärte Per Daniel.

»Vielen Dank für die Auskünfte«, sagte Morell und ergriff die kleine Hand des jungen Mannes, ließ sie aber schnell wieder los, als er merkte, dass sie in seiner großen Pranke fast verschwand.

51

Morell war wieder auf Posten. Nicht als Brandwächter und auch nicht als Bewacher der Brandwächter. Er blieb in der Nähe des Marktplatzes und zog sich nur zurück, wenn er Odd Anselmssons Rufe hörte. Er spazierte an den Hafen hinunter, schlenderte am Wasser entlang und ging dann wieder zum Marktplatz zurück. Er wusste nicht, worauf er eigentlich wartete. Oder ob er überhaupt etwas erwarten konnte.

Trotzdem blieb er jedes Mal bis zum Morgengrauen.

Dann ritt er nach Hause, ging in sein Arbeitszimmer, wo Johan Anundsson bereits saß, arbeitete ein paar Stunden – außer den schriftlichen Vorbereitungen für die Gerichtsverhandlungen gab es nicht allzu viel zu tun –, und anschließend ging er in sein Schlafzimmer und schlief ein paar Stunden. Nachdem er mit Helena und Gustav zu Abend gegessen hatte, machte er sich in der Abenddämmerung wieder auf nach Örnsköldsvik und setzte seine Wache fort.

Die Fragen, die er sich selbst und Johan gestellt hatte, gingen ihm immer noch im Kopf herum und verlangten nach Antworten. Er hatte kurz erwogen, Odd nach seiner Arbeit in das weiße Haus zu begleiten, um vielleicht eine Gelegenheit zu finden, Lans' Arbeitszimmer zu durchsuchen. Nach einem Beweis. Nach irgendetwas, das seinen Verdacht bestätigen könnte. Aber er tat es nicht. Stattdessen wachte er Nacht für Nacht am Marktplatz. Doch das Einzige, was er zu sehen bekam, war Odd mit seiner Laterne. Sonst niemanden.

Fünf Nächte blieb er in Örnsköldsvik, ritt im Morgengrauen heim, arbeitete, schlief und kehrte mit der Abenddämmerung in den Ort zurück.

Am fünften Tag fand er zu Hause einen Brief aus Härnösand vor. Darin stand, dass Per Ersson und Ivar Olsson einen Fluchtversuch unternommen hatten, der aber entdeckt und vereitelt worden sei. Der Brief enthielt nur wenig Ausführliches, allein, dass die beiden im Fundament Steine gelockert und herausgezogen hatten und dann begonnen hatten zu graben. Nun säßen sie in getrennten Zellen.

Morell musste beim Lesen laut auflachen. Dieser missglückte Ausbruch hätte den Beginn neuer Ermittlungen bedeuten können, zweier Fälle, die er bereits als abgeschlossen betrachtet hatte.

In der siebten Nacht schließlich geschah es, um vier Uhr früh. Morell hatte Odds Rufe an der Storgata und in den Nebengassen gehört. Als Odd ganz oben an der Straße angekommen war, wurde die Tür des weißen Hauses geöffnet, und eine schattenhafte Gestalt trat auf die Straße.

Morell bewaffnete sich mit Schlagstock und Revolver und heftete sich an ihre Fersen. War die Gestalt Schultheiß Lans? Er konnte sie nicht erkennen. Es war ziemlich dunkel, obwohl der Mond ein fahles Licht verbreitete. Doch die Gestalt war dunkel gekleidet und trug einen schwarzen Hut, den sie tief ins Gesicht gezogen hatte. Sie ging zum Hafen, Morell folgte ihr.

Er verfolgte den Mann, obwohl er nicht wusste, wen er da verfolgte, oder warum er ihn verfolgte. Der Mann konnte ja in einer völlig legitimen Angelegenheit unterwegs sein. Ein Nachtspaziergang, um etwas frische Luft zu schnappen.

Der Mann ging am Wasser entlang, blieb ab und zu stehen, sah sich um und ging weiter. Morell glaubte zu erkennen, dass er etwas in der Hand hielt, doch er konnte nicht erkennen, was es war. Dann war der Mann stehen geblieben. Morell blieb ebenfalls stehen. Hier gab es keine Deckung, kein Versteck. Er bewegte sich nicht, bis der Mann schließlich weiterging. Morell huschte ein paar Schritte nach links. Was war das? Ein Brennholzstapel? Er sah, wie der Mann kehrtmachte und denselben Weg zurückging. Morell blieb stehen. Der Mann ging über die Storgata in Richtung Marktplatz. Morell wartete einen Moment, bis er ihm wieder folgte. Noch hatte er nicht erkennen können, wem er folgte. Und bald würde der Mann wieder in sein Haus zurückkehren und die Tür hinter sich schließen. Was wäre das für eine Enttäuschung! Morell beschleunigte seine Schritte. Wo war der Mann geblieben? Hier mündete die Straße in den Marktplatz. Wo war er?

Als Morell das pfeifende Geräusch hörte, duckte er sich instinktiv. Im nächsten Moment durchfuhr ein wahnsinniger Schmerz seinen linken Arm, und sein

Schlagstock fiel zu Boden. Der Mann stand nur einen Meter vor ihm. Und jetzt erkannte er ihn, jetzt sah er, dass der Mann tatsächlich Lans war. Er sah, wie der Schultheiß etwas hoch in die Luft hob und umklammerte panisch seinen Revolver. Hoffentlich funktioniert er, konnte Morell noch denken.

Da traf ihn der zweite Schlag. Wieder dieses pfeifende Geräusch, und etwas traf mit voller Wucht seine Schulter. Er schwankte, hob dann jedoch seinen Revolver und zielte.

»Lans!«, rief er. »Ich schieße!«

Jetzt sah er den Schultheiß. Und auch dessen Waffe. Eine Handwaage mit einem Laufgewicht.

Und er hörte ihn reden und erkannte die Bibelworte sofort.

Und dann holte Lans zum nächsten Schlag aus, aber diesmal war Morell darauf vorbereitet. Er wich zur Seite, sodass ihn der Schlag nur streifte.

Sein Schlagstock lag auf dem Boden. Er hatte nur noch seinen Revolver. Geladen. Aber würde er auch funktionieren? Es war lange her, dass er mit ihm geschossen hatte.

Die Waage schwebte über ihm. Der Schultheiß murmelte seinen Spruch und schlug wieder zu. Morell fühlte einen entsetzlichen Schmerz im Genick und merkte, dass er das Gleichgewicht verlor, aber er umklammerte noch immer seinen Revolver.

Er taumelte, fing sich wieder, hob seinen Revolver und schrie: »Lans! Ich schieße!«

Der Schultheiß holte gerade zum nächsten Schlag

aus. Morell trat mühsam einen Schritt zurück, zielte und schoss: eine Flamme in der Nacht, gefolgt von einem ohrenbetäubenden Knall – und dem metallenen Scheppern der zu Boden fallenden Waage.

Morell sah, wie Lans hintenüber fiel und sackte im selben Moment selbst auf die Knie. Sein Körper schmerzte höllisch. Trotzdem beugte er sich über den Schultheiß.

»Lans«, flüsterte er, doch er bekam keine Antwort.

Er tastete am Hals des Manns nach der Schlagader, nach einem Lebenszeichen. Dann begriff er schnell, dass der Schultheiß tot war. Mühsam raffte er sich auf.

Vor ihm stand Odd Anselmsson, der trotz des Scheins seiner Laterne ganz bleich aussah. Er sah erst Morell an, dann beleuchtete er den Toten.

Es war Lans. Ohne Zweifel. Die Mütze war ihm vom Kopf gerutscht.

»Der Schultheiß war es«, keuchte Morell. »Der Schultheiß hat Den Letzten Walzer erschlagen, mit …« Er hob die Waage auf.

»… mit diesem Ding hier.«

In der Morgendämmerung ritt Morell auf seinem geliebten Abed-Nego heimwärts. Fast hätte er es nicht geschafft, sich in den Sattel zu hieven, aber er musste nach Hause. Odd hatte ihm geholfen, den toten Schultheiß ins weiße Haus zu tragen. Morgen musste er wieder hierher reiten und zum staatlichen Beamten nach Själevad und dem dortigen Polizeiamtmann.

Er musste nach Hause. Sein Körper schmerzte bei jeder Bewegung seines Pferdes, aber er musste nach Hause, heim nach Anundsjö, zu seiner Familie.

Zu Helena und Gustav. Zu Helena, die wieder gesund war und vielleicht ein Kind unter dem Herzen trug.

Würde er dieses Kind genauso wie Gustav lieben?

Vornübergebeugt saß er auf seinem Pferd, doch er spürte seine Schmerzen kaum noch. Er war auf dem Heimweg.

Und dann – nichts als Ruhe und Frieden.

Zwar hatte er keine Beweise gegen Lans, und es wusste auch niemand, ob der Västerseler tatsächlich ermordet worden war.

Warum hätte Lans das tun sollen?

Jetzt ist alles vorbei, dachte Morell.

Ich habe meine Pflicht getan. Hoffentlich ist es vorbei.

Oder die ganze Geschichte geht wieder von vorne los.

Anmerkung des Autors

Die beiden Gemeindevorsteher, von denen ich hier erzähle, haben nichts mit den beiden unbescholtenen Gemeindevorstehern – Schultheiß Lans und Schultheiß Lundmark – zu tun, die in Örnsköldsvik in den Vierzigerjahren des 19. Jahrhunderts ihr Amt ausübten.

Meine Romanfiguren sind frei erfunden – wie auch alle anderen Personen in diesem Roman. Niemand wurde nach einem Vorbild aus dem wirklichen Leben gestaltet.

Die Schilderung des Marktfleckens Örnsköldsvik beruht jedoch auf Fakten, die ich vor allem aus dem Buch von Holger Wichman *Örnsköldsviks historia* entnommen habe.

Was Anundsjö betrifft, so habe ich viele Schriften und Bücher zu Rate gezogen, nicht zuletzt Bengt Sjöbergs *Rötter i Anundsjö.*

Außerdem bin ich – nicht nur für diesen Roman – Lennart Selling und seinem Buch *Androm till skräck och varnagel* zu tiefstem Dank verpflichtet.

Namenliste

Harald Morell, Polizeiamtmann oder Länsman von Anundsjö
Helena, seine Frau
Gustav, sein Sohn
Anna, Dienstmädchen Morells
Lisbet, Dienstmädchen Morells

Anund Persson, Landgendarm und Bauer
Brita, seine Frau
Johan Anundson, ihr Sohn und Gehilfe Morells
Annika, Johans Frau

Olaus Backäus, Pfarrer

Lans, Schultheiß von Örnsköldsvik
Arvid Lundmark, ehemaliger Schultheiß
Per Daniel Lundmark, sein Sohn

Aron Lindberg, Goldschmied
Edla, seine Frau

Johannes Ejvindsson, Großbauer
Anselm Mårtensson, Bauer
Helga, seine Frau

Odd Anselmsson, ihr Sohn, Brandwächter in Örnsköldsvik
Sven Anselmsson, ihr Sohn
Erik Persson, Bauer
Maria, seine Frau
Gustaf Hansson, Bauer

Per Ersson, Knecht
Alarik Ersson, sein Halbbruder, Herbergswirt
Lisa Magnusdotter, Magd
Lars, Bauernjunge
Edvard Berg, genannt Der Letzte Walzer, Landstreicher
Ivar Olsson, Sohn eines Schneiders
Anna Stacke, Bordell- und Kneipenwirtin